동주
말
소
지

동주 열국지

《완역 결정본》 東周 **列國志**

상앙의 살을 다투어 씹다

10

솔

● 일러두기

1 본문의 옮긴이 주는 둥근 괄호로 묶었으며, 한시와 관련된 주는 시 하단에 달았다.
   편집자 주는 원저자 풍몽룡의 오류를 바로잡은 것으로 ─로 표시하였다.

2 관련 고사, 관직, 등장 인물, 기물, 주요 역사 사실 등은 본문에 ˙로 표시하였고,
   부록에서 자세히 설명하였다.

3 인명의 경우 춘추 전국 시대 당시의 표기법을 따랐다.

   예) 기부륜父 → 기보륜父, 임부林父 → 임보林父, 관지부管至父 → 관지보管至父

4 '주周 왕실과 주요 제후국 계보도'는 독자의 편의를 위해 각 권마다
   해당 시대 부분만을 수록하였다.

5 '등장 인물'은 각 권에서 등장하는 주요 인물을 다루었으며, 가나다순으로 정리하였다.

6 '연보'의 굵은 글자는 그 당시의 중요한 사건을 말한다.

차례

맹자 · 묵자

맹자孟子

묵자墨子

전국 시대의 지도

전국 시대 각국 도성都城 유지도

제齊나라 수도 임치臨淄

조趙나라 수도 한단

한韓나라 수도 신정新鄭

연燕나라 수도 하도下都

아내를 죽여 장군이 된 오기吳起

먼저 오기吳起*의 과거 경력에 대해서 잠시 이야기하겠다.

오기는 본시 위衛나라 사람으로 젊었을 때는 툭하면 칼이나 휘두르던 무뢰한이었다.

어느 날 어머니가 그의 난폭한 행동을 꾸짖자 오기는 자기 팔을 질근질근 씹어 그 피를 입술에 바른 뒤 맹세했다.

"이제 소자는 어머니 곁을 떠나 마땅한 곳에 가서 공부를 하겠습니다. 소자는 장차 일국의 정승이 되어 앞뒤로 기수旗手들을 거느리고 높은 수레를 타고서 위나라 성안으로 돌아오지 못하는 한 다시는 어머니를 뵈옵지 않겠습니다."

오기의 어머니는 울면서 떠나지 말라고 극력 말렸다. 그러나 오기는 어머니를 돌아보지도 않고 북문北門 밖으로 떠나가버렸다.

그후 오기는 노魯나라에 가서 공자孔子의 유명한 제자인 증삼曾參 밑에서 학문을 배웠다. 그는 낮에는 학문을 연구하고 밤이면 자지도 않고 책을 읽었다. 오기의 노력은 실로 놀라웠다.

한번은 제齊나라 대부 전거田居가 노나라에 왔다. 전거는 열심히 공부하는 오기를 보자 기특한 생각이 들어 함께 이런저런 이야기를 나누어보았다. 오기의 높은 식견과 해박한 지식은 끝이 없는 것 같았다. 이에 전거는 자기 딸을 주고 오기를 사위로 삼았다.

증삼은 오기에게 늙은 어머니가 계시다는 걸 알고 있었다.

어느 날 증삼이 오기에게 묻는다.

"그대가 학문을 배운 지도 6년이란 세월이 지났다. 그런데 한번도 어머니를 뵈러 고국에 가지 않았으니 그러고도 자식 된 도리로 마음이 편안한가?"

오기가 대답한다.

"저는 지난날 어머니 슬하를 떠날 때 장차 일국의 정승이 되지 않으면 위나라에 돌아오지 않겠다고 맹세한 일이 있습니다."

증삼이 정색하고 말한다.

"물론 다른 사람과는 맹세할 수도 있겠지만, 아들이 어찌 어머니 앞에서 맹세를 한단 말인가!"

그때부터 증삼은 내심 오기를 좋아하지 않았다.

그런 지 몇 달 후였다. 위나라에서 오기의 어머니가 죽었다는 소식이 왔다.

오기는 하늘을 우러러 한 번 통곡하고는 곧 눈물을 닦고 다시 책을 읽기 시작했다.

증삼이 이를 괘씸하게 여기고 탄식한다.

"오기는 어머니가 돌아가셨건만 가지 않으니 참으로 근본을 잊은 사람이다. 대저 물도 근원이 없으면 마르고, 나무도 근본이 없으면 시드는 법이다. 더구나 사람으로서 근본이 없다면 어찌 그 일생을 무사히 마칠 수 있으리오."

증삼이 오기를 불러 분부한다.

"나는 그대 같은 사람을 제자로 둘 수 없다. 다시는 나를 보려고 하지 마라."

이리하여 오기는 증삼의 문하를 떠나는 동시에 유학儒學을 버렸다. 그후 그는 병법을 배워 3년 만에 일가一家를 이루었다.

이에 오기는 벼슬을 하려고 노魯나라로 갔다.

노나라 정승 공의휴公儀休는 오기와 함께 누차 병법에 대해 토론해보았다. 과연 오기는 뛰어난 인재였다. 공의휴는 오기를 노목공魯穆公에게 천거했다.

그리하여 오기는 노나라 대부大夫가 되었다. 그는 국록을 받고 생활이 넉넉해지자 많은 여자를 사서 첩으로 두고 즐기었다.

한편, 제나라 정승 전화田和(이 전씨의 조상이 바로 진씨陳氏다)는 장차 임금을 죽이고 제나라를 송두리째 차지할 생각이었다. 그런데 제나라는 노나라와 대대로 혼인한 사이여서 서로 친밀했다.

전화는 속으로 생각했다.

'내가 제나라를 차지하기 위해서 변란을 일으키면 노나라는 반드시 군사를 보내어 나를 칠 것이다. 그러니 제나라를 차지하려면 위력으로 노나라를 치는 수밖에 없다.'

이에 제나라 전화는 군사를 일으켜서 노나라로 쳐들어갔다.

한편 노나라 공의휴가 노목공에게 아뢴다.

"지금 우리 나라로 쳐들어오는 제나라 군사를 물리치려면 필히 오기를 대장으로 삼아야 합니다."

노목공의 대답은 탐탁치 않았다.

"글쎄! 꼭 그러하다면 오기를 대장으로 삼는 수밖에……"

비록 대답은 그렇게 했으나 노목공은 선뜻 오기를 대장으로 삼으려 들지 않았다.

그러는 동안에 제나라 군사는 노나라의 여러 고을을 점령했다.

정승 공의휴가 다시 노목공에게 아뢴다.

"신이 전번에 오기를 대장으로 삼아야 한다고 아뢨는데 상감께선 왜 그에게 군사를 맡기지 않으십니까?"

노목공이 대답한다.

"물론 과인도 오기가 비범한 사람이란 건 아오. 그러나 지금 오기의 아내는 제나라 전씨 집안에서 온 여자요. 대저 사람이란 부부간의 애정이 으뜸인지라. 지금 우리 나라를 치는 제나라 전화로 말할 것 같으면 바로 오기의 처갓집 사람이오. 과연 오기가 아내의 친정 사람을 맞이하여 힘껏 싸워줄지 의문이오. 그래서 과인은 오기를 대장으로 삼는 데 주저하고 있소."

공의휴는 궁에서 나와 자기 부중府中으로 돌아갔다. 어느새 오기가 와서 기다리고 있었다.

오기가 공의휴에게 묻는다.

"제나라 군사가 이미 우리 나라에 깊이 들어왔는데 상감께선 좋은 장수를 구하셨는지요? 아직 장수를 구하지 못했다면 자랑은 아니나 승상께서 상감께 나를 대장으로 천거해주시오. 만일 나에게 노나라 군사를 맡기기만 한다면 반드시 제나라 병거를 한 대도 돌려보내지 않고 다 때려잡겠소."

"나는 누차 상감께 그대를 천거했소. 그러나 상감은 그대가 제나라 전씨 집안에 장가든 사람이라 해서 선뜻 결정을 내리지 못하고 있소."

오기가 결연히 말한다.

"상감이 나를 의심하고 있다면 그런 의심을 풀어드리기란 쉬운 일이오."

이에 오기는 집으로 돌아갔다.

오기가 아내 전씨에게 묻는다.

"이 세상에서 아내가 소중하다는 이유를 아는가?"

전씨가 대답한다.

"남편과 아내가 있어야 비로소 집안이 이루어집니다. 아내가 소중하다는 것은 가정을 이루어주기 때문입니다."

오기가 다시 묻는다.

"남편이 높은 지위에 올라 만석萬石의 국록을 받고, 적군과 싸워 큰 공을 세워 천추만세에 이름을 남긴다면 그 또한 집안을 크게 일으키는 것이라. 부인은 내가 그렇게 되기를 원하지 않소?"

전씨가 웃으며 대답한다.

"남편이 그렇게 되기를 왜 원하지 않겠어요."

"그럼 부인에게 한 가지 부탁이 있소. 부인은 내가 부귀공명할 수 있도록 도와주오."

"여자의 몸으로 어떻게 당신의 성공을 도와드릴 수 있겠습니까?"

오기가 서슴지 않고 부탁한다.

"지금 제나라 군사가 이곳 노나라를 치고 있소. 노나라 상감은 나를 대장으로 삼을 생각이 있건만 내가 제나라 전씨 집안에 장가를 들었다 하여 의심하고 군사를 맡기지 않는 실정이오. 이럴 때 부인의 머리를 들고 가서 상감을 뵈옵기만 하면 나는 곧 대장이 될 수 있을 뿐만 아니라 크게 공을 세워 천추에 이름을 남길 수도 있소."

이 말에 전씨가 매우 놀라 대답을 하려고 입을 벌리는 순간이었다. 오기는 대답을 듣고 말고 할 것 없이 칼을 뽑아 아내의 목을 쳤다. 참으로 처참한 광경이었다. 전씨는 외마디 소리 한 번 지르지 못한 채 머리가 방바닥에 굴러떨어졌다.

사신史臣이 시로써 오기를 평한 것이 있다.

부부의 사랑이란 지극한 것인데
오기는 죄 없는 아내를 죽여 원통한 귀신이 되게 했도다.
어머니가 죽었다 해도 가보지 아니한 사람이니
어찌 아내와 자식을 대단히 생각할 리 있었으리오.
一夜夫妻百夜恩
無辜忍使作寃魂
母喪不顧人倫絶
妻子區區何足論

오기는 즉시 아내의 머리를 비단에 싸서 들고 노목공에게 갔다.

"신은 오로지 나라를 위해 싸우려는 일념뿐입니다. 그런데 상감께선 신의 처가 바로 제나라 전씨 집안이라 해서 신을 의심하시는 모양이니 참으로 억울합니다. 이제 이렇게 아내의 목을 끊어왔습니다. 이만하면 상감께서도 신의 충성을 짐작하실 것입니다."

노목공이 이맛살을 찌푸리면서 대답한다.

"대부는 서둘지 말고 돌아가서 기다리오."

잠시 후에 정승 공의휴가 들어왔다.

노목공이 공의휴에게 말한다.

"오기는 제 아내를 죽이고 와서 대장을 시켜달라고 청하다 갔소. 이렇듯 잔인한 사람을 어찌 믿을 수 있으리오."

공의휴가 아뢴다.

"오기는 자기 아내보다 공명功名을 더 사랑하는 사람입니다. 만일 상감께서 장수로 등용하지 않으시면 그는 반드시 우리 노나라를 버리고 제나라를 섬길 것입니다."

노목공은 공의휴의 권고에 따라 오기를 대장으로 삼았다.

노목공이 오기에게 분부한다.

"장군은 설유泄柳와 신상申詳을 부장副將으로 삼아 군사 2만 명을 거느리고 가서 제나라 군사를 물리치오."

군명君命을 받고 군중軍中 생활을 하면서부터 오기의 태도는 실로 놀라운 바가 있었다.

오기는 의식衣食을 사졸士卒과 똑같이 했으며, 잠을 잘 때도 잠자리를 특별히 마련하지 않았으며, 행군할 때도 말을 타지 않았다. 그는 사졸이 무거운 무기나 군량을 지고 가는 걸 보면 친히 나눠졌고, 사졸이 병이 나거나 부상을 당하면 친히 약을 지어 먹이고 입으로 그 상처의 피고름을 빨아서 뱉어주기까지 했다.

그러므로 모든 군사가 오기의 은혜에 감격했다. 오기와 군사들은 서로 아버지와 자식 사이나 다름없었다. 그래서 오기의 명령이라면 군사들은 목숨을 걸고 싸우기를 원했다.

한편, 제나라 정승 전화田和는 대장 전기田忌•와 단붕段朋 등을 거느리고 노나라 남비南鄙 땅을 공격하고 있었다.

전화는 오기가 노나라 대장이 되었다는 소문을 듣고 웃었다.

"오기는 바로 우리 제나라 전씨 집안에 장가를 든 자다. 호색한으로 유명한 그가 어찌 싸움을 알리오. 노나라는 망하기 위해서 오기를 장수로 삼았구나. 하하하하하……"

급기야 제나라 군사와 노나라 군사는 서로 진을 치고 대결하게 되었다.

그런데 오기는 싸움을 걸지도 않고 바깥에 나오지도 않았다. 이에 전화는 오기의 동정을 살펴보고 오도록 정탐꾼을 보냈다.

저녁 늦게야 정탐꾼이 돌아와서 전화에게 보고한다.

"오기는 사졸들과 함께 음식을 나눠먹고 있더이다."

전화가 껄껄 웃으며 말한다.

"장수가 위엄이 있어야만 군사가 두려워하며, 군사가 장수를 두려워해야만 목숨을 걸고 싸우는 법이다. 오기의 몸가짐이 그러고서야 어찌 많은 군사를 부릴 수 있으리오. 나는 이제야 모든 걱정을 놓겠다."

전화가 다시 사랑하는 장수 장축張丑을 불러 분부한다.

"장군은 노진魯陣에 가서 일부러 화평을 청해보라. 오기의 대답을 들어보면 그들이 끝까지 싸울 작정인지, 아니면 적당히 타협하고 말 작정인지 그 속뜻을 짐작할 수 있을 것이오."

그날 오기는 제나라 장수 장축이 온다는 전갈을 받자, 즉시 씩씩한 군사는 다 후군後軍으로 돌려서 감추고 늙고 병약한 군사만 앞에 내세웠다. 그러고는 제나라 장수 장축을 공손히 영접하고 예로써 극진히 대접했다.

장축이 오기에게 넌지시 묻는다.

"들리는 소문에는 장군께서 대장이 되기 위해 아내를 죽였다고 하던데 사실인지요?"

오기가 황송스런 태도를 지으면서 대답한다.

"제가 비록 불초하지만 그래도 일찍이 공자의 제자인 증삼曾參 선생 문하에서 성현聖賢의 길을 배운 일이 있습니다. 어찌 그런 몰인정한 짓을 할 리가 있겠습니까? 실은 아내가 병으로 죽었을

16

때 마침 나라에서 저에게 대장직을 맡겼습니다. 그래서 그런 소문이 난 것 같습니다."

장축이 슬며시 청한다.

"장군께서 만일 우리 제나라 전씨 집안과의 옛정을 잊지 않았다면 우리와 서로 동맹하고 우호를 맺는 것이 어떻겠소?"

오기가 서슴지 않고 대답한다.

"저는 일개 서생書生에 불과합니다. 어찌 감히 제나라 전씨를 상대로 싸울 수 있겠습니까? 귀국과 화평만 맺을 수 있다면 그 이상 바랄 것이 없습니다."

오기는 장축을 군중軍中에 머물게 하고 사흘 동안 진탕 술대접을 하면서 서로 즐겼다. 그러는 동안에도 오기는 끝내 싸움에 대해선 한마디도 언급하지 않았다.

장축이 제진齊陣으로 돌아갈 때였다.

오기가 거듭거듭 부탁한다.

"장군의 힘을 빌려 화평이 성립되기만 바랍니다. 나를 위해 힘써주십시오. 좋은 소식이 있기만 기다리겠습니다."

장축이 만족해하며 떠나자 오기는 즉시 군사를 삼로三路로 나누어 몰래 그 뒤를 따라갔다.

장축이 돌아가서 전화에게 보고한다.

"노나라 군사는 매우 약합디다. 오기는 우리와 화평하기를 갈망할 뿐 전혀 싸울 뜻이 없더이다."

이에 전화는 다시 호탕하게 웃으며 안심했다.

바로 그때였다. 원문轅門 밖에서 난데없는 북소리가 요란스레 일어났다. 뜻밖에도 노나라 군사가 삼면三面에서 나타나 제나라 군사를 미 구 무찌르며 쳐들어왔다 너무도 갑작스런 기습이었다.

전화는 대경실색하고 군사들은 어쩔 줄을 몰라 했다.

제나라 군사는 병거에 말을 맬 여가도 없이 마침내 일대 혼란에 빠졌다. 제나라 장수 전기田忌는 겨우 보군步軍만 수습하고, 단붕 段朋은 가까스로 병거를 준비시켰다. 그러나 노나라 장수 설유洩 柳와 신상申詳이 좌우에서 일제히 협공해오니 제나라 군사는 견 더낼 도리가 없었다.

제나라 군사는 대패하여 달아나는데 노나라 군사가 그 뒤를 추 격했다. 이리하여 제나라 군사의 주검들이 넓은 들에 가득했다.

노나라 군사는 제나라 군사를 국경 밖 평륙平陸 땅까지 몰아내 고서야 돌아갔다.

노나라 노목공魯穆公은 승전 보고를 듣고 매우 기뻐했다. 그는 즉시 오기에게 상경 벼슬을 주었다.

한편 싸움에서 대패하고 제나라로 돌아간 전화가 수하 장수 장 축을 한없이 책망한다.

"이번 싸움에 진 것은 다 그대의 책임이다!"

장축이 대답한다.

"소장이 갔을 때 노영魯營은 참으로 형편없었습니다. 그것이 다 오기의 속임수인 줄을 어찌 알았겠습니까?"

전화가 길이 탄식하고 분부한다.

"오기는 옛 손무孫武와 양저穰苴 같은 무서운 장수로구나! 오기 가 노나라에 있는 한 우리 제나라는 불안해서 견딜 수 없을 것이 다. 내 장차 노나라로 사람을 보내어 비밀히 오기를 매수할 작정 이다. 그대는 이 사명을 띠고 노나라에 갔다 오겠느냐?"

장축이 대답한다.

"바라건대 목숨을 걸고 노나라에 가서 성공하고 돌아와 이번에 패전한 죄를 갚겠습니다."

전화는 비싼 값에 사들인 미녀 두 명과 황금 1,000일鎰을 장축에게 내주었다. 장축은 두 여자와 황금을 수레에 싣고 장사꾼으로 변장하고서 노나라로 들어갔다.

한밤중에 장축은 오기의 부중으로 찾아가서 두 미인과 황금을 바쳤다.

오기는 원래 욕심이 많고 여색을 좋아하는지라 바치는 것을 다 받고 나서 장축에게 말한다.

"그대는 제나라에 돌아가서 정승 전화에게 감사의 뜻을 전하오. 그리고 제나라가 노나라를 침범하지 않는 한 우리 노나라도 결코 제나라를 먼저 치지는 않을 것이니 그 점만은 안심하라고 말하오."

이튿날이었다.

장축이 노나라 도성을 떠나면서 길 가는 행인들에게 외친다.

"오기는 제나라 밀사로부터 많은 뇌물을 받았다. 그리고 어떤 일이 있어도 제나라만은 치지 않겠다고 맹세했다!"

노나라 사람들은 길을 가다 말고 이 소리를 듣고서 모두 놀랐다. 이 말은 삽시간에 퍼져 노목공의 귀까지 들어갔다.

노목공이 노여움으로 떤다.

"내 본시 오기가 측량할 수 없는 놈이란 걸 알고 있었다. 이제 오기를 삭탈관직削奪官職하고 문죄하리라!"

그러나 그대로 호락호락 붙들려갈 오기가 아니었다. 오기는 궁에서 자기를 잡으러 나온다는 소문을 듣자 집을 버리고 위魏나라로 달아났다. 이리하여 오기는 위나라에 오게 되었다.

그후 오기는 책황翟璜의 집에서 기거하고 있었다.

이때 마침 위문후魏文侯가 책황에게 서하西河 땅 태수로 누구를 보내면 좋겠느냐고 상의했다. 그래서 책황은 위문후에게 오기를 천거했다.

위문후가 궁으로 오기를 불러들여 묻는다.

"지난날에 장군은 노나라 장수로서 공을 세웠는데 어찌하여 우리나라에 왔소?"

오기가 대답한다.

"노나라 임금이 간신들의 참소를 곧이듣고 신臣을 잡으려 하기에 죽음을 피해 이곳으로 왔습니다. 군후께선 선비를 존경하고 천하 호걸들 또한 군후를 사모하고 있습니다. 만일 군후께서 신을 써주신다면 비록 싸움 마당에서 죽어 쓰러질지라도 여한이 없겠습니다."

이에 위문후는 오기를 서하 땅 태수로 임명했다.

그후 오기는 서하 땅에 가서 성을 고쳐 새로 쌓고 성지城池를 깊이 파서 군사를 조련하고 무도武道를 가르쳤다. 그는 군사를 지극히 사랑하는 것이 지난날 노나라에서 장수로 있었을 때와 조금도 다름이 없었다.

오기는 진秦나라가 쳐들어오지 못하도록 성을 쌓고 이름을 오성吳城이라고 명명했다.

이때 진秦나라에선 진혜공秦惠公이 죽고 세자 출자出子가 군위를 계승했다. 그런데 죽은 진혜공은 진간공秦簡公의 아들로 바로 진영공秦靈公의 계부季父(작은아버지)뻘이었다.

진영공이 죽었을 때 아들 사습師隰은 나이가 너무 어려서 임금 노릇을 할 수 없었다. 그래서 모든 신하들은 죽은 진영공의 계부뻘인 진간공을 받들어 임금으로 모셨던 것이다.

그리하여 군위가 세 번이나 바뀌어 마침내 출자가 임금 자리에 오르게 되었다.

이제 어른이 된 진영공의 아들 사습이 모든 대신에게 따진다.

"우리 진나라는 나의 아버지 진영공의 나라였소. 그런데 그때 그대들은 어찌하여 나를 임금 자리에 세우지 않고 나의 할아버지 뻘인 진간공을 군위에 세웠소? 그대들은 당시 내 나이가 너무 어렸기 때문이라고 하지만, 그 결과 오늘날에 이르러 방계傍系인 출자가 임금 자리를 계승했으니 그 책임은 그대들이 져야 할 것 아니오?"

이에 모든 대신은 대답할 말이 없었다. 마침내 사습은 대신들과 함께 모의하여 출자를 죽이고 스스로 임금 자리에 올랐다. 그가 바로 진헌공秦獻公이다.

오기는 진나라에 정변政變이 일어난 기회를 놓치지 않고 군사를 거느리고 쳐들어가서 서하西河 지방 가까이에 있는 진나라 다섯 성을 빼앗았다.

이에 삼진三晉 중 일부인 한韓나라와 조趙나라는 각기 위나라로 사신을 보내어 위문후를 축하했다.

위문후는 책황이 훌륭한 인물들을 천거한 공로에 보답하고자 이극李克과 상의했다.

"책황이 과인에게 많은 인재를 천거해주지 않았던들 우리 위나라가 어찌 이만큼이라도 위세를 드날릴 수 있었으리오. 과인은 책황을 정승으로 삼을까 하는데 그대 뜻은 어떠하오?"

이극이 대답한다.

"책황보다는 위선魏成이 정승으로 적격입니다."

위문후는 말없이 머리를 끄덕였다.

이극은 궁에서 나오다가 책황을 만났다. 책황이 반가이 이극을 대하며 묻는다.

"상감이 오늘 그대와 의논하여 정승을 임명한다고 했는데, 그래 누가 정승이 되었소?"

이극이 대답한다.

"위성이 정승으로 결정되었소."

이 말을 듣고 책황이 분노한다.

"상감이 중산中山을 치려고 하기에 내가 악양樂羊을 천거했고, 상감이 업鄴 땅을 걱정하기에 내가 서문표西門豹를 천거했고, 상감이 서하 땅을 염려하기에 내가 오기를 천거했소. 그런데 내가 어째서 위성만 못하단 말이오!"

이극이 조용한 목소리로 대답한다.

"위성이 천거한 분은 복자하卜子夏·전자방田子方·단간목段干木 등 덕망이 높은 분들이오. 그들은 상감의 스승인 동시에 친구들이시오. 그러나 그대가 천거한 사람은 다 상감의 신하에 불과하다는 걸 생각해야 하오. 위성은 약간의 국록을 받지만 늘 외방外方에서 힘써 어진 선비를 구하고 있소. 그런데 그대가 천거한 사람들은 모두 많은 국록을 받으며 만족한 생활을 하고 있소. 그러니 그대를 어찌 위성과 견줄 수 있으리오."

이에 책황이 이극에게 두 번 절하고 사과한다.

"참으로 이 몸이 소견 없는 말을 했습니다. 앞으로 선생 문하에 들어가서 제자가 되어 가르침을 받겠습니다."

그리하여 위나라는 정승과 장수 자리에 두루 적당한 인재를 두게 되었고 국경 지대도 안정되었다.

이렇게 위·한·조 삼진 중에서 위나라만이 가장 강성했다.

그후 제나라 정승 전화는 위나라가 강대해지고 위문후의 어진 이름이 천하에 퍼져나가자 재빨리 위나라와 우호를 맺었다.

마침내 정승 전화는 임금 제강공齊康公을 멀리 섬으로 몰아내고 겨우 제나라 한 고을에서 나는 곡식만을 내주었다. 그러고는 나머지 제나라 국토를 다 차지했다.

연후에 전화는 위문후에게 사람을 보내어 간청했다.

"지난날에 삼진이 주 왕실에 청해서 제후가 되었듯이, 이번엔 군후께서 주 왕실에 청하사 저를 제나라 제후諸侯로 승격시켜주시면 그 은혜 백골난망白骨難忘이겠습니다."

이때 주위열왕은 이미 죽었고 아들인 태자 교驕가 왕위에 있었다. 그가 바로 주안왕周安王이다.

주나라 왕실은 이미 명색뿐이고 참으로 미약한 존재였다. 주안왕 13년이었다. 마침내 주안왕은 위문후의 청을 들어주어 전화를 제후齊侯로 승인했다.

이미 앞에서도 언급한 바 있었지만, 전화의 조상은 진陳나라 공자 완完이다. 진나라 공자 완이 제나라로 도망와서 대부로서 제환공齊桓公을 섬긴 이후로 그 10대째 자손이 바로 전화이다. 곧 조상이 진陳나라에서 망명 왔다 해서 그 자손들은 한때 진씨陳氏로 행세했고 차차 세도를 잡으면서 전씨田氏로 행세한 것이다.

참으로 알 수 없는 것이 세상일이다. 진나라에서 망명 온 사람의 자손이 마침내 제나라 임금이 될 줄이야 뉘 알았으리오.

이리하여 제나라를 세운 강태공姜太公의 자손은 제강공齊康公 대에 이르러 멸망했다. 그리고 진陳나라 계통인 전씨가 제나라 임금 자리를 차지했다.

한편, 위·한·조 삼진은 각기 훌륭한 사람을 정승으로 삼아 정사政事를 보게 하는 것을 가장 중요시했다. 그래서 세 나라 정승의 권한은 대단했다.

그때 조나라 정승은 공중련公仲連이고, 한나라 정승은 협누俠累였다. 여기서는 협누에 관해서만 이야기하겠다.

협누가 미천한 신분이었을 때 일이다. 협누는 복양濮陽 땅 사람인 엄수嚴遂와 지극한 우정을 맺고 있었다. 세상에선 엄수를 엄중자嚴仲子라고도 했다.

그때 협누는 몹시 가난했고 엄수는 큰 부자였다. 그래서 엄수는 협누의 생활비를 모두 대주었다.

그후 협누는 엄수에게서 천금千金을 얻어 한나라 도읍 평양성平陽城으로 갔다. 그곳에서 그 돈을 밑천으로 출세할 수 있는 기반을 닦아 마침내 정승까지 된 것이었다. 협누는 정승이 되자 그 위세가 대단했다.

협누를 만나러 가는 사람은 한결같이 대문간에서 쫓겨났다. 협누는 그렇듯 유세를 부렸다.

엄수는 협누가 정승이 되었다는 소문을 듣고 한나라로 갔다. 그는 직접 승상부丞相府로 협누를 찾아갔다.

그러나 협누는 문지기가 들어와서 엄수란 사람이 찾아왔다고 하는 말을 듣고도,

"엄수라? 어떤 놈인지 모르겠는걸! 여러 말 말고 대문 밖으로 몰아내어라!"

하고 추상같이 분부했다.

이튿날부터 엄수는 날마다 승상부에 가서 편지를 바쳤다. 그 내용은 옛 우정을 생각해서라도 한 번만 만나주기 바란다는 것과,

일국의 정승이 되었으니 자기를 벼슬길로 좀 끌어달라는 청이었다.

날마다 편지를 바치는 동안에 한 달이 지났다. 그러나 협누는 시치미를 딱 떼고 엄수와 만나주지 않았다.

이에 엄수는 자기 재산을 풀어 한나라 한열후韓烈侯의 시신侍臣들에게 뇌물을 썼다. 그 시신들의 주선으로 마침내 엄수는 궁에 들어가서 직접 한열후를 배알하게 되었다.

그날 엄수는 한열후에게 많은 황금을 바쳤다. 한열후는 대단히 좋아하면서 엄수에게 좋은 벼슬 자리를 주기로 약속했다.

이 소문을 듣고 협누는 한열후에게 엄수의 여러 가지 단점을 들어 고하고 등용하지 말도록 권했다.

이에 엄수는 이를 갈며 협누를 저주했다.

"이놈! 어디 두고 보자!"

마침내 엄수는 한나라를 떠나 모든 나라를 두루 돌아다녔다. 그는 용사를 구해서 협누를 죽여 원한을 풀 작정이었다.

엄수는 여러 나라를 돌아다니다가 제齊나라에 이르렀다.

어느 날 그는 도살장 앞을 지나다가 그 안으로 들어가보았다. 한 사나이가 큰 도끼를 들어 소를 죽이는데 별로 힘들이지도 않고 단번에 쳐서 소뼈를 으스러뜨렸다. 그 도끼는 무게가 30근 이상은 되어 보였다. 참으로 보기 드문 장사였다.

엄수가 그 장사를 유심히 살펴보니 키가 8척이고, 눈은 고리눈에다 수염은 이무기 같고, 얼굴엔 광대뼈가 툭 튀어나왔으며, 말투는 제나라 사람 같지 않았다.

엄수는 조용한 곳으로 그 장사를 초청하여 인사를 나누었다.

"장사의 존함은 어찌 되시며 고향은 어디신지요?"

그 장사가 대답한다.

"나의 성은 섭聶이며 이름은 정政이라고 하오. 원래 나는 위魏나라 사람입니다. 바로 지軹 땅 심정리深井里란 곳에 집이 있지요."

"그렇다면 어째서 고국을 버리고 이곳 제나라에 와 계시오?"

"원래 타고난 천성이 지나치게 솔직하고 거칠어서 좀 말하기 곤란한 죄를 저질렀지요. 그래서 늙은 어머님과 단 한 분뿐인 누님을 모시고 고향을 떠나 이곳에 피해와서 산답니다. 이렇게 하는 수 없이 백정白丁이 되어 생계를 꾸려가며 어머님을 봉양하고 있소. 내 이야기는 그만하고 그대의 존함은 어찌 되시오?"

엄수는 자기 성자姓字만 알려주고 곧 섭정과 작별한 후 숙소로 돌아갔다.

이튿날 아침, 엄수는 의관을 단정히 갖추고 도살장에 가서 섭정에게 정중히 절을 했다.

"잠시 여가를 내어 나와 함께 주점酒店으로 가십시다."

엄수는 섭정을 데리고 주점으로 가서는 주인과 손님 사이의 예로써 극진히 대접했다.

서로 술 석 잔을 교환했을 때였다. 엄수가 섭정 앞에 황금 100일鎰을 내놓고 받기를 청한다.

섭정이 많은 황금을 보고 의아해서 묻는다.

"이게 웬일이오?"

엄수가 대답한다.

"그대가 늙은 어머님을 모시고 있다기에 드리는 것이오. 이걸로 부족한 것이 없도록 어머님을 봉양해주면 고맙겠소."

섭정이 한참 만에 말한다.

"그대가 나의 어머님을 잘 봉양하라고 이렇듯 많은 황금을 주니 이는 필시 나에게 무슨 청이 있어서인 것 같구려. 그대가 모든 걸 말하지 않는 한 나는 결코 받을 수 없소."

이에 엄수는 한나라 정승 협누가 지난날 자기에게 많은 신세를 졌건만 이제 와서 배은망덕하게 구는 사실을 낱낱이 말하고,

"반드시 그놈을 죽여 원수를 갚을 작정이오."

하고 자기 속뜻을 털어놓았다.

섭정이 대답한다.

"옛날에 오吳나라 전제專諸는 오자서伍子胥에게 말하기를, '늙은 어머님께서 생존해 계시니 함부로 남에게 몸을 맡길 수 없다'고 했소. 그대의 사정을 들어본즉, 나 또한 그대의 원수를 갚아드릴 처지가 못 되오. 내 어찌 그대의 귀중한 재물만 허비할 수 있으리오."

엄수가 다시 받기를 권한다.

"나는 그대의 높은 의기義氣를 존경하여 그대와 결의형제가 되기를 원할 뿐이오. 어찌 그대에게 효도를 버리고 내 개인의 사정私情만 봐달라고 강요할 리 있겠소."

섭정은 엄수의 은근한 권유에 못 이겨 그 황금을 받았다.

섭정은 우선 황금 반을 써서 과년한 누님 앵罃을 고향인 위나라 지軹 땅으로 출가시켰다. 그리고 나머지 황금 반을 아낌없이 써서 좋은 의복과 맛있는 음식으로 늙은 어머니를 극진히 모셨다. 그런지 1년 반 만에 섭정의 어머니는 노환으로 세상을 떠났다.

엄수는 섭정의 집에 가서 곡하고 조상弔喪한 뒤에 초상과 장례 비용까지 다 대주었다.

장사를 성대히 마친 날이었다.

섭정이 엄수에게 말한다.

"오늘부터 이 몸은 그대의 것이오. 나를 쓰시려거든 마음대로

쓰시오. 그대 덕분에 누님은 출가했고 어머님에 대한 효도도 끝났으니 이젠 이 세상에 아무런 미련이 없소."

이에 엄수가 묻는다.

"그럼 한나라 정승 협누를 어떻게 죽여야겠소? 많은 무기와 장사가 필요하지 않을까요?"

섭정이 조용히 머리를 흔들면서 대답한다.

"협누가 정승이라면 지극히 귀한 지위에 있는 사람이오. 그가 출입할 때엔 으레 호위하는 병정들이 많을 것이오. 그러니 꾀로써 그를 죽여야지 힘으로 싸워서는 이기지 못하오. 내가 이 날카로운 비수를 품고 가서 기회를 보아 일을 도모하리다. 나는 오늘 중으로 그대와 작별하고 제나라를 떠나겠소. 이제 우리는 이 세상에선 다시 만나지 못할 것이오. 그대는 내가 장차 할 일에 대해서 더 이상 묻지 마오."

그날 저녁 무렵에 섭정은 엄수와 작별하고 표연히 한나라로 떠났다. 한나라에 당도한 섭정은 우선 평양성 교외에다 숙소를 정했다. 그는 여점旅店에서 이틀 동안 묵으면서 조용히 정신을 통일했다.

나흘째 되는 날, 섭정은 일찍 일어나 성안으로 들어갔다. 그는 궁중에서 나오는 정승 협누의 행차를 지켜보았다.

협누는 네 마리의 말이 끄는 높은 수레에 앉아 있었다. 무장한 군사들이 창을 들고 협누가 탄 수레를 앞뒤로 호위하고 지나가는데 빠르기가 나는 듯했다.

섭정은 그 행차를 뒤따라 승상부丞相府까지 가보았다. 정승 협누가 수레에서 내려 부중府中으로 들어가는데, 대문에서 중당中堂 섬돌에 이르기까지 무기를 든 군사들이 늘어서 있었다.

섭정은 대문 밖에서 멀리 당상堂上을 들여다보았다. 협누가 안

상案床을 의지하고 두툼한 의자에 앉아 있는데, 첩서牒書를 들고 결재를 받는 자가 매우 많았다.

한식경이 지나자 결재를 다 맡았는지 좌우 사람들은 모두 물러가고 협누만이 피곤한지 의자 뒤에 등을 기대고 멍하니 앉아 있었다.

섭정이 기회는 이때다 하고 두 주먹을 불끈 쥐고 부중으로 달려 들어가면서 황급히 부르짖는다.

"승상은 어디 계시오! 나는 급한 일이 있어 모某대감의 분부를 받고 심부름 온 사람이오!"

섬돌 밑에 늘어선 군사들이 갑자기 달려들어오는 섭정의 앞을 가로막으려고 덤벼들었다.

그러나 군사들이 어찌 천하장사 섭정을 막을 수 있겠는가. 섭정이 한바탕 뿌리치자 군사들은 이리 자빠지고 저리 나동그라졌다.

섭정은 나는 듯이 대청 위로 뛰어올라갔다. 동시에 그의 손에서 싸느란 비수가 빛을 발했다.

섭정은 한걸음 썩 내딛더니 의자에 앉아 있는 협누를 냅다 찔렀다. 협누는 깜짝 놀라 벌떡 일어섰으나 가슴엔 이미 비수가 꽂혀 있었다.

정승 협누는 걷지 못하고,

"으으으음!"

하고 무서운 신음 소리를 내지르면서 의자 밑에 쓰러져 바들바들 떨다가 숨을 거두었다.

부중은 곧 수라장으로 변했다. 군사들은 섭정이 달아나지 못하도록 대문을 걸어 잠갔다.

섭정은 덤벼드는 군사 몇 사람을 쳐죽였으나 도저히 부중에서 벗어나지 못할 걸 알았다. 그는 죽은 후에도 남에게 얼굴을 알려서는 안 된다고 생각하고 협누의 가슴에서 비수를 뽑아 들어 자기 얼굴을 도려내서 손으로 가죽을 확 벗겼다. 순간 섭정의 얼굴은 시뻘건 살덩어리로 변했다.

군사들은 그 무서운 광경에 손으로 눈을 가리고 일제히 뒤로 물러섰다.

섭정은 다시 자기 두 눈알을 뽑아 던지고는 비수로 목을 찌르고 쓰러져 죽었다.

정승 협누가 피살되었다는 소식은 즉시 한열후韓烈侯에게 전해졌다.

한열후가 놀란 기색으로 묻는다.

"그 범인이 누구냐?"

승상부에서 온 자가 아뢴다.

"스스로 낯가죽을 벗기고 두 눈을 뽑아버렸기 때문에 얼굴이라기보다는 고깃덩어리요, 핏덩어리여서 그가 누군지 알아볼 수가 없었습니다!"

그날로 섭정의 시체는 시정에 전시되었다. 그 곁엔 다음과 같은 게시揭示가 나붙었다.

이 도적의 이름과 경력을 고하는 자가 있어 정승 협누의 원수를 갚게 되면 그자에게 상으로 천금千金을 주리라.

그후 7일이 지났다.

그동안 무수한 사람들이 시체를 보고 게시를 읽었지만 아무도 섭정을 알아보는 자가 없었다. 이 소문은 바로 위魏나라 지軹 땅까지 퍼졌다. 지 땅에 출가해 살던 섭정의 누이 앵은 이 소문을 들고서 방성통곡하며 생각했다.

'그는 틀림없이 나의 동생 섭정이리라.'

그날로 앵은 흰 비단으로 얼굴을 가리고 한韓나라로 갔다. 한나라 평양성에 당도한 앵은 바로 시정으로 갔다. 그녀는 널판때기 위에 누워 있는 시체를 쓰다듬으면서 하염없이 흐느껴 울었다.

시리市吏가 달려와서 울고 있는 그녀를 붙들고 묻는다.

"그대는 이 죽은 사람과 어떤 관계가 있느냐?"

앵이 대답한다.

"이 사람은 나의 동생이며, 나는 바로 그의 누이 앵이라. 내 동생 섭정의 고향은 원래 위나라 지 땅 심정리深井里란 곳인데, 그는 일찍이 의義를 좋아하고 불의不義를 미워하는 용사로서 널리 알려진 사람이오. 동생은 이 나라 정승의 불의를 미워했기 때문에 그를 죽였을 것이오. 그러나 동생은 혹 이 누이에게까지 화가 미치지나 않을까 염려하여 자기 얼굴을 못 알아보게 하고, 그 이름마저 숨겼구려. 내가 이곳에 온 것은 상금을 받기 위해서가 아니라, 다만 의기義氣 높은 동생의 이름을 세상에 밝히기 위함이라."

시리가 다시 문초한다.

"이 시체가 그대의 동생이라면 왜 정승을 죽였는지 그 이유도 알 것이다. 그대 동생에게 정승을 죽이도록 시킨 자가 누군가? 그 배후 인물을 말하라! 그러면 상감께 여쭈어 그대를 살려주겠다."

"내가 죽는 걸 두려워했다면 이곳에 오지도 않았을 것이오. 내 동생은 목숨을 던져 한나라 정승을 죽이고 남의 원수를 갚아주었소. 내 동생의 이름을 밝히지 않으면 후세에 그 이름을 전할 수 없으며, 만일 내가 동생이 정승을 죽인 이유를 밝힌다면 이는 죽은 동생의 의기를 저버림이라! 내 어찌 그 배후 인물을 말할 수 있으리오."

섭정의 누이 앵은 곧 일어나 시정 정자의 기둥에 머리를 짓찧고 죽었다.

시리는 한열후에게 가서 이 사실을 보고했다.

한열후는 길이 탄식하고 섭정 남매의 시체를 수습해서 잘 묻어 주라고 분부했다.

이에 피살당한 협누를 대신해서 한산견韓山堅이 한나라 정승이 되었다. 그후 한열후는 아들 한문후韓文侯에게 임금 자리를 전하고, 한문후는 한애후韓哀侯에게 전했다.

그런데 정승 한산견은 원래부터 한애후와 서로 사이가 좋지 않았다. 한산견은 기회를 타서 마침내 한애후를 쳐죽였다. 이에 모든 대신은 임금을 죽인 한산견을 잡아죽였다.

한나라는 죽은 한애후의 아들 약산若山을 임금으로 세웠다. 그가 바로 한의후韓懿侯이다.

그후 한의후가 죽고 그 아들 한소후韓昭侯가 임금이 되었다. 한소후는 신불해申不害를 정승으로 등용했다.

신불해는 형명학刑名學에 정통한 대가였다. 그래서 한나라는 흥성興盛했다. 물론 이건 모두 다 다음날의 이야기다.

이야기는 다시 위魏나라로 돌아간다.

주안왕 15년에 위문후魏文侯는 병이 들어 위독했다. 이에 그는 중산中山 땅을 다스리는 세자 격擊을 급히 소환했다.

한편, 조趙나라는 위나라 세자 격이 중산 땅을 떠났다는 소문을 듣고 즉시 군사를 일으켜 중산 땅으로 쳐들어갔다. 이리하여 조나라는 위나라 중산 땅을 차지했다.

그때부터 위나라와 조나라는 서로 미워하게 되었다.

위문후가 죽자 세자 격이 주상主喪이 되어 임금 자리를 이어받았다. 그가 바로 위무후魏武侯다. 위무후는 즉위하자 전문田文을 정승으로 삼았다.

그때는 오기吳起도 서하西河 땅에서 도성으로 돌아와 있었다. 오기는 항상 자기 공로에 자부심이 대단했다. 그래서 이번엔 자기가 정승이 되겠지 하고 믿었는데 전문이 정승이 되었다는 말을 듣고 매우 불쾌해했다.

오기는 분연히 궁문을 나가다가 우연히 전문을 만났다.

오기가 전문에게 묻는다.

"그대는 이 오기의 공로를 아시오? 청컨대 오늘은 그대와 나의 공로를 따져봅시다."

전문이 공손히 대답한다.

"바라건대 그 말씀을 들려주오."

오기가 묻는다.

"삼군三軍을 거느리고 북을 치며 군사들을 독려해서 죽음을 두려워하지 않게 하고 나라를 위해 공을 세우는 데는 그대와 나 중 누가 낫겠소?"

전문이 대답한다.

"나는 그대만 못하오."

"그럼 변경인 서하西河 땅을 지키되 감히 진秦나라 군사가 우리나라 동쪽으로 쳐들어오지 못하도록 막고, 한나라와 조나라를 복종시키는 데는 그대와 나 중 누가 낫겠소?"

"나는 그대만 못하오."

"그럼 문무백관을 거느리고 만백성들을 따르게 하며 부고府庫

를 충실히 하는 데는 그대와 나 중 누가 낫겠소?"

"나는 그대만 못하오."

오기가 눈알을 부라리며 묻는다.

"그대는 이 세 가지가 다 나만 못하다면서, 어찌하여 나보다 높은 벼슬에 있소?"

전문이 공손히 대답한다.

"내가 정승이 된 것은 진실로 부끄러운 일이오. 이번에 새로 등극하신 상감께선 연세가 아직 젊기 때문에 다른 나라가 우리 나라를 넘보지나 않을까 염려하시고, 또 백성들과 잘 친하지 못할까 염려하시며, 모든 대신이 잘 따르지 않을까 염려하셔서 지나치게 걱정하신 것 같소. 이 몸이 전前 임금을 성심껏 섬기며 그 말씀을 잘 지켰다고 해서 나를 정승으로 삼으신 듯하오. 내가 생각하기엔 오늘날 우리가 서로 공로를 따지고 다툴 때가 아닌 줄 아오."

전문의 대답은 오기의 태도와는 너무나 달랐다.

오기가 한참 만에 말한다.

"그대의 말씀도 그럴듯하긴 하오. 그러나 언제고 정승 자리는 내 차지가 될 테니 그리 아오."

이때 내시內侍 하나가 두 사람의 말을 엿듣고 있었다. 그 내시는 곧 위무후에게 가서 오기와 전문이 하던 말을 고했다. 그렇지 않아도 위무후는 내심 늘 오기를 경계해오던 참이었다.

"오기가 불평을 품고 과인을 원망하는구나! 장차 그가 무슨 짓을 꾸밀지 모르겠다!"

이에 위무후는 오기를 다시 서하 땅으로 보내지 않았다. 그리고 다른 신하를 서하 땅 태수로 발령했다.

눈치가 빠르고 지나치게 총명한 오기는 위무후가 자기를 경계한다는 사실을 알았다.

"이러다간 내 신변이 위험하겠구나!"

오기는 우선 목숨부터 부지하고 봐야겠다는 생각에 마침내 초楚나라로 달아났다.

초나라 초도왕楚悼王 웅의熊疑는 전부터 오기가 비범한 인재임을 익히 들어서 알고 있었다.

초도왕은 오기를 보자 첫눈에 혹해서 당장에 그를 정승으로 삼았다. 오기는 평생 소원이던 정승이 되고 보니 감개무량했다. 그는 원래부터 자기가 정승이 되기만 하면 어떤 나라고 간에 부국강병富國强兵하게 만들 수 있다고 자부해오던 터였다.

오기가 초도왕에게 청한다.

"원래 초나라는 수천 리 넓은 지역을 가졌으며, 항상 군사 100여만 명을 거느리고 있었기 때문에 모든 나라 제후를 얕잡아보고 열국列國에 가입하지 않았던 것입니다. 그러나 애석하게도 초나라는 양병養兵하는 법을 몰랐습니다. 대저 군사 기르는 법을 말씀드리자면, 먼저 재물財物부터 쌓아놓은 연후에 자유자재로 군사의 힘을 써야 합니다. 그런데 지금 초나라는 당장 필요하지도 않은 관리들이 모든 부서와 조정에 가득 들어차 있습니다. 그리고 대왕의 먼 친척들까지도 왕족의 후예랍시고 놀면서 뻔뻔스레 국록을 먹고 있습니다. 그런가 하면 국가의 운명을 맡고 있는 군사들은 겨우 몇 되[升]와 몇 말[斗]의 요식料食을 받고 있는 실정입니다. 이렇듯 푸대접을 받는 군사들이 국가 유사시에 어찌 목숨을 버리고 싸우려 하겠습니까? 대왕께서 진실로 신을 신임하신다면 신이 아뢰는 말을 잘 들어주십시오. 우선 필요하지 않은 관리부터 대폭 정리하고, 모든 귀족 나부랭이의 국록을 몰수하고, 그렇게 함으로써 국가 재정을 튼튼히 하고 대신 모든 군사를 넉넉히 대접하십시오. 이렇게 하고서도 국위國威가 선양宣揚되지 않거든 그때엔 신을 마음대로 처벌하십시오."

초도왕은 오기가 시키는 대로 마침내 일대 개혁을 단행했다. 그러나 군신群臣들이 모두 들고일어나,

"만고에 이런 법은 없습니다."

"오기의 일방적인 말만 믿어선 안 됩니다!"

"이론과 현실은 다릅니다!"

하고 극력 반대했다. 그래도 초도왕은 신하들의 말을 듣지 않았다.

드디어 오기는 새로운 관제官制를 제정하여 선포했다.

그 내용은 다음과 같다.

첫째, 불필요한 관리는 벼슬의 고하高下를 막론하고 몇백 명이든 간에 다 면직시킨다.

둘째, 비록 대신의 자제子弟일지라도 권세에 등을 대고 국록을 먹는 자는 발각 즉시 엄벌에 처한다.

셋째, 비록 왕족이든 공족公族이든 5대五代 자손 이하는 각기 자기 힘으로 벌어 먹어야 하며 일반 백성과 같이 취급한다.

넷째, 다만 왕족과 공족의 5대 자손까지는 촌수가 가깝고 먼 정도에 따라서 적당히 취급한다.

이 새로운 법령이 한번 실시되자 수만 석의 국록이 조정에 반납되었다. 이리하여 오기는 전국적으로 씩씩하고 용맹한 자만 군사로 뽑아 훈련을 시키고 수시로 무기를 점검했다. 물론 상하 계급에 따라 달라지지만 모든 군인의 급료도 대폭 인상시켰다. 게다가

실력만 인정되면 그 군인에겐 급료를 몇 배씩이나 올려주었다. 이에 모든 군인은 서로 권하며 다투듯 열심히 군무軍務에 복무했다.

마침내 초나라는 막강한 정예군을 거느리고 천하를 굽어보게 되었다. 그래서 초도왕이 살아 있을 때엔 위魏·한韓·조趙·제齊·진秦 등 모든 나라가 꼼짝을 못했다.

그러던 것이 초도왕이 세상을 떠나자 사태는 급변했다.

초도왕의 시체를 빈렴殯斂하기도 전에 그간 국록을 몰수당했던 귀족과 대신과 그 자손들이 일제히 들고일어나 국상國喪을 기회로 난을 일으켰다. 그들은 떼를 지어 모여 오기를 죽이러 갔다.

이에 오기는 도망쳐 궁중 침실로 들어갔다. 지난날 벼슬에서 쫓겨난 사람들은 각기 활을 들고 오기를 뒤쫓았다.

총명한 오기는 도저히 힘으론 그들을 당적하지 못할 것을 알았다. 그는 침실 한가운데에 안치된 초도왕의 시체를 끌어안고 엎드렸다.

벌써 화살이 날아들어오기 시작했다. 몇 개의 화살이 먼저 초도왕의 시체에 꽂혔다.

오기가 초도왕의 시체를 방패 삼듯 끌어안고 큰소리로 외친다.

"내가 죽는 건 족히 아까울 것이 없다. 그러나 옛 신하들이 원한을 품고 대왕의 시체를 범했으니 이런 대역죄大逆罪를 저지르고도 초나라 국법에서 벗어날 수 있을 것 같은가!"

오기의 몸은 이미 피투성이였다. 무수한 화살을 맞은 오기는 겨우 말을 마치자마자 초도왕의 시체 곁에 쓰러져 죽었다.

그제야 옛 신하들은 오기의 소리를 듣고 겁이 나서 일제히 흩어져 달아났다.

이에 세자 웅장熊臧이 왕위를 계승했다. 그가 바로 초숙왕楚肅

王이다.

초숙왕이 왕위에 오른 지 한 달쯤 지나서 동생 웅양부熊良夫에 게 명령을 내린다.

"그대는 선왕의 시체에 활을 쏜 옛 신하들을 모조리 잡아들여 라!"

웅양부는 군사를 거느리고 가서 난을 일으켰던 옛 신하들을 일 일이 궁으로 잡아들였다.

초숙왕은 난도亂徒들이 붙들려 들어오는 대로 쳐죽였다.

그리하여 오기 한 사람을 죽이고서 결국 초나라 70여 집안이 멸 족을 당했다.

염옹이 시로써 이 일을 탄식한 것이 있다.

평생 소원이던 정승이 되긴 했으나
그는 원래 아내를 죽이고 어머니를 버린 사람이었도다.
노나라와 위나라에 있었던 것도 다 흘러가버린 옛일이지만
그가 초나라 사람 손에 죽을 줄이야 뉘 알았으리오.
滿望終身作大臣
殺妻叛母絶人倫
誰知魯魏成流水
到底身軀喪楚人

또 오기는 초도왕의 시체를 안고 죽었기 때문에 죽은 후에도 자 기 원수를 갚을 수 있었다 하여 그의 지혜를 찬탄한 옛 시가 있다.

오기는 나라를 위해 죽음도 사양하지 않았으나

역도의 화살을 교묘히 초도왕의 시체로 집중시켰도다.

비록 국법이 70여 집안을 멸족시켰지만

결국 초도왕의 원수는 갚지 못하고 오기의 원수만 갚아주었구나!

爲國忘身死不辭

巧將賊矢集王屍

雖然王法應誅滅

不報公仇却報私

그간 제나라는 어찌되었는가.

전화田和는 제나라 임금이 된 지 2년 만에 세상을 떠났다.

그후 전화의 아들 오우가 군위를 계승했고, 다시 오의 아들 인제因齊가 군위를 계승했으니 이때가 바로 주안왕 23년이었다.

제나라 임금 인제는 늘 자기 나라가 부강한 것을 자랑했다. 오吳나라와 월越나라 임금이 왕이라 자칭한다는 소리를 듣고서 자기가 그들만 못할 것이 뭐냐 하고 마침내 스스로 왕이라고 일컬었다.

이리하여 제나라 임금 인제는 제왕齊王이 되었다. 그가 바로 제위왕齊威王이다.

한편, 위나라 위후魏侯 앵罃도 제나라 임금이 왕이라고 자칭한다는 걸 듣고서,

"우리 위나라가 어찌 제나라만 못할 리 있으리오!"

하고 드디어 스스로 왕이라고 일컬었다.

『맹자孟子』에 보면 그 첫머리에,

맹자가 양혜왕梁惠王(위魏나라는 그후 도읍을 양梁 땅으로 옮겼

다)을 뵈옵는데 양혜왕이 말하기를, '선생께서 천리 먼 곳을 이렇듯 오셨으니 장차 무엇으로써 우리 나라를 이롭게 하시렵니까?'

하는 구절이 있다.

이 양혜왕이란 자가 바로 위후 앵이다. 맹자는 바로 이때 사람이었다. 그 무렵은 모든 나라가 마침내 주 왕실의 주안왕을 싹 무시하고 제각기 자기도 왕이라고 날뛰던 혼란기였다.

이야기를 다시 제나라로 옮긴다.

제후齊侯 인제因齊는 제위왕이 된 이후로 날마다 주색을 일삼고 음악만 즐기며 나라 정사는 전혀 거들떠보지도 않았다.

그후 제위왕은 9년 동안이나 주색잡기酒色雜技에만 빠져 있었으니 제나라 꼴이 말이 아니었다.

이 기회를 놓치지 않고 한韓·위魏·노魯·조趙 등 여러 나라는 심심하면 제나라를 쳤다. 그래서 제나라 장수들은 변경에서 그들을 맞이하여 여러 번 싸웠으나 늘 지기만 했다.

어느 날이었다.

한 선비가 제나라 궁문 앞에 와서 청한다.

"나는 원래 제나라 사람으로 성은 추騶이며 이름을 기忌라 하오. 재주라고는 거문고를 타는 것뿐이오. 왕께서 특히 음악을 좋아하신다기에 뵈오러 왔소."

궁문지기는 들어가서 제위왕에게 선비의 말을 전했다. 제위왕은 곧 그 선비를 데리고 들어오게 했다.

이윽고 추기騶忌가 들어가서 제위왕에게 절한다.

제위왕이 추기에게 자리를 주어 앉게 하고 좌우 내시에게 분부한다.

"양쪽에 안상案床을 놓고 선비에게 거문고를 갖다드려라."

좌우 내시가 추기 앞에 거문고를 갖다놓았다. 그러나 추기는 거문고 줄만 쓰다듬고 있을 뿐 탄주彈奏하지 않았다.

제위왕이 의아해서 묻는다.

"선생이 거문고를 잘 탄다 하니 과인은 그 소리를 듣고자 하오. 한데 줄만 쓰다듬고 탄주하지 않으니 거문고가 좋지 않아서 그러오? 아니면 과인을 위해서는 탄주할 수 없다는 것인가?"

추기가 거문고를 밀어놓고 옷깃을 여미며 대답한다.

"신이 아는 것은 거문고의 이치理致뿐입니다. 거문고를 탄주해서 소리를 아뢰는 것은 악공들이 할 일입니다. 신이 비록 탄주할 줄은 알지만 왕께 들려드릴 만한 실력은 못 됩니다."

"그럼 그 거문고의 이치를 좀 들려주오!"

추기가 대답한다.

"원래 거문고 금琴은 금禁자와 같은 뜻입니다. 곧 음淫하고 사邪한 것을 금지하고 모든 것을 바르게 한다는 뜻입니다. 옛날에 복희씨伏羲氏가 처음으로 거문고를 만들었을 땐 그 길이가 3척 6촌 6푼이었으니 그것은 바로 1년 366일을 상징한 것이었습니다. 또 그 넓이가 6촌이었으니 그것은 6합六合(동·서·남·북·상·하)을 상징한 것이었습니다. 또 앞은 넓고 뒤를 좁게 만든 것은 존귀하고 비천한 것을 상징한 것이며, 위는 둥글고 밑이 모가 진 것은 하늘과 땅을 상징한 것이며, 줄을 다섯 개로 한 것은 오행五行(목木·화火·토土·금金·수水)을 상징한 것입니다. 그리고 큰 줄로 임금을 상징했고, 조그만 줄로 신하를 상징했습니다. 뿐만 아니라 그 소리는 느린 것과 급한 걸로써 청탁淸濁을 삼았습니다. 곧 탁음濁音은 너그럽되 느리지 않으니 바로 임금의 도道이며, 청음淸音은 청렴하되 어지럽지 않으니 바로 신하의 도리입니다. 또 다섯 줄로 궁宮·상商·각角·치徵·우羽의 다섯 음계를 나누었습니다. 그후 문왕文王은 문현文絃이라는 줄 하나를 더 첨부해서 소궁少宮이라 했고, 무왕武王은 무현武絃이란 줄 하나를 첨부해서 소상少商이라고 했으니 이는 임금과 신하의 은혜를 서로 합쳤다는 뜻입니다. 그러므로 훌륭한 임금과 훌륭한 신하가 서로 만나고, 그 정령政令이 백성과 조화를 이루면 이 이상 나라를 잘 다스리는 길은 없습니다."

제위왕이 감탄한다.

"착하도다! 선생이 이미 거문고의 이치를 다 알았으니 반드시 거문고도 잘 탄주할지라. 과인을 위해서 한 곡조 들려주오."

추기가 대답한다.

"신은 거문고에 뜻이 있어 늘 거기에 주의를 기울여왔지만, 대왕께선 국가를 맡으신 어른으로서 왜 나랏일에 힘쓰지 않으십니까? 이제 대왕께서 나라를 맡고 계시면서도 다스리지 않는 것과 신이 거문고를 만지면서 탄주하지 않는 것이 무엇이 다르겠습니까? 신이 거문고만 만지고 탄주하지 않으면 대왕을 기쁘게 할 수 없듯이, 대왕께서도 나라를 맡기만 하고 다스리지 않으시면 만백성이 기뻐하지 않습니다."

제위왕이 놀라면서 말한다.

"선생이 거문고로 과인의 잘못을 고치라고 하니 내 어찌 선생의 분부를 듣지 않을 수 있으리오."

마침내 제위왕은 추기를 우실右室에 머물게 했다.

이튿날 제위왕은 목욕재계하고 다시 추기를 불러들여 국사를 논했다.

추기가 제위왕에게 아뢴다.

"대왕께선 술을 절음節飮하시고, 여색女色을 멀리하시고, 모든 일을 명실상부名實相符하게 하시고, 충신과 간신을 구별하시고, 백성을 잘 지도하사 패왕霸王의 대업大業을 경영하십시오."

제위왕은 감탄하여 그날로 추기를 정승으로 삼았다.

이때 변사辯士로서 순우곤淳于髡이란 사람이 있었다. 순우곤은 추기가 하루아침에 정승이 되자 분노했다. 그래서 많은 제자들을 거느리고 추기의 부중으로 갔다.

추기는 찾아온 순우곤을 공손히 영접했다. 순우곤은 매우 거만스레 윗자리에 자리를 잡고 앉았다.

"나는 승상에게 물어볼 말이 있어서 왔소. 승상은 대답하시겠소?"

순우곤은 추기의 자격을 시험하려는 말본새였다.

추기가 대답한다.

"바라건대 말씀하오."

순우곤이 묻는다.

"아들은 어머니 옆을 떠나지 않으며, 아내는 남편 곁을 떠나지 않소. 이런 경우에 승상은 어찌하겠소?"

"삼가 그대의 가르침을 받고자 하오. 그러나 내가 그런 경우라면 '신하는 감히 임금 곁을 떠나지 않는다' 고 하겠소."

순우곤이 또 묻는다.

"대추나무로 수레바퀴를 만들어서 거기에 짐승의 지방脂肪을 바르면 미끄러워서 잘 가오. 그러나 앞이 막혔다든지 큰 함정이 있든지 하면 수레바퀴가 가지를 못하오. 이런 경우에 승상은 어찌하겠소?"

추기가 대답한다.

"삼가 그대의 가르침을 받고자 하오. 그러나 내가 그런 경우라면 '모든 일은 인정人情에 순응해야만 한다'고 하겠소."

순우곤이 또 묻는다.

"활에 아교를 칠해도 때로는 해체되는 수가 있지만, 모든 강물은 바다로 흘러들어 자연히 합칩니다. 이런 경우에 승상은 어찌하겠소?"

추기가 대답한다.

"삼가 그대의 가르침을 받고자 하오. 그러나 내가 그런 경우라면 '반드시 모든 백성들과 더불어 친하고, 백성들이 따르도록 해야 한다'고 하겠소."

"여우 갖옷이 비록 귀하다지만 떨어지면 개가죽을 대어서 기울 수는 없소. 이런 경우에 승상은 어찌하겠소?"

"삼가 그대의 가르침을 받고자 하오. 그러나 내가 그런 경우라면 '반드시 어진 사람만을 가려서 뽑고, 어리석고 간사한 자를 물리쳐야 한다'고 하겠소."

"바퀴살〔輻〕과 바퀴통〔轂〕은 한치 한푼만 틀려도 수레를 꾸밀 수 없건만, 거문고는 천천히 탄주하기도 하고 급히 탄주하기도 해야만 음률音律을 이룰 수 있오. 이런 경우에 승상은 어찌하겠소?"

추기가 대답한다.

"삼가 그대의 가르침을 받고자 하오. 그러나 내가 그런 경우라면 '빈틈없이 법령을 제정해놓고, 탐관오리貪官汚吏들을 교화하고 꾸짖기도 하면서 적절히 감독해야 한다'고 하겠소."

"……"

순우곤은 한동안 말을 하지 못했다.

이윽고 순우곤은 자리에서 내려와 추기에게 두 번 절하고 물러갔다.

제자들이 순우곤에게 묻는다.

"선생께선 처음에 승상을 대할 때는 위세가 당당하셨는데, 이제 재배하고 물러나오시다니 왜 그렇게 비굴하게 구셨습니까?"

순우곤이 제자들에게 대답한다.

"나는 비유比喩를 써서 다섯 가지를 물었는데 승상은 내 뜻을 다 알고 즉석에서 답변했다. 승상은 진실로 큰 인물이다. 내가 따를 바가 아니었다."

그 당시 여러 나라로 떠돌아다니면서 유세遊說를 일삼던 많은 선비들이 이 소문을 듣고 추기를 만나보려고 제나라로 모여들었다.

그후 추기는 순우곤의 조언을 받아가면서 나라를 다스리기에 노력했다.

추기는 늘 모든 대부에게 물었다.

"지금 각 고을에 나가 있는 모든 태수太守들 중에서 현명한 사람은 누구이며, 나쁜 짓을 하는 사람은 누군지요?"

그럴 때마다 대부들은 이구동성으로 아읍阿邑의 태수를 훌륭한 사람이라고 칭찬했다. 그리고 즉묵읍卽墨邑의 태수를 못된 자라고 깎아서 말했다.

추기는 모든 대부의 의견을 제위왕에게 고했다. 이에 제위왕도 대부들에게 어느 고을 태수가 현명한 사람이며, 못된 사람이냐고 물어보았다.

모든 대부는 역시 아읍의 태수를 칭찬하고 즉묵읍의 태수를 깎

아내렸다. 마침내 제위왕은 비밀히 사자를 보내어 아읍과 즉묵읍을 시찰하고 오게 했다.

그후 사자가 돌아와서 제위왕에게 두 고을에 관한 실태를 보고했다. 보고를 듣고 난 제위왕은 즉시 아읍과 즉묵읍의 두 태수를 소환했다.

소환을 받고 즉묵읍의 태수가 먼저 와서 제위왕을 뵈었다.

제위왕은 즉묵읍 태수의 절을 받고 머리만 끄덕일 뿐 아무 말도 하지 않았다. 모든 대부는 즉묵읍의 태수가 아무 꾸중도 듣지 않는 걸 보고서 내심 놀랐다.

조금 늦게 아읍의 태수가 당도했다.

제위왕이 아읍 태수의 절을 받고 나서 모든 신하에게 말한다.

"이제 어진 태수와 어질지 못한 태수가 왔으니 그들에게 상벌賞罰을 내리겠다!"

이 말을 듣고 모든 대부가 서로 속삭인다.

"두고 보시오. 이번에 아읍 태수는 큰 상을 받을 것이며, 즉묵읍 태수는 엄벌을 당할 것이오."

문무백관이 늘어선 정전正殿에서 제위왕은 즉묵읍의 태수를 앞으로 불러냈다.

"그대가 즉묵읍으로 부임해간 이후로 날마다 그대를 헐뜯는 비난이 내 귀에 들어왔소. 그래서 은밀히 사자를 즉묵읍으로 보내보았소. 그런데 돌아온 사자의 보고에 의하면 즉묵읍은 논과 밭이 잘 개척되어 있고, 백성들은 수입이 늘어서 생활도 풍족하고, 관청엔 밀린 일이 없다는 것이었소. 그대가 그렇듯 선치善治를 했는데 왜 모두가 그대를 비난하는 것일까! 그 이유는 그대가 도성에 있는 고관高官들에게 뇌물을 바치며 아첨하지 않았기 때문이오. 그래서 그대는 성심껏 즉묵읍을 다스렸건만 많은 중상모략을 당했소. 이제 과인은 그대에게 호수戶數 1만이 되는 큰 고을을 주겠소."

다음에 제위왕은 아읍의 태수를 앞으로 불러냈다.

"그대가 아읍으로 부임해간 이후로 날마다 그대를 칭송하는 칭찬이 내 귀에 들려왔다. 그래서 은밀히 사자를 아읍으로 보내보았다. 그런데 돌아온 사자의 보고에 의하면 논밭은 거칠고, 백성들은 굶어서 부황이 나고, 심지어 지난날 조나라 군사가 그곳 경계 가까이까지 쳐들어온 일이 있었건만 너는 물리칠 생각도 하지 않았다더구나. 그러면서 너는 무얼 했는가! 오로지 도성에 있는 모든 고관들에게 많은 재물을 뇌물로 바치는 걸 일삼고, 과인의 귀에 좋은 말만 들어가도록 힘썼을 뿐이다. 세상에 너같이 못된 수령守令은 없을 것이다!"

아읍 태수가 머리를 조아리며 사죄한다.

"한 번만 용서해주시면 다시는 그런 짓을 하지 않고 고을을 다스리는 데 전심전력하겠습니다."

제위왕이 노기등등하여 역사力士를 부른다.

"역사야! 뜰에 가마솥을 내놓고 물을 끓여라!"

역사는 가마솥에 불을 지펴 물을 펄펄 끓였다. 제위왕이 손을 들어 신호하자 역사가 아읍의 태수를 결박지어 끓는 가마솥으로 던졌다.

문무백관들은 이 광경을 보고 모두 사색이 되었다.

제위왕이 평소에 아읍의 태수를 극구 칭찬하던 수십 명을 잡아내어 꾸짖는다.

"너희들은 이른바 좌우에서 과인을 돕는다는 자들이 아니냐! 또 과인은 너희들의 도움을 받아 나라를 다스리는 처지가 아니냐!

그러한 너희들이 뒷구멍으로 뇌물이나 받아먹고 거짓말이나 하면서 과인을 속이다니 이럴 수가 있느냐? 이러한 신하들을 장차 무엇에 쓰리오. 역사야! 이놈들도 모조리 끓는 물에 집어넣어라!"

뇌물을 먹은 신하들이 일제히 절하며 애걸한다.

"대왕이여, 한 번만 용서해주소서!"

제위왕은 역사를 시켜 그중에서도 특히 평소에 아읍의 태수와 친했던 신하부터 하나씩 끌어내어 끓는 가마솥 안에 집어넣었다.

죄 없는 신하들도 그 무서운 광경을 보고 사시나무 떨듯 떨었다. 그러니 뇌물을 먹은 신하들은 이미 죽은 몸이나 다름없었다.

제위왕은 차례로 10여 명을 삶아죽인 후에야 가마솥을 치우게 했다.

옛 시로써 이 일을 증명할 수 있다.

　　벼슬길이란 세도 줄을 잘 잡아야 하므로
　　허위와 모략이 따르게 마련이로다.
　　참으로 죽일 자는 누구이며, 믿어야 할 사람은 누구인가
　　그러기에 모두가 제위왕의 이번 처사를 칭송했도다.
　　權歸左右主人依
　　毀譽由來倒是非
　　誰似烹阿封卽墨
　　竟將公道誦齊威

그후 제위왕은 그러한 폐단이 없도록 애써 어진 인재를 뽑고, 지방 태수를 대폭 경질更迭했다. 곧 단자檀子를 남성南城 땅 태수로 보내어 초나라에 대한 국방을 튼튼히 하게 하고, 전분田肦을

고당高唐 땅 태수로 보내어 조나라에 대한 국방을 튼튼히 하게 하고, 검부黔夫를 서주徐州 땅 태수로 보내어 연燕나라에 대한 국방을 튼튼히 하게 했다.

그리고 종수種首를 사구司寇로 삼고, 전기田忌를 사마司馬로 등용했다.

이리하여 제나라는 잘 다스려졌다. 따라서 모든 나라 제후들도 제위왕을 두려워하여 제나라에 복종했다.

제위왕이 정승 추기에게 하비下邳 땅을 봉하고 작호爵號를 내린다.

"과인의 뜻을 성취시켜준 사람은 바로 정승 추기라. 이제 추기에게 성후成侯라는 작호를 내리오."

성후로 승격한 정승 추기가 사은숙배謝恩肅拜하고 아뢴다.

"옛날 제환공齊桓公과 진문공晉文公은 다섯 패후들 중에서도 가장 큰 업적을 이루었습니다. 그것은 그들이 주 왕실을 높임으로써 명목을 삼았기 때문입니다. 이제 주 왕실은 쇠약해졌지만 천자를 상징하는 구정九鼎이 아직도 주나라에 있습니다. 대왕께선 왜 주나라에 가서 주왕께 조례하시지 않습니까? 대왕께서 주왕의 총애를 받고 모든 나라 제후를 다스리면 옛 제환공과 진문공보다 더 큰 업적을 성취하실 것입니다."

제위왕이 반문한다.

"과인은 이미 왕이라 자칭하는 처지요. 나와 주왕은 같은 왕인데 왕이 어찌 왕을 조례한단 말이오?"

추기가 대답한다.

"대저 왕이란 모든 나라 제후의 으뜸이란 뜻이지 결코 천자를 무시하라는 뜻우 아닙니다. 그러니 주왕을 뵈올 때만은 잠시 제후

齊侯로서 행세하십시오. 그러면 천자는 대왕의 겸양하는 덕을 기뻐하시고 반드시 은총을 내리실 것입니다."

이 말을 듣자 제위왕은 깊이 깨닫고 감복했다. 그는 즉시 어가를 타고 주나라로 행차했다. 이때가 바로 주열왕周烈王 6년이었다.

주 왕실은 이미 쇠약할 대로 쇠약해져 모든 나라 제후諸侯가 천자에게 가서 조례하지 않은 지도 오래되었다.

그러던 차에 제후齊侯가 단독으로 조정에 와서 천자에게 문안을 드리니 주나라는 큰 경사가 난 듯 모든 신하와 백성이 기뻐서 어쩔 줄을 몰라 했다.

주열왕도 제후의 조례를 받고 어찌나 반갑고 기쁘던지 신하들에게,

"부고에 값진 물건이라도 남아 있나 자세히 살펴보아라. 무슨 보물이라도 있거든 모두 제후에게 드려라. 짐은 짐을 찾아온 제후의 수고에 보답하고 싶다!"

하고 분부했다.

제후는 조례를 마친 후 주열왕이 주는 보물을 받아 주나라를 떠나 귀로歸路에 올랐다. 백성들은 앞을 다투어 도로 연변에 나와 돌아가는 제후의 행차를 향해 시종 열광적인 환호성을 올렸다.

그 당시 천하에서 행세한다는 큰 나라는 제齊 · 초楚 · 위魏 · 조趙 · 한韓 · 연燕 · 진秦 일곱 나라였다. 그들 일곱 나라는 땅도 크고 군대도 강해서 서로 실력이 비등했다.

그 외에 월나라 등은 역시 임금이 왕이라고 칭호는 했지만 나날이 쇠약해지는 형편이었다. 또 옛날에 제법 행세했던 송宋 · 노魯 · 위衛 · 정鄭 등의 나라는 아주 쇠약해져서 족히 말할 거리가 못되었다.

제위왕이 주 왕실에 다녀온 이후 패왕霸王으로서 자처하게 되자 초楚·위魏·한韓·조趙·연燕 다섯 나라는 제나라를 섬겼다. 그래서 그들이 대회를 열 때면 으레 제위왕을 맹주盟主로 추대했다.

다만 진秦나라만은 멀리 떨어진 서융西戎 지대에 위치하고 있었기 때문에 중국의 모든 나라가 업신여기고 전혀 상대하지 않았다.

진나라 진헌공秦獻公 때 일이었다. 진나라에 사흘 동안 황금빛 비가 내렸다.

이때 주나라 태사太史 담儋이 이 소문을 듣고 혼잣말로 탄식한다.

"진나라는 옛날에 우리 주나라가 나눠준 땅이다. 예로부터 전하는 말에 의하면 '500여 년이 지난 후에 진나라에서 천하를 통일할 패왕이 나오는데, 서쪽은 오행五行으로 따지면 금金에 해당하는 고로 그 패왕은 금덕金德으로써 천하에 왕이 될 것이다'라고 했다. 이번에 하늘이 진나라에 황금빛 비를 내렸다 하니 이제부터 진나라에 큰 운이 열리겠구나!"

그후 진나라에선 진헌공이 죽고 아들 진효공秦孝公이 임금 자리를 계승했다. 진효공은 진나라가 중국 모든 나라에 참가하지 못하는 걸 수치로 생각하고 마침내 영을 내렸다.

"계급의 상하를 막론하고 누구든지 훌륭한 계책을 아뢰어 우리 진나라를 강해지도록 하는 사람이 있다면 그에게 높은 벼슬을 주고 큰 고을을 봉하리라!"

그리하여 바야흐로 천하 여기저기에서 신흥新興 세력이 일어나고 많은 영웅과 인물들이 쏟아져나오기 시작했다.

삼진三晉이 정립鼎立된 이후로 이미 사실상의 전국戰國 시대•는 시작된 것이다.

귀곡鬼谷 선생의 네 제자

　공손앙公孫鞅은 원래가 위衛나라 임금의 후손이었다. 그래서 세상 사람들은 그를 위앙衛鞅이라고 불렀다. 위앙은 형명학자刑名學者였다.

　이때 위나라는 날로 쇠약해졌다. 위앙은 자기 재주와 능력을 펴기 위해서 위나라를 버리고 위魏나라로 떠났다. 그는 벼슬길을 구하려고 위나라 정승 전문田文을 찾아갔다. 그러나 이미 죽고 없었다.

　그때 위나라 정승은 공숙좌公叔痤였다. 그래서 위앙은 공숙좌의 문하에 몸을 의탁했다.

　정승 공숙좌는 위앙의 출중한 재주를 알게 되자 중서자中庶子 (정승의 속관屬官)란 벼슬 자리에 천거했다.

　공숙좌는 큰일이 있을 때마다 반드시 위앙과 함께 상의했다. 모든 일이 다 위앙이 말한 대로 되어갔기 때문이다. 그래서 공숙좌는 위앙을 깊이 사랑하고 장차 큰 벼슬 자리에 천거할 작정이었다.

　그러던 것이 호사다마好事多魔라고나 할까, 공숙좌가 그만 병으로 드러눕게 되었다. 이에 위혜왕魏惠王은 친히 승상부까지 가서 공숙좌를 문병했다. 공숙좌는 병세가 위중해서 숨소리도 가냘팠다.

위혜왕이 눈물을 흘리면서 공숙좌에게 묻는다.

"그대가 불행하게도 다시 일어나지 못한다면 장차 누구에게 나랏일을 맡겨야 좋겠소?"

공숙좌가 병석에서 일어나지도 못하고 대답한다.

"지금 중서자 벼슬에 있는 위앙은 비록 나이는 젊으나 오늘날 세상에서 가장 뛰어난 인물입니다. 위앙에게 나랏일을 맡기면 신보다 열 배나 나을 것입니다."

그러나 위혜왕은 아무 대답도 하지 않았다.

공숙좌가 계속 아뢴다.

"왕께서 만일 위앙을 등용하실 생각이 없으시거든 차라리 그를 죽여버리십시오. 그가 경계境界를 벗어나 다른 나라로 가버리면 장차 우리 나라에 이롭지 않습니다."

위혜왕이 대답한다.

"그렇게 하리다."

위혜왕이 수레를 타고 궁으로 돌아가면서 탄식한다.

"공숙좌가 오랫동안 병을 앓더니 사람까지 변했구나! 과인에게 위앙을 정승으로 앉히라니, 원 그렇게까지 사람이 변할 수 있을까! 쓰지 않으려거든 차라리 죽여버리라고 하니, 글쎄 내버려둔다고 그까짓 위앙이란 놈이 무슨 짓을 한단 말인가! 참으로 병이란 무서운 것이다. 멀쩡하던 사람도 헛소리를 하게 되는구나!"

위혜왕이 궁으로 돌아간 후였다. 정승 공숙좌는 병상 곁으로 위앙을 불러들였다.

"내가 왕께 그대를 천거했으나 왕은 그대를 쓸 것 같지 않았소. 그래서 나는 그대를 쓰지 않으려거든 죽여버리라고 했소. 나는 누구보다도 이 나라 왕을 섬기는 신하인지라. 그래서 먼저 왕께 고하고 난 다음에 지금 그대에게 일러주는 것이오. 그대는 속히 달아나오. 이곳에 있다가는 목숨을 부지하지 못하리라."

위앙이 태연히 대답한다.

"승상께선 염려하지 마십시오. 승상께서 나를 천거해도 듣지 않는 왕이라면, 아무리 나를 죽이라고 권해도 역시 그 말을 듣지 않을 것입니다."

위앙은 더욱 태연할 뿐 달아나지 않았다.

대부 벼슬에 있는 공자 앙卬은 위앙과 절친한 사이였다. 그 또한 위혜왕에게 누차 위앙을 천거했다. 그러나 위혜왕은 위앙을 등용하지 않았다.

그후 위앙은 진秦나라 진효공秦孝公이 널리 천하의 인재를 구한다는 소문을 들었다. 마침내 위앙은 위魏나라를 버리고 진나라로 들어갔다.

진나라에 당도한 위앙은 진효공의 총애를 받고 있는 대부 경감景監을 찾아갔다. 경감은 위앙과 서로 여러 가지 이야기를 나누어보았다. 과연 위앙은 뛰어난 인물이었다.

수일 후 경감은 궁에 들어가서 진효공에게 위앙을 천거했다. 진효공은 뛰어난 인재가 왔다는 말을 듣고 즉시 위앙을 궁으로 불러들였다. 그러고는 어떻게 하면 나라를 잘 다스릴 수 있는지 물었다.

그런데 위앙은 복희씨伏羲氏와 신농씨神農氏와 요堯임금과 순舜임금 등 태곳적 성군聖君에 관해서만 이야기했다. 위앙의 말이다 끝나기도 전에 진효공은 코를 골며 졸기 시작했다.

이튿날 경감이 궁으로 들어갔다. 진효공이 경감을 꾸짖는다.

"그대가 추천한 사람은 어째서 그 모양이오? 그 사람은 쓸데없는 말만 합디다. 어찌하여 과인에게 그런 사람을 천거했소?"

경감이 궁에서 물러나오는 길로 즉시 집에 돌아가서 위앙에게 묻는다.

"내가 상감께 선생을 천거했는데 선생은 어째서 쓸데없는 말만 하셨소?"

위앙이 대답한다.

"나는 상감께 옛 성군의 도를 실천하시도록 아뢨습니다. 그런데 상감께선 내가 아뢰는 말뜻을 못 알아들으시더군요. 바라건대 다시 한 번 상감을 뵙게 해주시오."

경감이 말한다.

"지금으로선 상감이 선생을 만나줄 것 같지 않소. 한 닷새쯤 지난 후에 다시 주선해보겠소."

그후 닷새가 지났다.

경감이 진효공에게 아뢴다.

"위앙이 전번에 하고 싶은 말을 다 아뢰지 못했다면서 다시 상감을 뵙겠다고 청합니다. 상감께선 그를 다시 만나보십시오."

진효공은 다시 위앙을 만나보기로 했다.

이에 위앙은 궁에 들어가서 진효공에게 하夏나라 우왕禹王이 모든 구역을 정하고 세稅를 부과했던 일에서부터 탕왕湯王과 무왕武王이 천명天命을 따라 인심에 순응했던 일까지 낱낱이 들어서 자세히 아뢨다.

진효공이 시종 시무룩하게 위앙의 말을 듣고 나서 말한다.

"그대는 참으로 옛일엔 박식博識하오. 그러나 오늘날은 옛 우왕이나 탕왕 당시와는 시대가 전혀 다르오. 그러므로 과인은 그대를 등용할 수 없으니 물러가오."

경감은 궁문 밖에서 위앙이 나올 때를 기다리고 있었다. 얼마 후에야 경감은 위앙이 궁에서 나오는 걸 보고 가까이 갔다.

"오늘은 상감께 무슨 말씀을 하셨소?"

위앙이 대답한다.

"이번엔 상감께 왕도王道를 실천하시도록 아뢨소. 그러나 상감은 내 말이 마음에 들지 않았나 봅니다."

경감이 답답하다는 듯이 말한다.

"임금이 인재를 구해서 등용하려는 뜻은 마치 포수가 좋은 포망捕網을 구하는 것과 같소. 곧 자나깨나 날짐승을 잡겠다는 생각뿐이란 말이오. 그런데 어째서 상감께 즉시 이익이 될 일은 아뢰지 않고 옛 제도帝道와 왕도 따위만 말했소? 선생은 참으로 딱도 하시오!"

위앙이 또 청한다.

"나는 상감의 뜻이 어느 정도로 높은지 몰라 여러모로 그 뜻을 떠본 데 불과하오. 이젠 상감이 무엇을 좋아하며 무엇을 싫어하는지를 알았소. 내가 한 번만 더 상감을 뵈올 수 있도록 주선해주오. 이번엔 틀림없이 상감의 뜻에 들 것이오."

경감이 대답한다.

"나는 선생을 두 번씩이나 천거했소. 상감은 두 번 다 선생을 마뜩찮게 생각하셨소. 그러니 내가 또 선생을 천거한다면 상감은 반드시 화를 낼 것이오."

이튿날 경감은 궁에 들어가서 진효공에게 사죄만 하고 더 이상 위앙을 천거하지 않았다.

경감이 집으로 돌아오자 위앙이 묻는다.

"그대는 오늘 상감께 다시 한 번 나를 천거하셨는지요?"

경감이 대답한다.

"더 이상 그대를 천거할 수가 없었소."

위앙이 탄식한다.

"참으로 애석한 일이오! 진나라 상감은 어진 사람을 구한다면서 공연히 수선만 떨 뿐이지 훌륭한 인재가 있어도 쓸 줄을 모르는구려. 장차 나는 이곳을 떠나겠소!"

경감이 묻는다.

"선생은 이곳을 떠나면 어디로 갈 작정인지요?"

위앙이 대답한다.

"지금 천하엔 여섯 나라 왕이 있어 서로가 패권을 다투는 판국이오. 여섯 나라 왕 중에서 어찌 어진 인재를 구하는 사람이 없겠소. 나는 진나라 임금보다 훌륭한 임금을 찾아가서 섬길 작정이오. 그대는 나보다 더 훌륭한 사람을 구해서 임금에게 천거하오."

경감이 당황해한다.

"선생은 닷새만 더 기다려주오. 내 기회를 보아 다시 한 번 상감께 선생을 천거하겠소."

다시 닷새가 지났다.

그날도 경감은 궁으로 들어갔다. 진효공은 내궁內宮에서 술을 마시고 있었다.

이때 기러기가 내궁 앞 하늘을 날아가고 있었다. 진효공은 술잔을 내려놓고 기러기를 바라보며 길이 한숨을 쉬었다.

경감이 묻는다.

"상감께선 어찌하사 날아가는 기러기를 보고 한숨을 지으십니까?"

진효공이 처량히 대답한다.

"옛날에 제환공齊桓公은 이런 말을 했다고 하오. '나에게 중부仲父(관중管仲의 자字)가 있다는 것은 마치 기러기에 날개가 있는 것과 같다.' 그런데 과인은 널리 인재를 구한 지가 벌써 여러 달이 지났건만 기이한 인물이 나타나지 않는구려! 말하자면 하늘을 찌를 듯한 의욕은 있건만 날개가 없으니 어찌하리오! 그래서 홀로 탄식하는 것이오."

경감이 따라서 탄식한다.

"그간 신의 집에 머물고 있는 위앙은 늘 '나에겐 제도帝道와 왕도王道와 패도覇道를 모두 이룰 수 있는 세 가지 술법術法이 있다'며 자부하고 있습니다. 그는 '내 전번에 제도와 왕도를 아뢰었더니 상감께서 좋아하지 않으시더군요. 이젠 마지막으로 상감께 패업하는 방법을 아뢰겠으니 좀 주선해주시오' 하고 신에게 청했습니다. 그러니 상감께선 한 번만 더 위앙을 만나보십시오."

진효공은 패업하는 방법이란 말이 가장 마음에 들어 즉시 경감을 시켜 위앙을 불러들였다.

진효공이 위앙을 가벼이 책망한다.

"그대가 패업하는 방법을 안다고 하니 그게 사실이오? 한데 왜 그걸 과인에게 속히 가르쳐주지 않았소?"

위앙이 대답한다.

"신이 어찌 말씀드리기를 싫어할 리 있겠습니까? 다만 패업하는 방법은 제왕帝王의 도道와 아주 다르기 때문이었습니다. 제왕의 도는 민정民情에 순응하지만, 패업을 성취하는 방법은 그와 반대로 반드시 민정과 역행해야 합니다."

이 말을 듣자 진효공은 갑자기 칼을 만지면서 노기등등했다.

"그게 무슨 소린가? 패업을 성취하는 길이 어째서 민심에 역행한단 말이냐!"

위앙이 조용히 대답한다.

"대저 거문고 소리가 고르지 못할 경우엔 반드시 새 줄을 바꿔 달아야 합니다. 그와 마찬가지로 정치도 단호한 개혁을 해야만 새로운 성과를 얻습니다. 그런데 일반 백성들은 우선 당장 편안할 도리만 바랄 뿐이지 100년 후의 이익은 생각하지 않습니다. 그러기 때문에 패업을 성취하려면 백성을 엄격히 다루어야 합니다. 옛날에 관중管仲은 제나라 정승이 되어 군령軍令으로 나라를 다스렸습니다. 곧 제나라를 25개 향鄕으로 나누고, 사士·농農·공工·상商에 종사하는 백성들로 하여금 각기 그 직업에 충실하도록 강요하고, 과거의 제도를 모조리 뜯어고쳤습니다. 그 당시에 백성들이 어찌 그 엄격한 명령에 기꺼이 복종했을 리 있겠습니까. 그러나 결국 국내가 잘 다스려지고, 외국이 다 복종하고, 제환공이 천하에 이름을 떨치고, 백성들도 그 이익을 받게 되자 그제야 비로소 관중이 천재란 걸 알았습니다."

진효공이 머리를 끄덕이며 묻는다.

"그대에게 진실로 관중과 같은 재주가 있다면 과인은 그대에게 나라를 맡기고 시키는 대로 하겠소. 그러나 패업을 성취할 수 있는 방법이 무엇인지 그걸 모르겠구려!"

위앙이 대답한다.

"국가 경제가 부유해야만 비로소 군사를 쓸 수 있습니다. 또 군사란 강해야만 싸워서 적을 무찌를 수 있습니다. 그러니 국가 경제를 부유하게 하려면 모든 산업産業에 온 힘을 기울여야 하며, 군사를 강하게 하려면 많은 상을 주어 그들을 이끌어야 하며, 백성에게 국가가 추구하는 바를 알려야 하며, 동시에 엄벌로써 백성들이 두려움을 알도록 다스려야만 합니다. 상벌이 분명하면 정령政令은 반드시 실시됩니다. 그러고도 부강하지 않은 나라를 신은 일찍이 보지 못했습니다."

진효공이 찬탄한다.

"좋도다! 그대의 말씀이여! 내 그 방법을 실천하겠소!"

위앙이 또 아뢴다.

"대저 부강하려면 반드시 그 일에 적임자를 얻어야 성공하며, 비록 적임자를 얻었을지라도 오로지 그에게 모든 일을 맡겨야 성공하며, 오로지 맡겼을지라도 임금이 좌우 사람의 말에 혹해서 변덕을 부리면 성공하지 못합니다."

진효공이 대답한다.

"참으로 옳은 말이오."

"그럼 이만 하고 신은 물러가겠습니다."

진효공이 묻는다.

"과인은 그대의 좋은 말을 다 듣고자 바라는데 어째서 갑자기 물러가려 하오?"

위앙이 대답한다.

"바라건대 상감께선 사흘 동안 깊이 생각하시고 가부간에 결정을 내리십시오. 그런 후에 신이 모든 걸 아뢰겠습니다."

위앙은 즉시 궁중에서 물러나왔다.

경감이 따라와서 마땅찮다는 듯이 위앙에게 묻는다.

"오늘 상감은 그대의 말을 듣고 몹시 만족해하셨소. 그런 좋은 기회에 생각하는 바를 다 아뢰지 않고 왜 상감께 사흘 동안 깊이 생각하시라고 무뚝뚝하게 말하였소?"

위앙이 대답한다.

"상감이 아직 굳은 결심을 못하고 있기에 혹 변덕을 부리지나 않을까 염려했기 때문이오."

이튿날 진효공은 시신侍臣을 보내어 위앙을 불렀다.

위앙이 궁에서 나온 시신에게 잘라 말한다.

"그대는 돌아가서 '신은 사흘 후라야만 상감을 뵈옵겠다고 약속했습니다' 하고 나의 말을 전하오."

경감이 곁에서 권한다.

"상감께서 친히 부르시는데 그러지 말고 궁에 들어가보오."

위앙이 대답한다.

"내가 처음으로 상감과 약속을 했는데 스스로 그 약속을 지키지 않는다면 다음날에 상감이 무엇으로 나를 믿겠소?"

경감은 그제야 위앙의 말에 탄복했다.

사흘이 지나자 진효공이 신하에게 분부한다.

"위앙을 수레로 모셔오너라."

이에 위앙은 수레를 타고 궁에 들어가서 진효공을 뵈었다.

진효공이 앉을 자리를 주면서 청한다.

"선생의 가르침을 받고자 하오."

진효공의 언사는 매우 간절했다.

그제야 위앙은 진나라 국정을 개혁하고 쇄신해야 할 일에 대하여 자세히 아뢨다.

이리하여 서로의 문답問答은 사흘 낮 사흘 밤 동안이나 계속되었다. 그러나 진효공은 조금도 피곤한 줄을 몰랐다.

마침내 진효공은 위앙을 좌서장左庶長으로 삼고 제1구第一區의 저택과 황금 500일을 하사했다. 그런 후에 진효공이 모든 신하에게 분부한다.

"앞으로 우리 나라 모든 정사는 좌서장의 명령대로 시행한다. 만일 명령을 어기는 자가 있으면 무조건 역적으로 취급하겠다."

진효공의 분부가 내리자 조당朝堂은 찬물을 뿌린 듯 조용해지고 모든 신하의 표정도 엄숙해졌다.

위앙은 마침내 모든 법령法令을 뜯어고쳐 진효공의 인준을 받았다. 그러나 위앙은 즉시 그 법령을 선포하지는 않았다. 만일 백성들이 믿어주지 않으면 아무리 새로운 법령을 선포한다 해도 소용이 없었기 때문이다.

이에 위앙은 함양시咸陽市 남문南門에다 3장 길이의 나무를 세워 한 관리에게 지기도록 했다. 그 나무 곁에는 위앙이 백성들에게 알리는 게시문이 붙어 있었다.

누구든지 이 나무를 북문北門으로 옮겨 세우는 자가 있으면 10금金의 상을 주리라.

많은 백성들이 그 게시문을 보았지만 모두가 머리를 갸웃거리며 의심한다.

"거 무슨 속뜻이 있어서 이러는지 모르겠는걸!"

"알 게 뭐야! 속지 말게나!"

그래서 그 나무를 북문으로 옮기는 자가 하나도 없었다.

며칠 후 위앙이 다시 분부한다.

"그 나무를 옮기는 백성이 아무도 없으니 아마 상금이 너무 적은가 보다. 50금의 상을 주겠다고 다시 써서 내다붙여라."

그러나 백성들은 더욱 의심을 품었다. 백성들 중에서 한 사람이 썩 나서며 말한다.

"우리 진나라는 자고로 많은 상금을 주는 법이 없었다. 그런데 이런 현상금을 내걸었으니 필시 무슨 내막이 있는 모양이다. 비록 50금은 아니더라도 전혀 안 주지는 않겠지! 좌우간 한번 옮겨놓고 나 보자!"

마침내 그 백성은 나무를 뽑아 어깨에 메고 북문에 옮겨 세웠다. 이를 구경하는 백성들이 가득 모여들었다. 관리는 곧 그 백성을 데리고 위앙에게 가서 이 사실을 보고했다.

위앙이 그 백성을 칭찬한다.

"너는 참으로 훌륭한 백성이다. 자, 이 50금을 받아라. 나는 앞으로도 백성들에게 신용을 지킬 것이다."

그 백성이 50금의 상금을 받았다는 소문은 그날로 옹주성雍州城 안에 널리 퍼졌다.

백성들이 서로 말한다.

"좌서장은 명령만 내리면 꼭 실행하는 어른이구나!"

그 이튿날 위앙은 마침내 새 법령을 선포했다. 백성들은 길거리에 나붙은 새 법령을 보고서 모두 다 혀를 내둘렀다. 이때가 바로 주현왕周顯王 10년이었다.

위앙이 선포한 새 법령에 하였으되,

첫째, 도읍을 새로 정하는 건

우리 진나라에서 지리地理상으로 가장 훌륭한 곳은 함양咸陽 땅이다. 산과 강이 서로 묘하게 둘러 있으니 이야말로 금성천리

金城千里라 하겠다. 이제 도읍을 옹주에서 함양 땅으로 옮긴다.

둘째, 지역을 현縣으로 구분하는 건

무릇 경내境內의 모든 촌락을 그 현에 소속시킨다. 현마다 영승丞丞 한 사람을 두어 이 새로운 법령을 철저히 감독한다. 새로운 법령을 어기는 자가 있으면 그 경중輕重에 따라서 가차없이 처벌한다.

셋째, 토지 개간의 건

무릇 수레와 말이 다니는 도로만 제외하고 나머지 모든 교외와 광야를 개간한다. 이 일은 오로지 그 근방의 주민들이 도맡아서 한다. 밭이 이루어지고 곡식이 익으면 보수步數로써 무畝를 정하고 세법稅法에 따라 징수한다. 곧 사방 6자를 1보步로 정하고 사방 240보를 1무畝로 정한다. 만일 이 규정을 어기거나 속임수를 쓰는 자가 있으면 국가가 그 토지를 몰수한다.

넷째, 세법과 의무義務에 관한 건

무릇 조세租稅는 그 무畝의 수에 따라 법에 의해서 징수한다. 지금까지 써오던 정전십일지법井田什一之法을 전폐한다. 그리고 모든 전답田畓을 국가 소유로 한다. 그러므로 백성들은 한 자, 한 치의 땅도 사유私有할 수 없다.

다섯째, 경제 개발과 산업 진흥의 건

백성은 오로지 생산 증가에만 힘써야 한다. 남자는 밭을 갈고 여자는 베를 짜야 한다. 많은 곡식을 소출하고 많은 베를 짠 백성만이 훌륭한 백성이다. 그런 훌륭한 집은 국가의 부역賦役을 면할 수 있다. 그 대신 게으르고 가난한 자는 잡아다가 관가官家의 노비奴婢로 삼는다. 농민이 재를 거름으로 쓰지 않고 길바닥에 내다 버리거나, 상인이 상업에 힘쓰지 않거나, 공인工人이 공업에 힘쓰지 않거나, 일할 필요가 없다고 선동하는 자가 있을 때엔 모조리 엄벌에 처한다. 아들이 둘 이상 있을 경우엔 반드시 각각 별거해야 하며, 장정들은 각기 국가에 소정의 인두세人頭稅를 바쳐야 한다. 만일 별거하지 않는 자는 혼자서 여러 사람분의 인두세를 다 물어야 한다.

여섯째, 전쟁에 관한 건

국가의 모든 벼슬은 전쟁에서 세운 공로에 따라 준다. 적의 목을 하나씩 참할 때마다 1계급씩 승진한다. 일보라도 후퇴하는 자는 즉시 참형에 처한다. 공로가 많은 자는 자연히 높은 벼슬에 오를 수 있고, 그 벼슬에 따라서 수레와 복장을 사치스럽게 차려도 금하지 않는다. 그러나 공로가 없을 경우엔 그자가 아무리 부자일지라도 법에 의해서 삼베옷을 입어야 하고 소를 타야 한다. 또 임금과 친척 간인 종실宗室일지라도 임금과의 관계를 촌수로써 따지지 않는다. 곧 그가 싸움에 나가서 얼마나 공로를 세웠느냐에 따라서 임금과 가까운 친척이 될 수 있다. 만일 싸움에 나가서 공로가 없을 경우엔 모든 칭호를 삭탈하고 백성으로 몰아낸다. 무릇 개인적인 감정으로 싸우는 자가 있으면 그 이유 여하를 막론하고 모두 참형에 처한다.

일곱째, 부정不正에 관한 건

다섯 집씩 서로 보호하고, 열 집씩 서로 감시해야 한다. 만일 한 집이라도 부정이 있을 때엔 나머지 아홉 집은 즉각 관가에 고발해야 한다. 만약 고발하지 않을 경우엔 열 집이 전부 부정법不正法에 걸린다. 부정법에 걸리면 그자의 허리를 참한다. 이웃집의 부정을 맨 먼저 고발한 자에겐 적군敵軍의 목을 하나 참한 것과 같은 대우를 한다. 곧 1계급씩 벼슬을 올려준다. 만일 죄인을 숨겨주는 자는 그 죄인과 똑같은 처벌을 받는다. 모든 여점旅店과 일반 백성의 집일지라도 통행증通行證이 없는 자를 재워주면 처벌당한다. 만일 백성의 집안에서 한 사람이 죄를 지으면 그 집안 식구를 다 관가의 비복婢僕으로 삼는다.

여덟째, 법령 엄수에 관한 건

이 법령이 공포되는 날부터 남녀노소, 상하 귀천 할 것 없이 모두가 법령을 준수해야 한다. 만일 법을 어기는 자가 있으면 목숨을 부지하지 못하리라.

이 같은 법령이 공포되자 백성들 간엔 의론이 분분했다. 이래서는 살 수 없다는 자가 있는가 하면, 어떤 자는 차라리 편리하게 되었다는 자도 있었다. 위앙은 법령을 비판하는 자를 모조리 부중으로 잡아들이게 했다.

위앙이 그들을 굽어보고 무섭게 꾸짖는다.

"너희들은 다만 법령을 지켜야 할지라. 불편하다고 한 자는 법령을 어겼으며, 편리하다고 한 자는 법령에 아첨했다. 둘 다 훌륭한 백성이라고 할 수 없다. 이놈들을 모조리 명부에 기록하고 변경의 수졸戍卒로 보내어라!"

이리하여 법령을 비판한 자는 모두 국경 지대의 수졸로 쫓겨갔다.

그후 대부 벼슬에 있는 감용甘龍과 두지杜摯가 새 법령을 비판하다가 발각되었다. 그들은 그날로 벼슬을 빼앗기고 백성으로 몰려나갔다.

마침내 진나라 사람들은 길에서 아는 사람을 만나도 말을 하려 들지 않았다. 이에 위앙은 대대적으로 군사를 동원하고 백성을 징집하여 함양 땅에다 궁궐을 지었다.

장차 택일하여 옹주에서 함양 땅으로 도읍을 옮기려던 참이었다. 그때 세자 사駟가 참다못해 평소에 품고 있던 불평을 털어놓는다.

　　"나는 함양 땅으로 가기 싫다. 어찌 정상적이 아닌 변법變法을 따를 수 있으리오."

　　이 말을 듣고 위앙이 불같이 화를 낸다.

　　"세자가 법을 지키지 않는다면 어찌 법을 시행할 수 있으리오. 비록 세자는 임금 자리를 계승할 분이지만 그냥 둘 수 없다. 세자를 처벌하지 않으면 법을 어기는 것이 된다."

　　위앙은 진효공에게 가서 아뢰고 다음과 같은 명령을 내렸다.

　　"세자의 이번 죄는 그 스승들이 잘못 지도했기 때문이다. 태부太傅인 공자 건虔을 잡아들여 코를 베어버리고, 태사太師인 공손가公孫賈를 잡아들여 얼굴을 먹으로 떠라!"

　　그날로 공자 건은 세자를 대신해서 코를 잃었고, 공손가는 얼굴에 평생 지울 수 없는 먹물 자문刺文을 당했다.

　　백성들이 목소리를 낮추어 서로 속삭인다.

　　"세자가 법을 어기자 그 스승들이 형벌을 받았다네. 그러니 다른 사람이야 말할 것도 없지! 자, 서로들 조심하세. 까딱 잘못하면 큰일나네!"

　　그후로는 아무도 법령을 비판하는 사람이 없었다.

　　그제야 위앙은 택일하여 함양 땅으로 도읍을 옮겼다. 옹주를 떠나 함양 땅으로 따라간 대성大姓만 해도 수천 집이었다.

　　진나라는 지역을 31현縣으로 나누고, 모든 황무지를 남김없이 밭으로 개간하여 세금을 대폭 올렸다. 그래서 해마다 국고 수입이 100여만 금金에 딜렀다.

그리고 추호라도 법령을 어기는 자는 다 위수渭水로 압송했다. 죄수는 날로 증가하여 그 많은 옥이 터져나갈 지경이었다.

위앙은 친히 위수에 가서 하루에도 죄수를 700여 명씩이나 죽였다. 옥리獄吏들은 그 많은 시체를 일일이 처치할 수가 없어서 그냥 강물에 버렸다. 그래서 위수는 항상 붉은 핏빛으로 흘렀다. 진나라 방방곡곡에선 곡성哭聲이 그치지 않았다.

법이 어찌나 강하고 무서웠던지 백성들은 자다가도 무서운 꿈만 꾸고 소스라치게 놀라 일어나서는 온몸을 벌벌 떨었다.

이리하여 길에 물건이 떨어져 있어도 줍는 자가 없었다. 마침내 진나라엔 도둑이 없어졌다. 창고마다 곡식과 재물이 가득 쌓였다.

또한 모두가 전쟁에 나가서는 용감했다. 감히 개인 간에 싸우는 자가 없었다. 이리하여 진秦나라는 천하 제일의 부강한 나라가 되었다.

진나라는 군사를 일으켜 우선 초나라를 쳐서 상商 땅을 빼앗고, 무관武關 땅 밖으로 600여 리의 땅을 쳐서 점령했다. 실로 진나라의 위세는 모든 나라를 위압했다.

마침내 주나라 주현왕周顯王은 사신을 보내어 진효공秦孝公에게 방백方伯의 칭호를 주었다. 모든 나라 제후들도 분분히 진나라로 가서 진효공이 패업을 성취한 데 대해 축하하고 아첨했다.

한편, 삼진(위魏·조趙·한韓) 중에서 왕이라고 칭한 것은 위魏나라 위혜왕魏惠王뿐이었다. 위혜왕은 한나라와 조나라를 없애버리고 삼진을 통일할 작정이었다. 그는 위앙이 진나라에 가서 맹활약한다는 소문을 듣고 거듭 탄식했다.

"내 지난날에 공숙좌公叔痤의 말을 듣지 않았다가 위앙을 진나라에 뺏겼구나!"

이땐 위나라의 유명한 신하들인 복자하卜子夏·전자방田子方·위성魏成·이극李克 등도 모두 죽은 후였다.

이에 위혜왕은 많은 비용을 써서 천하 호걸을 모집했다.

그때 노魯나라 추鄒 땅 출신으로서 맹가孟軻(맹자孟子)란 사람이 있었다. 그는 자를 자여子輿라고 했다. 맹가는 자사子思의 제자였다. 자사는 바로 공자의 직계直系 손자로 성은 공孔이며 이름은 급伋이었다. 맹가는 자사에게서 성현의 도를 배워서 일찍부터 혼란한 세상을 제도할 결심과 천하 백성을 평화롭게 해주어야겠다는 뜻을 품었다.

맹가는 위나라 위혜왕이 천하의 훌륭한 선비를 모집한다는 소문을 듣고 노나라 추 땅을 떠나 위나라로 갔다.

위혜왕은 일찍부터 맹가가 훌륭한 선비임을 들어서 잘 알고 있었다. 그래서 교외까지 나가서 맹가를 영접했다.

궁에 돌아온 위혜왕은 귀빈을 대하는 예로 맹가를 대접했다.

"선생께서 천리 먼 곳을 이렇듯 오셨으니 장차 무엇으로써 우리나라를 이롭게 하시렵니까?"

맹가가 정중히 대답한다.

"왕께선 하필 이익만 구하려 하십니까? 신은 성인聖人의 문하에서 배웠기 때문에 인仁과 의義를 알 뿐입니다."

위혜왕은 맹가의 대답을 듣고 실망했다. 도무지 시대에 걸맞지 않은 부질없는 소리가 아닌가.

그래서 위혜왕은 맹가를 등용하지 않았다. 이에 맹가는 위나라를 떠나 제나라로 갔다.

잠연潛淵이 시로써 이 일을 탄식한 것이 있다.

인仁과 의義는 공功과 이利와 같지 않거니
어지러운 세상에서 누가 선비를 쓰려고 하겠는가.
맹자는 천하에 왕도를 펴려고
열국을 두루 다녔으나 아무 성과도 얻지 못했다.
仁義非同功利謀
紛爭誰肯用儒流
子輿空挾圖王術
歷盡諸侯話不投

한편 주나라 양성陽城 땅에 귀곡鬼谷이란 곳이 있는데 산은 깊고 수목이 울창했다. 어찌나 깊숙한지 사람이 살 만한 곳이 못 되어서 귀곡이라고 했다.

그런데 그 산속에 한 은자隱者가 살고 있었다. 그는 귀곡자鬼谷子라고 자칭했다. 그러나 전하는 말에 따르면 그의 성은 왕王이며 이름은 허栩라고 한다. 왕허는 진평공晉平公 시절에 출생한 사람이었다. 그러므로 가히 불사신不死身이었다.

왕허는 지난날 송宋나라 사람인 묵적墨翟(제자백가諸子百家 중의 한 사람인 묵자墨子)과 함께 운몽산雲夢山에 들어가서 약초를 캐며 수도修道한 일이 있었다.

묵적은 평생 동안을 독신으로 지냈다. 그는 인간을 구제하고, 사물事物을 이롭게 하고, 이 세상의 모든 괴로움과 액난厄難을 일소해버리겠다는 큰 뜻을 품고서 구름처럼 천하를 떠돌아다녔다.

그러나 왕허는 묵적과는 달리 세상을 등지고 깊은 귀곡에 들어가서 자취를 감추고 살았다. 그래서 세상 사람들도 그를 말할 때면 귀곡 선생이라고 했다.

귀곡 선생은 위로는 천문天文에 통달하고, 밑으론 지리地理를 꿰뚫어보는 안목이 있었다. 뿐만 아니라 보통 사람으로서 따를 수 없는 여러 가지 학문을 알고 있었다.

그 여러 가지 학문이란 첫째로 수학數學이었다. 그는 일월성신 日月星辰의 갖가지 현상과 그 변화하는 경위를 손바닥 들여다보 듯 알고 있었기 때문에 과거를 증명하고 미래를 예언할 때면 맞지 않는 것이 없었다.

둘째로 그는 병학兵學에 통달했다. 그가 만일 변화무궁한 육도 삼략六韜三略으로써 진을 펴고 군사를 쓴다면 귀신도 그 뜻을 측 량하지 못했을 것이다.

셋째로 그는 유세법遊說法에 통달했다. 그는 워낙 기억력이 대 단하고 보고 들은 바가 많아서 이치를 밝히고 대세를 판단하는 데 정확했다. 그가 한번 말을 시작하면 아무도 당적할 사람이 없었 다. 그리고 누구나 그의 변설辨說을 듣기만 하면 다 감동했다.

넷째로 그는 출세학出世學에 정통했다. 그는 항상 진리에 안주 하고 많은 수양을 쌓았기 때문에 병이 없었고 늙어갈수록 원기가 왕성했다.

이렇듯 귀곡 선생은 선가仙家의 비법祕法까지 정통했으니 어찌 혼탁한 세상에 몸을 굽힐 필요가 있었으리오. 그는 다만 총명한 제자나 몇 사람 길러서 함께 신선이 되어 선경仙境으로 갈까 하고 잠시 귀곡 땅에 몸을 붙이고 있는 데 불과했다.

귀곡 선생은 처음에 우연히 시정에 나갔다가 어떤 딱한 사람을 만나 점을 쳐준 일이 있었다. 귀곡 선생이 그 사람에게 말해준 길 흉화복吉凶禍福은 틀림없이 다 들어맞았다.

그런 후로 선생의 학술學術을 시모하여 찾아오는 사람들이 점점 늘어났다. 그런데 선생은 배우러 오는 사람들에게 자기가 아는 모든 학술을 다 가르치지는 않았다.

선생은 그 사람의 소질과 성격에 맞는 한 가지 학술만을 가르쳤다. 또 제자들을 가르치는 데도 반班을 두 패로 나누었다.

그리하여 한 패에겐 장차 칠국七國(전국戰國 시대는 천하가 연燕·제齊·초楚·위魏·진秦·한韓·조趙 등 일곱 나라로 나뉘어 있었다)에 유용할 인재를 양성시켰고, 다른 한 패에겐 신선이 되어 세상을 초탈하는 법을 지도했다.

선생이 귀곡에 들어간 후에도 그의 학술을 배우러 오는 자가 많았다. 귀곡 선생은 오는 자를 거절하지도 않았고 떠나는 자를 만류하지도 않았다.

그 제자들 중에서 유명한 몇 사람만 소개하면 제齊나라 사람인 손빈孫賓*, 위魏나라 사람인 방연龐涓*과 장의張儀, 낙양洛陽 사람인 소진蘇秦*은 특히 출중한 인재였다.

손빈은 방연과 결의형제를 맺고 함께 귀곡 선생 밑에서 병법을 배웠다. 그리고 소진은 장의와 결의형제를 맺고 함께 귀곡 선생 밑에서 유세법을 배웠다. 그들은 각각의 분야에서 일가를 이루었다.

여기서는 형편상 방연에 대해서만 먼저 이야기하겠다.

방연이 귀곡 선생 문하에서 병법을 배운 지도 어언 3년이 지났다. 그는 이만하면 병법에 달통했다고 자신했다.

어느 날 방연은 물을 길러 내려가다가 우연히 산 밑까지 갔다. 그는 마침 길 가는 나그네로부터 이런 말을 들었다.

"지금 위魏나라에선 많은 재물을 쓰면서 널리 천하의 인재를 구하고 있지요. 그런데 세상에 어디 장상將相이 될 만한 인물이 있어야지요."

이 말을 듣자 방연은 슬며시 위나라로 가고 싶은 생각이 났다. 그러나 그는 돌아가서도 귀곡 선생에게 속마음을 말하지 못하고 주저했다.

'선생께서 허락하실까? 만일 허락하지 않으시면 어쩔꼬?'

그는 말하고 싶으면서도 차마 입을 열지 못했다. 그러나 귀곡 선생은 이미 방연의 속마음을 다 알고 있었다.

귀곡 선생이 웃으면서 방연에게 말한다.

"네게 운이 열렸는데 왜 부귀를 위해서 산을 떠나지 않느냐?"

방연은 귀곡 선생이 자신의 심중을 알아맞히자 그제야 무릎을 꿇고 청한다.

"제자에게 그런 뜻이 있으나 과연 이번에 떠나는 것이 좋을지 어떨지 모르겠습니다."

귀곡 선생이 분부한다.

"산속에 가서 꽃 하나를 꺾어오너라. 내 너를 위해서 점을 쳐주마."

이에 방연은 산속을 돌아다녔다. 이때는 바로 6월이었다. 날은 찌는 듯 무덥고 백화百花는 이미 다 저버려서 산엔 꽃이라곤 찾아볼 수 없었다.

방연은 이 산 저 산으로 꽃을 찾아 돌아다니느라 많은 시간을 허비했다. 그는 겨우 꽃이 피어 있는 풀 한 포기를 발견하고 뿌리째 뽑았다. 그는 선생에게 그 꽃을 가지고 가려다가 문득 생각을 고쳤다.

'이 꽃은 풀에서 핀 꽃이기 때문에 너무나 미약하고 볼품이 없다. 좀더 좋은 꽃을 찾아야겠다.'

그는 그 꽃을 던져버리고 다시 산속을 헤매었으나 그만한 꽃도

찾지 못했다. 하는 수 없이 그는 조금 전에 뽑아버렸던 그 풀에 핀 꽃을 다시 주워 소매 속에 넣어 돌아갔다.

방연이 귀곡 선생에게 고한다.

"산속에 꽃이 없더이다."

귀곡 선생이 묻는다.

"꽃이 없었다면 네 소매 속에 들어 있는 건 무엇이냐?"

방연은 더 숨길 수가 없어서 그 꽃을 선생에게 바쳤다. 그 꽃은 뿌리째 뽑힌데다 오랫동안 뜨거운 햇빛을 쬐었기 때문에 이미 반쯤 시들어 있었다.

귀곡 선생이 꽃을 보더니 말한다.

"너는 이 꽃의 이름을 아느냐? 이것은 마두령馬兜鈴이란 꽃이다. 보다시피 이렇게 한 번에 열두 송이가 피는 꽃이다. 곧 네가 대운大運을 누리는 햇수도 바로 이 12에 있다. 이 꽃을 귀곡에서 캤고 또 햇빛에 시들었으니 시들 위萎자는 위魏자와 상통하는 글자인즉, 위萎자 곁에다 귀곡이라는 귀신 귀鬼자를 붙이면 바로 위魏자가 된다. 네가 장차 출세할 곳은 바로 위나라인가 하노라."

방연은 속으로 감탄해 마지않았다.

선생이 계속 말한다.

"너는 결코 남에게 속을 사람이 아니다. 그러나 다음날에 네가 남을 속이는 일이 있을지도 모른다. 네가 남을 속이면 반드시 도리어 남에게 속는다는 걸 알고 항상 조심하여라. 내가 너에게 일러줄 여덟 글자가 있다. 염소를 만나면 영화로울 것이며[遇羊而榮], 말을 만나면 탈이 난다[遇馬而瘁]."

방연이 두 번 절하고 하직한다.

"선생의 말씀을 깊이 명심하겠습니다."

손빈孫賓은 방연이 떠날 때 산 아래까지 따라가서 전송했다.

방연이 손빈에게 말한다.

"우리는 의형제를 맺을 때 평생 부귀를 함께하자고 맹세했소. 내 이번에 가서 입신출세하게 되면 반드시 형을 임금에게 천거하겠소. 우리 장차 함께 천하에 공적功績을 세웁시다."

손빈이 묻는다.

"동생의 말이 과연 진정이시오?"

방연이 결연히 대답한다.

"내가 만일 형에게 거짓말을 했다면 장차 온몸에 화살을 맞고 죽을 것이오!"

손빈이 정중히 말한다.

"참으로 감사하오. 그렇게 거듭 맹세할 것까지는 없소."

두 사람은 서로 눈물을 흘리면서 작별했다. 손빈은 방연을 전송하고 산으로 돌아갔다.

귀곡 선생이 돌아온 손빈의 얼굴에 눈물 자국이 있는 걸 보고 묻는다.

"너는 방연이 떠나고 나니 슬프냐?"

손빈이 대답한다.

"함께 학술을 배우다가 하나가 떠나가버렸으니 어찌 서운하지 않겠습니까?"

선생이 거듭 묻는다.

"너는 방연이 장수가 될 만한 인물이라고 생각하느냐?"

손빈이 되묻는다.

"그는 오랫동안 선생의 가르침을 받았는데 어찌 장수가 못 될 리 있겠습니까?"

선생이 대답한다.

"그의 공부는 아직 완전하지 못하다. 그는 공부를 다 하고 떠난 것이 아니다."

이 말을 듣고 손빈은 매우 놀라 그 까닭을 물었다. 그러나 귀곡 선생은 종시 대답이 없었다.

이튿날 귀곡 선생이 제자들에게 분부한다.

"어젯밤에 쥐들이 하도 소란스레 설쳐서 잠을 잘 자지 못했다. 너희들은 오늘 밤부터 교대로 쥐를 지켜다오."

선생의 분부대로 밤마다 제자들은 쥐가 소란을 떨지 못하도록 지켰다.

그날 밤은 손빈이 당직이었다. 자정이 넘었을 때 귀곡 선생이 손빈을 자기 방으로 불러들였다. 귀곡 선생이 베개 밑에서 책 한 권을 내놓으며 손빈에게 말한다.

"이 책은 너의 조부祖父 손무孫武가 지은 병법兵法 13편篇(이것이 오늘날 전해지는 『손자병법孫子兵法』이다)이다. 이 책은 당시에 너의 조부가 오왕吳王 합려闔閭에게 바친 것이다. 오왕 합려는 이 병서兵書에 따라 초楚나라 군사를 크게 쳐부쉈다. 그후 오왕 합려는 이 책을 세상에 전하기가 싫어서 쇠로 만든 궤 속에 넣어 고소대姑蘇臺의 대들보 밑에다 감춰두었다. 그 뒤 월나라 군사가 쳐들어와서 고소대에 불을 질렀을 때 이 책도 타버렸다. 그러나 나는 그 당시 너의 조부와 친구로 사귀었기 때문에 그 책을 한 벌 얻어두었다가 책에 상세한 주해注解를 붙였다. 무릇 고금古今과 미래를 막론하고 군사를 쓰는 모든 비법이 다 이 책 속에 들어 있다. 그래서 지금까지 아무에게도 함부로 이 책을 보이지 않았다. 그동안 겪어본즉 너의 마음씨가 가장 충후忠厚하기로 이 책을 전하는 바이다."

손빈이 묻는다.

"제자는 어렸을 때 부모를 잃었습니다. 또 국가가 다난한 때를 만났기 때문에 집안과 일가친척이 다 난리에 흩어져버렸습니다. 비록 조부께서 지으신 병서가 있다는 말은 들었으나 아직 그 책을 보지는 못했습니다. 스승께서 상세한 주해까지 붙인 이 책을 가지고 계셨다면 어째서 방연에겐 보이지 않으시고 이렇듯 제자에게만 전하시나이까?"

귀곡 선생이 대답한다.

"이 책을 잘 이용하면 천하를 이롭게 할 수 있지만 잘못 쓰는 날엔 큰 해를 끼치기 때문이다. 방연은 이 책을 가질 만한 인물이 못 된다. 어찌 그런 사람에게 경솔히 전할 수 있겠느냐?"

손빈은 그 책을 받아 자기 방으로 돌아가서 밤낮없이 연구하고 외웠다.

사흘이 지나자 귀곡 선생이 손빈을 불러 말한다.

"전번에 준 책을 내놓아라."

손빈은 소매 속에서 책을 내어 선생에게 바쳤다.

귀곡 선생은 그 책의 내용인 13편에 대해서 차례로 질문을 했다. 손빈의 대답은 흐르는 물같이 막히는 데가 없었다. 그는 이미 그 책을 한 자도 빠짐없이 다 외우고 있었다.

귀곡 선생은 매우 기뻐하면서,

"너는 앞으로도 모든 일을 성심껏 하여라. 그러면 너의 조부 손무는 비록 죽었지만 살아 있는 거나 다름없으리라."

하고 손빈을 격려했다.

한편, 방연은 손빈과 작별하고 곧장 위魏나라로 갔다.

위나라에 당도한 방연은 곧장 정승 왕착王錯을 찾아갔다. 그는 왕착에게 병법을 논하고 자기를 천거해달라고 청했다. 이에 정승 왕착은 위혜왕에게 방연을 천거했다.

방연이 위혜왕의 부름을 받아 궁으로 들어갔을 때였다. 바로 이 때 포인庖人(궁중 요리사)이 위혜왕 앞에 찐 염소 고기를 바치고 있었다. 방연은 속으로 무척 기뻐했다.

'스승께서 나에게 염소를 만나면 영화로울 것이라〔遇羊而榮〕고 말씀하셨다! 이제 스승의 말씀이 맞나 보다!'

위혜왕은 방연을 보자 첫눈에 그 인품이 마음에 들었다.

위혜왕은 염소 고기를 먹다 말고 일어나서 방연을 영접하고 예禮했다. 이에 방연은 위혜왕에게 재배했다.

위혜왕이 방연을 부축해서 일으키고 묻는다.

"선생이 평소에 연구하신 바가 무엇인지요?"

방연이 대답한다.

"신臣은 귀곡 선생 문하에서 병법을 깊이 연구했습니다. 어찌 그 많은 묘책妙策과 진陣 치는 법을 이루 다 아뢸 수 있사오리까!"

위혜왕이 묻는다.

"우리 나라 동쪽엔 제齊나라가 있고, 서쪽엔 진秦나라가 있고, 남쪽엔 초楚나라가 있고, 북쪽엔 한韓나라와 조趙나라와 연燕나라가 있어 서로 균등한 세력으로 우리를 노리고 있는 판국이오. 지난날 우리 나라는 조나라에 중산中山 땅을 빼앗겼건만 아직 그 보복을 못하고 있소. 선생은 어떻게 과인의 원수를 갚아주시려오?"

방연이 대답한다.

"만일 대왕께서 신을 대장으로 써주신다면 모든 사태는 달라집니다. 신은 싸우면 반드시 이기고 공격하면 기필코 뺏고야 말기 때문에 가히 천하도 통일할 수 있거늘 어찌 그까짓 육국六國을 근심하십니까!"

위혜왕이 묻는다.

"선생의 말씀은 그럴듯하나, 과연 실천할 수 있을지요?"

"신의 실력으로 말할 것 같으면 가히 손바닥 안에 육국을 쥐었다 폈다 할 수 있습니다. 다음날에 이 일을 성공시키지 못할 때엔 그때 대왕께서 마음대로 신을 처벌하소서."

위혜왕은 매우 흡족하여 즉시 방연을 원수元帥로 삼아 모든 병권을 맡겼다.

이리하여 방연의 아들 방영龐英과 조카뻘인 방총龐蔥·방모龐茅도 다 장수급에 등용되었다.

그후 방연은 군사를 조련하고 무술을 가르쳐 미약하고 보잘것없는 위衛나라와 송나라 등 조그만 나라들만 쳐서 여러 번 이겼다.

그리하여 송宋·노魯·위衛·정鄭 등 쇠약해진 나라의 임금들이 위魏나라에 들랑거리면서 위혜왕에게 조례를 드렸다.

그 뒤 제나라 군사가 위나라 경계에 쳐들어왔다. 방연은 즉시 군사를 거느리고 가서 제나라 군사를 물리쳤다. 이때부터 방연은 무슨 불멸의 공적이라도 세운 듯이 뽐냈다.

한편, 묵적墨翟은 그간 유유히 여러 나라 명산대천名山大川을 두루 돌아다니며 노닐다가 마침 귀곡 땅을 지나게 되었다. 묵적은 그냥 지나가버릴 수가 없어서 옛 친구인 귀곡 선생에게 잠깐 들렀다.

묵적은 귀곡과 함께 며칠을 머무는 동안에 손빈을 보게 되었다. 묵적은 손빈과 여러 가지로 담론을 나누어본 결과 그 재주를 사랑하게 되었다.

묵적이 손빈에게 묻는다.

"그대는 학업學業을 다 이루었는데 이제 세상에 나가서 공명을 세우지 않고 어째서 이렇듯 산속에만 묻혀 있는가?"

손빈이 대답한다.

"저에겐 이곳에서 함께 공부한 방연이란 의형제가 있습니다. 지난날 그는 위나라로 벼슬을 살러 떠났습니다. 그는 떠날 때 말하기를 '내가 이번에 가서 입신출세만 한다면 반드시 형을 위나라 임금에게 천거하겠다'고 약속했습니다. 그래서 저는 방연이 이끌어줄 때까지 기다리는 중입니다."

묵적이 머리를 끄덕이며 말한다.

"그래? 나는 방연이 위나라 장수가 되었다는 말을 들은 일이 있다. 그럼 내가 그대를 위해 위나라에 가서 방연의 뜻을 살펴보고 곧 통지해주겠다."

이에 묵적은 귀곡 땅을 떠나 그길로 위나라로 갔다.

묵적이 위나라에 가서 방연을 만나본즉 그는 자신의 능력만 믿고 염치없이 자기 자랑만 늘어놓을 뿐 손빈을 이끌어줄 뜻은 조금도 없어 보였다. 이에 묵적은 갈건야복葛巾野服 차림으로 직접 위혜왕을 찾아갔다.

위혜왕은 원래 묵적의 전부터 알려진 높은 명성을 익히 들어서 잘 알고 있었기 때문에 황급히 층계 아래까지 내려와서 그를 영접해들였다.

위혜왕은 묵적에게 병법에 관한 여러 가지를 물었다. 묵적은 병법의 대략만을 말해주었다. 위혜왕은 감사하고 묵적에게 관직官職을 주려고 했다.

묵적이 굳이 사양한다.

"신은 산야山野에서 자라난 성품이라 관복官服 입는 것을 익히지 않았습니다. 그러나 신이 왕을 위해 한 사람을 천거하겠습니다. 왕께서도 잘 아시겠지만 병가兵家의 조종祖宗인 손무孫武의 손자로 손빈孫賓이란 사람이 있습니다. 손빈은 참으로 대장의 인품과 실력을 갖춘 사람입니다. 신은 그의 재주를 만분지일도 따를 수 없습니다. 손빈은 지금 귀곡 땅에 있으니 대왕께선 그를 불러들이십시오."

위혜왕이 묻는다.

"손빈이 귀곡 땅에서 수학修學했다면 방연과 동문同門이 아니겠습니까. 선생이 보기엔 두 사람 중에서 누가 낫습디까?"

묵적이 대답한다.

"손빈은 방연과 비록 동학同學이긴 하지만 그의 조부 손무가 남겨놓은 비법을 통달한 사람입니다. 어찌 이 세상에 그를 당적할 사람이 있겠습니까."

그러고서 묵적은 이튿날 표연히 위나라를 떠나 또 어디론가 가버렸다.

위혜왕이 방연을 궁으로 들게 하여 묻는다.

"과인이 들건대 경과 함께 공부한 사람으로 손빈이란 분이 있다더군요. 손빈은 손무의 비전祕傳을 통달했기 때문에 당대의 큰 인물이라고 합디다. 장군은 어째서 과인에게 손빈을 천거하지 않았소?"

방연이 대답한다.

"신이 손빈의 재주를 모르는 건 아닙니다. 그러나 손빈은 제나라 사람입니다. 그의 일가친척이 다 제나라에서 살고 있습니다.

그는 우리 위나라에 와서 벼슬을 산다고 할지라도 반드시 자기 고국인 제나라를 위해서 힘쓸 것이며 우리 위나라를 위해선 충성을 다하지 않을 것입니다. 그래서 지금까지 대왕께 그를 천거하지 않았습니다."

위혜왕이 단호히 말한다.

"자고로 선비는 자기를 알아주는 사람을 위해서 목숨을 바친다고 하오. 어찌 반드시 자기 나라 출신만 써야 한다는 법이 있겠소!"

방연이 대답한다.

"대왕께서 손빈을 등용하실 생각이시라면 신이 곧 편지를 써서 그에게 보내겠습니다."

방연은 입 밖에 내어 말하지는 않았으나 속으론 여간 주저하지 않았다.

'지금 나는 혼자서 위나라 병권을 전부 쥐고 있다. 만일 손빈이 온다면 어찌될까. 나는 임금의 총애를 잃을지도 모른다. 그러나 지금은 임금의 분부를 거역할 때가 아니다. 일단 손빈이 오거든 그때 가지가지 모략을 써서 방해하기로 하자! 지금 형세로는 그렇게 하는 것만이 가장 현명한 계책이다!'

방연은 즉시 손빈에게 보내는 서신 한 통을 써서 위혜왕에게 바쳤다.

위혜왕이 신하 한 사람에게 황금과 백옥[白璧]과 방연의 서신을 내주고 분부한다.

"그대는 네 마리 말이 이끄는 높은 수레를 거느리고 귀곡 땅에 가서 이 예물을 바치고 손빈 선생을 모셔오너라!"

이에 위나라 신하는 위혜왕의 분부대로 귀곡 땅으로 떠나갔다.

위나라 신하는 귀곡 땅에 이르러 손빈에게 위혜왕의 말과 방연의 서신을 전했다.

손빈이 방연의 서신을 뜯어본즉 그 글에 하였으되,

연涓은 형이 늘 염려해주신 덕분으로 위나라에 와서 지금 높은 벼슬을 살고 있소이다. 지난날 작별할 때 내가 형에게 한 말을 어찌 잊었을 리 있으리오. 그래서 이번에 내가 특별히 위왕魏王에게 형을 천거했소이다. 형은 이 편지를 보는 즉시 위나라로 오시오. 우리 함께 천하에 큰 공로를 세웁시다.

손빈은 귀곡 선생께 방연의 서신을 보였다.

귀곡 선생은 방연이 이미 위나라에서 높은 자리에 등용되었고, 지금 손빈을 데리러 사람이 왔다는 것도 알고 있었다. 방연의 서신엔 스승인 귀곡 선생에 대한 문안 인사는 한마디도 적혀 있지 않았다. 그렇다고 해서 귀곡 선생이 섭섭해한 것은 아니었다.

그러나 스승을 모르는 사람이 어찌 친구인들 알 리 있으리오. 방연은 실로 근본을 망각한 각박한 사람이었다.

귀곡 선생은 속으로 생각했다.

'방연은 천성이 오만한 만큼 질투심도 대단한 사람이다. 그러한 그가 어찌 손빈과 양립兩立하려 하리오. 그런데 지금 위혜왕의 신하는 저렇듯 정중히 손빈에게 떠나기를 간청하고 있다. 뿐만 아니라 손빈도 저렇게 가고 싶어하는데 말린들 무엇하리오. 보내는 것 또한 무방하리라.'

귀곡 선생이 손빈에게 말한다.

"너는 가서 꽃 한 송이만 꺾어오너라. 내 너의 앞날을 위해서 점이나 한번 쳐보마."

이때가 바로 9월이었다.

손빈은 산속까지 갈 것 없이 바로 선생의 책상 위에 놓여 있는 꽃병에서 국화 한 송이를 뽑아 바쳤다. 그러고는 그 국화 송이를 도로 받아 그 꽃병에다 전처럼 다시 꽂았다.

귀곡 선생이 판단을 내린다.

"이 국화는 맨 마지막 남은 걸 꺾어다둔 꽃이다. 완전하다거나 극히 좋다고는 할 수 없다. 그러나 그 성격이 추위에도 견뎌내고 서리를 맞아도 시들지 않는다. 비록 마지막 남은 꽃이며 꺾어둔 지 오래되어 좀 상하기는 했지만 크게 흉하지는 않다. 특히 기쁜 것은 네가 꽃을 도로 꽃병에 갖다 꽂은 일이다. 그것만 봐도 너는 모든 걸 사랑할 줄 알고 소중히 할 줄 아는 사람이다. 저 꽃병은 바로 쇠로 만든 것이다. 곧 종鍾과 솥〔鼎〕도 만들 수 있는 그런 쇠다. 장차 너는 상설霜雪처럼 천하에 위엄을 떨칠 것이며, 마침내 너의 이름은 종과 솥에 새겨져 후세에 길이 전해지리라. 대저 꽃병에 꽂힌 꽃이란 한번 뽑히기만 하면 대개 버림을 받기 때문에 시들고 만다. 그런데 네가 꽃병에 도로 갖다 꽂은 데 대해 특히 한 가지 더 일러줄 말이 있다. 장차 네 공명을 이룰 수 있는 곳은 결국 너의 고국일 것이다. 내 이제 너를 위해 이름을 약간 고쳐주마. 너는 이곳을 떠나 장차 너의 앞길을 열어라."

귀곡 선생은 마침내 손빈의 이름자인 빈賓자 곁에다 고기육〔月〕변을 붙여서 빈臏자로 고쳐주었다.

빈臏자는 월刖자와 같은 뜻이니, 곧 발〔足〕을 끊는 형벌刑罰이란 뜻이다.

그럼 귀곡 선생은 손빈孫賓의 이름을 왜 손빈孫臏으로 고쳐주었을까? 선생은 장차 손빈이 형벌로 발을 잃을 것까지 미리 알고 있었던 것이다.

자고로 하늘의 기밀을 알지라도 이를 누설해서는 안 되는 법이다. 그래서 귀곡 선생은 다만 손빈의 앞날을 암시해준 데 불과했다. 귀곡 선생이 이인異人이 아니고서야 어찌 그럴 수 있겠는가!

염옹이 시로써 귀곡 선생을 찬탄한 것이 있다.

꽃을 꺾어온 것만 보고도 곧 그 사람의 길흉을 알았으니
시초점이나 거북점보다 배나 더 영험했도다.
우습구나! 오늘날의 복채 받는 점쟁이들은
귀곡 선생의 점법占法이라면서 공연히 산통算筒만 휘두르는도다.
山花入手知休咎
試比蓍龜倍有靈
却笑當今賣卜者
空將鬼谷畵占形

귀곡 선생은 손빈이 떠날 때 비단 주머니 하나를 내주었다.

"위급한 경우가 아니거든 열어보지 말아라."

손빈은 비단 주머니를 받고 귀곡 선생에게 하직하는 절을 했다. 마침내 손빈은 위나라 사신을 따라 산을 내려가서 수레를 타고 곧장 위나라로 떠나갔다.

그날 소진蘇秦과 장의張儀는 손빈이 떠나는 것을 보고 매우 부러워했다.

두 사람이 서로 의논한 뒤에 귀곡 선생에게 아뢴다.

"저희도 선생 곁을 떠나 세상에 나가서 공명을 세울까 합니다."

귀곡 선생이 대답한다.

"천하에 가장 얻기 어려운 것은 총명한 선비다. 너희 두 사람의 소질로 만일 성심껏 도道를 배운다면 가히 신선이 될 수 있다. 그런데 하필이면 티끌 세상에 나가서 허무한 명리名利를 위해 갖은 고생을 할 필요가 있느냐?"

소진과 장의과 일제히 대답한다.

"대저 훌륭한 재목材木은 바위 밑에서 썩지 않으며, 좋은 칼은 칼집 속에만 들어 있지 않는다고 하옵니다. 세월은 흐르는 물과 같아서 한번 가면 다신 돌아오지 않습니다. 그간 저희들은 선생의 많은 가르침을 받았으니 또한 천하대세에 따라 공업功業을 성취하고 후세에 길이 이름을 전할까 합니다."

"너희 두 사람 중에 한 사람이라도 나와 함께 있을 생각은 없느냐?"

그러나 소진과 장의는 둘 다 세상에 나가고 싶다고 간청했다. 굳이 그들을 붙들어둘 수도 없는 노릇이었다.

귀곡 선생이 탄식한다.

"신선이 될 만한 인재를 얻기가 이렇듯 어렵구나!"

이에 귀곡 선생이 소진과 장의를 위해서 점을 쳐보고 말한다.

"소진은 먼저 출세할 것이니 처음이 길하고 뒤가 좋지 못하며, 장의는 늦게야 출세할 격이니 처음엔 불행하나 뒤가 길하리라. 내가 보건대 손빈과 방연은 서로 헐뜯고 잡아먹지 못해서 으르렁거릴 것이다. 너희 두 사람은 그들처럼 싸우지 말고 협력하여 함께 공명을 이루어라. 내가 너희들에게 부탁하는 것은 동학同學 간에 서로 의좋게 지내라는 말이다."

소진과 장의는 머리를 조아리며 귀곡 선생의 간곡한 교훈을 받았다.

귀곡 선생은 책 두 권을 꺼내어 소진과 장의에게 각각 주었다.

소진과 장의가 묻는다.

"이 책은 『태공음부편太公陰符篇』이 아니오니까? 이 책은 저희가 이미 오랫동안 익혔기 때문에 다 외우고 있습니다. 선생께선 무슨 뜻으로 이 책을 또 저희에게 주십니까?"

귀곡 선생이 대답한다.

"너희들이 비록 다 외운다고는 하지만 아직 그 뜻에 정통한 건 아니다. 그 책을 가지고 두고두고 연구하면 크게 얻는 바가 있으리라. 나도 장차 이 귀곡 땅을 떠나 해외海外에 나가서 소요逍遙할까 하노라."

소진과 장의는 귀곡 선생에게 하직하고 떠나갔다.

이리하여 방연 · 손빈 · 소진 · 장의는 모두 가버렸다.

수일 후에 귀곡 선생도 귀곡 땅을 떠났다. 그후 귀곡 선생은 바다에 떠서 봉래도蓬萊島로 갔다는 말도 있고, 신선이 되어 갔다는 말도 있다.

이제 오나라와 월나라의 투쟁이 끝남으로써 춘추春秋 시대 오패五霸는 끝났고 이미 전국戰國 시대로 접어들었다. 앞으로 역사상 가장 암흑 시대이며 혼란기였던 전국 시대의 천변만괴千變萬怪를 지켜보기 바란다.

발을 잘린 손빈

위魏나라에 당도한 손빈孫臏은 즉시 방연龐涓의 부중을 찾아갔다.

손빈이 방연에게 감사한다.

"나를 위왕魏王에게 천거해줘서 감사하오."

방연이 생색을 낸다.

"형님을 천거하는 데 여간 힘들지 않았소."

손빈은 방연에게 귀곡鬼谷 선생이 이름을 빈臏자로 고쳐주었다는 말을 했다.

방연이 놀란다.

"빈臏자는 발을 끊는 형벌이란 뜻이오. 왜 그런 좋지 못한 글자로 이름을 고쳤소?"

손빈이 대답한다.

"선생이 고쳐주셨는데 어찌 버릴 수 있으리오."

이튿날 손빈은 방연을 따라 궁에 들어가서 위혜왕魏惠王을 뵈었다.

위혜왕은 층계 아래까지 내려와서 손빈을 영접했다. 위혜왕이 손빈을 대하는 태도는 어디까지나 정중했다.

손빈이 위혜왕에게 두 번 절하고 아뢴다.

"신은 시골 태생인 필부匹夫에 불과하온데 왕께서 지나친 예로 써 불러주시니 그저 부끄럽기 그지없습니다."

위혜왕이 대답한다.

"지난날에 묵자墨子(묵적)께서 선생에 대한 말씀을 많이 하십 디다. 특히 손무孫武의 비법을 아시는 분은 선생 한 분뿐이라고 극구 칭찬하셨소. 그래서 과인은 선생이 오기를 목마른 사람이 물 을 기다리듯 기다렸소이다. 이제 선생이 이렇듯 오셨으니 과인은 모든 걱정이 놓이는 듯하오."

그러고서 방연을 돌아보고 묻는다.

"과인은 손선생을 부원수副元帥로 삼고, 경과 함께 병권을 맡아 보도록 하고 싶소. 경의 뜻은 어떠하오?"

방연이 대답한다.

"신은 손빈과 동학일 뿐만 아니라 결의형제를 맺은 사이입니 다. 손빈은 바로 신의 형님뻘입니다. 동생이 어찌 형님보다 높은 자리에 있을 수 있겠습니까? 그러니 당분간 손빈을 객경客卿으로 모시는 것이 좋을까 합니다. 장차 손빈이 공로를 세우면 신은 그 때에 원수의 벼슬을 손빈에게 물려주고, 기꺼이 그 밑에서 일을 할 작정입니다."

마침내 위혜왕은 방연의 말을 좇아 우선 손빈에게 객경 벼슬을 내리고 도성에서 가장 좋은 제1구區의 집을 하사하여 방연 다음 가는 대우를 해주었다.

원래 객경이란 벼슬은 손님에 대한 대우를 하고 신하로서는 대하지 않기 때문에 겉으로 보기엔 융숭한 대접을 받는 것 같지만 실은 별로 실권實權이 없었다. 곧 빛 좋은 개살구라고나 할까? 이는 손빈에게 병권을 나눠주기가 싫어서 방연이 꾸민 수작이었다.

이리하여 손빈과 방연은 자주 접촉하게 되었다.

방연이 속으로 생각한다.

'손빈은 내가 귀곡을 떠난 뒤에 손무의 비법을 배웠다고 한다. 그런데 그는 거기에 대해선 나에게 전혀 말을 하지 않고 있다. 내 반드시 그의 속을 떠보리라.'

마침내 방연은 술상을 차려놓고 손빈을 청했다. 두 사람이 술을 마시며 이런저런 이야기를 나누던 끝에 병법에 관한 화제가 나왔다. 방연은 슬쩍 병법에 관해서 몇 가지 의심나는 점을 물었다. 손빈의 대답은 흐르는 물처럼 조금도 막히는 데가 없었다.

이번엔 손빈이 방연에게 병법에 관한 몇 가지를 물었다. 방연은 대답이 막혔다. 그렇다고 모른다고 하기는 싫었다.

방연이 음흉스레 되묻는다.

"그거 『손자병법』이란 책에 있는 내용 아니오?"

손빈은 조금도 방연을 의심하지 않았다.

"그렇소."

방연이 슬쩍 수단을 쓴다.

"이제야 말합니다만, 나도 지난날에 귀곡 선생으로부터 비밀히 『손자병법』을 배웠소. 그때 좀더 열심히 공부했더라면 좋았을 것을…… 이젠 배웠던 것마저 거의 잊어버렸소. 형님, 나에게 그 책 좀 빌려주시오. 내 한 번만 보고서 곧 돌려드리리다."

손빈이 대답한다.

"내가 본 『손자병법』은 귀곡 선생께서 상세히 주해注解를 붙인 것이어서 아마 원본과는 다를 것이오. 선생께선 그 책을 사흘 간만 보여주셨기에 나도 베껴둔 것이 없소."

"그럼 형님은 그 내용을 다 기억하시오?"

"나도 그 책을 대충 봤기 때문에 기억이 희미하오."

방연은 더 이상 조를 수가 없었다. 그래서 화제를 돌려 다른 이야기를 하다가 헤어졌다.

며칠이 지난 후였다.

위혜왕은 손빈의 재주를 보려고 교장敎場에서 군사를 사열하게 했다. 그리고 손빈과 방연에게 각기 진陣을 치도록 부분했다.

방연이 먼저 진을 치자 손빈은 곧 그 진이 무슨 진인가를 알았다. 그리고 위혜왕의 물음에 손빈은 그 진이 무슨 진이며 어떤 법을 쓰면 곧 격파할 수 있는지를 설명했다.

그 다음에 손빈이 진을 쳤다. 방연은 암만 봐도 손빈의 진법陣法을 알 수 없었다.

방연이 직접 손빈에게 가서 슬쩍 묻는다.

"이것은 무슨 진이오?"

손빈이 대답한다.

"이는 전도팔문진顚倒八門陣이란 것이오."

"어떤 변화 작용을 할 수 있는지요?"

손빈이 대답한다.

"적을 공격할 때는 장사진長蛇陣으로 변하오."

방연이 다시 위혜왕 곁으로 돌아가서 천연스레 아뢴다.

"손빈이 펴고 있는 저 진법은 전도팔문진이란 것인데 적을 공격할 때면 장사진으로 변합니다."

이날 군사 사열이 끝난 후 위혜왕은 손빈에게,

"오늘 친 진법은 무슨 진이오?"

하고 물었다.

손빈의 대답은 얼마 전에 방연이 한 말과 다르지 않았다.

위혜왕은 방연의 재주가 손빈만 못하지 않다는 것을 알고 속으로 흐뭇해했다.

방연은 자기 부중에 돌아가서 곰곰이 생각했다.

'이거 야단났구나! 손빈의 재주가 확실히 나보다 월등하니 이를 어쩐담? 이젠 별수 없다. 손빈을 없애버리지 않으면 나의 지위가 흔들릴 위험이 있다.'

방연은 마침내 한 가지 계책을 생각해냈다.

어느 날 방연은 손빈의 부중으로 갔다. 방연이 손빈을 끔찍이 생각이나 해주는 듯이 말한다.

"형님은 지금 위나라에서 벼슬을 살지만 일가친척은 다 제나라에 있지 않습니까? 그런데 형님은 고국으로 사람을 보내어 일가친척을 데려와서 함께 부귀를 누릴 생각은 하지 않고 왜 이렇게 외로이 계시오?"

손빈이 눈물을 흘리면서 대답한다.

"그대는 지난날에 나와 함께 공부를 했지만 우리 집 사정은 잘 모를 것이오. 내가 네 살 때 어머니는 세상을 떠나셨고, 아홉 살때 아버지께서도 세상을 떠나셨소. 그래서 숙부 손교孫喬께서 나를 길러주셨소. 숙부는 그때 제강공齊康公 밑에서 대부 벼슬을 살고 있었소. 그후 제나라는 전씨田氏가 모반謀叛하여 마침내 전태공田太公이 제강공을 절해고도絶海孤島로 내쫓고 군위에 오르면서부터 지난날의 신하들을 모조리 추방하고 많이 죽였소. 그래서 나의 일가친척도 살길을 찾아서 각기 흩어져 달아났지요. 그때 숙부는 나의 종형從兄뻘인 손평孫平과 손탁孫卓과 나를 데리고 주나라로 달아나셨소. 내가 숙부를 따라 주나라에 갔을 땐 그해에 큰 흉년이 들어서 먹고 살 길이 없었소. 모두 다 많이 굶기도 했지요. 어느 날이었소. 숙부는 북문 밖으로 나를 데리고 가서 어떤 농사짓는 사람 집에 머슴으로 살게 했소. 그러고는 두 아들을 데리고 어디론지 가버렸소. 그러니까 나는 장성할 때까지 남의 집에서 머슴살이를 한 것이오. 언젠가 나는 귀곡 선생의 도학道學이 높다는 소문을 듣고 매우 사모하게 되었소. 그래서 귀곡 선생을 찾아가서 공부를 한 것이오. 그대도 알다시피 나는 귀곡 선생 문하에서 여러 해 동안 공부를 했소. 이젠 모든 것이 다 옛일 같기만 하오. 그러니 어찌 고향 소식이라든지 일가친척의 뒷소식인들 알 수 있겠소? 이젠 일가친척을 찾으려 해야 찾을 길마저 없는 신세요.”

방연이 다시 묻는다.

“그럼 형님은 고국에 못 가본 지도 오래되었겠구려. 형님은 고향에 있는 부모님 산소가 그립지도 않으시오?”

손빈이 초연히 대답한다.

“사람이 목석이 아닌 바에야 어찌 근본을 잊을 수 있겠소. 그렇지 않아도 전번에 내가 귀곡 땅을 떠날 때 선생께서 ‘네가 결국 성공할 곳은 너의 고국인 제나라다’ 하고 말씀하십디다. 내가 지금 위나라 신하로 있기 때문에 이제껏 이런 말을 하지 않은 것이오.”

방연이 손빈의 속마음을 다 떠보고 나서 태연히 격려한다.

“형님 말씀이 지당하오. 대장부가 어디에 간들 공업功業을 성취하지 못하겠소. 하필 고국이라야만 된다는 법은 없지요!”

그후 약 반년이 지났다.

손빈도 방연에게 한 말을 다 잊었을 때였다.

어느 날이었다.

그날도 손빈이 궁에 들어가서 조회를 마치고 부중으로 돌아왔을 때였다. 어떤 사람이 부중 문 앞을 기웃거리며 산동山東 지방의 방언方言으로 묻는다.

"이곳이 바로 객경 손빈 대감의 부중이 아니오니까?"

손빈이 이 말을 듣고 수레에서 내려 문지기에게 분부한다.

"저 산동 지방 말을 하는 사람을 내 방으로 데리고 오너라. 내게 무슨 할말이 있어 왔나 보다."

손빈이 관복을 벗고 방에 좌정하자 문지기가 그 산동 사람을 데리고 들어왔다.

손빈이 묻는다.

"너는 누구이며, 어째서 나를 찾아왔느냐?"

그 산동 사람이 머리를 조아리며 대답한다.

"소인의 성은 정丁이며 이름은 을乙이라고 합니다. 소인은 원래 제나라 도읍 임치臨淄 사람이온데 어쩌다가 고국을 떠나 지금은 주나라에서 객점客店(여관旅館)을 차려놓고 있습니다. 한데 소인은 이번에 대감의 종형뻘 되시는 손평孫平과 손탁孫卓 두 분의 부탁을 받아 편지를 가지고 귀곡 땅까지 갔었습니다. 그러나 귀곡 땅에 가서야 비로소 이미 대감께서 위나라에 계신다는 말을 듣고 다시 이곳으로 왔습니다."

정을丁乙은 말을 마치자 품속에서 서신 한 통을 꺼내어 손빈에게 바쳤다.

손빈이 그 서신을 뜯어본즉 이런 내용이었다.

어리석은 형인 평平과 탁卓은 어진 동생 빈賓에게 서서書를 보내노라. 돌이켜보건대 우리가 불행해서 일가친척이 각기 사방으로 흩어진 지도 벌써 오래되었다. 그때 우리는 주나라에 너를 남겨둔 채 송나라에 가서 역시 남의 집 농사를 지어주며 살아왔다. 그러다가 너의 숙부도 한 많은 세상을 떠나셨다. 그러니 타국에서 고생이 오죽했겠는가는 말하지 않아도 피차 짐작할 줄 안다. 이제 제나라 왕께서 옛 신하에 대한 지난날의 모든 혐의를 다 푸시고 우리를 국내로 불러주셨다. 더구나 왕께선 장차 동생을 불러다가 높은 벼슬을 주시고 우리 가문을 다시 일으켜 주실 생각이시다. 소문을 들은즉, 그간 동생은 귀곡 선생 문하에서 많은 공부를 했다고 하니 반드시 배운 바가 클 줄 믿는다. 이제 너를 데려오려고 사람을 보내는 것이니 이 편지를 보는 즉시 속히 고국으로 돌아오너라. 우리 형제가 한자리에서 만날 날만 고대하노라.

손빈은 두 종형의 서신을 읽고 너무나 반가운 나머지 자기도 모르는 사이에 대성통곡했다.

그 산동 사람이 말한다.

"소인이 온 것은 대감을 모셔가기 위해서입니다. 대감께선 속히 고향에 돌아가셔서 오랜만에 종형님들과 만나도록 하십시오."

손빈이 대답한다.

"나는 지금 이 나라에서 벼슬을 살고 있으니 갑자기 떠날 수가 없구나."

손빈은 정을 잘 대접하고 두 종형에게 보내는 답장을 썼다.

그는 처음에 고국 산천이 그립다는 것과, 지금은 위魏나라에서 벼슬을 살고 있는 몸이니 갑자기 돌아갈 수는 없으며, 앞으로 약간의 공로라도 세우게 되면 그때에 형님을 뵈오러 가겠다는 내용을 썼다.

손빈이 정을에게 답장과 황금 1정錠을 내주며 부탁한다.

"이 황금을 노비路費로 써라. 그리고 이 편지를 나의 두 분 종형께 갖다드려라."

정을은 손빈에게 하직 인사를 하고 부중을 떠났다.

그러나 누가 알았으리오.

그 정을은 타국에서 온 사람이 아니라 바로 방연의 심복 부하인 서갑徐甲이었다.

몇 달 전에 방연이 손빈의 내력을 알아냈다는 것은 이미 앞에서 말한 바와 같다. 이에 방연은 손빈의 종형뻘인 손평과 손탁의 가짜 서신을 만들어냈다. 그리고 자기 심복 부하인 서갑을 시켜 가짜 서신을 손빈에게 갖다주게 한 것이었다.

원래 손빈은 두 종형과 어려서 헤어졌기 때문에 그 필적筆蹟을 잘 알지 못했다. 그래서 그 가짜 서신을 진짜로 믿어 의심치 않았던 것이다.

방연은 이렇듯 간특한 수단을 써서 서갑한테서 손빈의 답장을 받았다. 그는 다시 손빈의 필적을 모방해서 그 답장의 마지막 몇 구절을 슬쩍 고쳤다.

동생은 지금 위나라에서 벼슬을 살고 있지만 생각만은 잠시도 고국을 잊지 않고 있습니다. 되도록 속히 돌아가서 형님들을 뵈옵겠습니다. 만일 제왕齊王이 나를 버리지 않고 등용해주신다면 마땅히 충성을 다해 나라에 보답할 결심입니다.

방연은 마침내 그 답장을 가지고 궁으로 들어갔다.

방연이 위혜왕에게 청한다.

"대왕께 긴히 아뢸 일이 있습니다. 좌우 사람들을 잠시 밖으로 내보내십시오."

위혜왕이 좌우 신하들을 물러가게 하고 묻는다.

"긴한 일이라니 무슨 일이오?"

방연이 위혜왕에게 가짜 편지를 바친다.

"손빈이 우리 위나라를 배반하고 요즘 제나라 사자와 내통하고 있습니다. 신이 교외에서 그 제나라 사자를 잡았는데, 취조해본즉 이런 편지가 나왔습니다."

위혜왕이 그 편지를 읽어보니 틀림없는 손빈의 답장이었다.

"손빈이 자기 고국을 그리워하는 모양이구려. 과인이 손빈에게 최고 벼슬을 주지 않았으니 그가 어찌 과인을 위해서 충성을 다하리오."

방연이 아뢴다.

"손빈의 조부인 손무孫武도 오吳나라 대장이 되었다가 나중엔 자기 나라인 제나라로 돌아갔다고 합니다. 그 누가 자기 고국을 그리워하지 않는 사람이 있겠습니까? 대왕께서 비록 손빈에게 최고 벼슬을 줄지라도 이미 제나라를 그리워하는 손빈으로선 우리 위나라를 위해서 전력을 기울이지 않을 것입니다. 뿐만 아니라 손빈은 재주가 신보다 못하지 않습니다. 만일 그가 제나라 장수가 되는 날이면 반드시 우리 나라와 천하 패권을 다투려고 들 것입니다. 대왕께선 닥쳐올 근심을 미리 막으사 이 참에 손빈을 아주 죽여버리십시오."

위혜왕이 대답한다

"손빈은 내가 초청해서 온 사람이오. 아직 죄목도 뚜렷하지 않은 채 어찌 갑자기 죽일 수 있겠소? 만일 그를 죽이면 천하 모든 나라가 선비를 대우할 줄 모르는 사람이라고 과인을 비난할 것이오."

방연이 다시 아뢴다.

"대왕의 말씀은 참으로 인자하십니다. 그렇다면 신이 손빈에게 가서 제나라에 가지 말도록 권해보겠습니다. 그가 위나라에 기꺼이 머물러 있겠다면 그때에 대왕께서 높은 벼슬을 내리셔도 늦지 않습니다. 만일 그가 굳이 제나라로 가겠다면 대왕께선 즉시 그를 처벌하도록 신에게 분부하십시오. 그러면 신이 알아서 적당히 조처하겠습니다."

방연은 궁에서 나오는 길로 손빈에게 갔다.

방연이 먼저 손빈에게 묻는다.

"소문에 의하면 형님은 제나라에서 천금보다도 귀중한 집안 편지를 받으셨다던데 사실입니까?"

손빈은 원래 충직한 사람이라 조금도 방연을 의심하지 않았다.

"요 며칠 전에 종형한테서 편지가 왔는데 제나라로 돌아오라는구려."

방연이 권한다.

"그야 형제간의 정리로 무리도 아니지요. 서로 오랫동안 못 만났으니 오죽 보고 싶겠습니까? 한데 형님은 왜 위왕魏王에게 가서 한두 달쯤 말미를 얻지 않습니까? 잠시 고향에 돌아가서 부모님 산소라도 성묘하고 다시 오면 되지 않습니까?"

손빈이 대답한다.

"그랬으면 좋겠는데 왕께서 혹 의심하시고 허락하지 않으실까 염려스럽소."

"좌우간 형님께선 일단 말미를 달라고 청해봐야 할 것 아닙니까? 그러면 이 동생도 곁에서 힘껏 도와드리겠습니다."

손빈이 부탁한다.

"그럼 동생도 좀 힘써주오. 동생의 힘을 빌려 말미를 얻게 되면 참 고맙겠소."

그날 밤, 방연은 다시 궁에 들어가서 위혜왕께 아뢨다.

"신이 대왕의 분부를 받고 오늘 낮에 손빈에게 가서 여러모로 권해봤습니다. 그러나 손빈은 우리 위나라에 머물러 있을 생각이 없을 뿐만 아니라 도리어 여러모로 대왕을 원망하고 있더이다. 만일 손빈이 말미를 청하는 표장表章을 올리거든 즉시 제나라 사자와 내통한 죄목을 들어 그를 처벌하십시오."

위혜왕은 묵묵히 머리만 끄덕였다.

이튿날 과연 손빈이 쓴 표장이 위혜왕에게 올라왔다.

그 표장은 약 두 달만 말미를 주시면 고향 산천에 돌아가서 부모의 산소에 성묘하고 돌아오겠다는 내용이었다. 위혜왕은 그 표장을 읽고 있는 대로 분이 솟았다. 위혜왕은 즉시 붓을 들어 표장 끝에다 비답批答을 써서 내렸다.

손빈은 비밀히 제나라 사자와 내통하더니 이젠 자기 나라로 돌아가겠다고 이런 표장까지 올렸구나! 손빈은 과인의 부탁을 저버렸을 뿐만 아니라 우리 위나라를 배반했으니 더 참을 수 없다. 즉시 손빈을 삭탈관직하고 군사부軍師府에 내려 그 죄를 밝히고 처벌하여라!

위혜왕의 분부를 받은 군정軍政은 부하들을 거느리고 손빈의 부중에 가서 즉시 그를 결박했다. 그들은 손빈을 끌고 군사부의 방연에게로 갔다.

방연이 붙들려온 손빈을 보고 짐짓 놀란 체하면서 황급히 묻는다.

"형님! 이게 웬일이시오?"

손빈을 잡아온 군정이 방연에게 위혜왕의 명령을 고했다.

방연이 더욱 뜻밖이란 듯이 손빈을 위로한다.

"우리 형님이 억울한 누명을 썼구려. 내 왕에게 가서 형님을 위해 최선을 다해 변명하리이다."

방연은 즉시 수레를 타고 궁으로 갔다.

방연이 위혜왕에게 아뢴다.

"손빈이 비록 제나라 사자와 내통한 죄가 있지만, 죽일 것까지는 없습니다. 신의 어리석은 소견으로는 발을 끊는 형벌[刖]을 내리고, 먹으로 얼굴을 떠서[黥] 폐인을 만드는 것이 마땅할까 합니다. 그렇게만 하면 손빈은 자기 고국인 제나라로 돌아갈 수도 없으며, 비록 살아 있다 할지라도 대왕께 아무런 해를 끼치지 못할 것인즉, 이건 돌 하나로 새 두 마리를 잡는 격입니다. 그러나 신이 마음대로 이 일을 처결할 수 없어 일단 대왕께 아뢰러 왔습니다."

위혜왕이 대답한다.

"이 일은 경이 알아서 잘 처분하오."

방연은 궁에서 나와 군사부로 돌아갔다.

방연이 손빈에게 생색을 낸다.

"왕은 격노하셔서 기필코 형님을 죽여야겠다고 펄펄 뛰십디다. 내가 거듭 세세히 맺힌 정情을 아뢰고, 거듭 간청해서 겨우 형님의 목숨만은 건졌습니다. 그 대신 형님의 발을 월刖하고, 얼굴을 먹으로 뜨게 되었습니다. 이것만은 위나라 국법이라고 하니 어찌

합니까? 형님은 이 동생을 원망하지 마십시오."

손빈이 길이 탄식한다.

"지난날 내가 귀곡 땅을 떠날 때 귀곡 선생께서 '비록 네가 해를 당할지라도 크게 걱정할 것 없다'고 말씀하셨소. 이제 죽음을 면하고 목숨을 보존하게 되었으니 이는 다 어진 동생의 덕분이라. 내 어찌 동생의 은혜를 잊으리오."

이에 방연은 도부수刀斧手들을 불렀다. 사납게 생긴 도부수들이 일제히 달려들어 손빈을 형틀에 단단히 비끄러맸다. 그리고 시퍼런 칼을 뽑아 손빈의 두 발을 도려냈다.

손빈은 고통을 견딜 수 없어 날카롭게 외마디 소리를 지르고 그자리에서 까무러쳤다.

반나절이 지난 뒤에야 손빈은 겨우 깨어났다. 이번엔 도부수들이 바늘로 손빈의 얼굴을 뜨기 시작했다.

그리하여 손빈의 얼굴엔 '사통외국私通外國(비밀히 외국과 내통한 자)'이라는 넉 자가 새겨졌다. 도부수들은 바늘로 새긴 손빈의 얼굴에다 먹칠을 했다. 이는 죽어서 백골이 되기 전에는 지워버릴 수 없는 문면文面인 것이다.

방연은 손빈의 흉악한 얼굴과 병신이 된 다리를 보고 능청스레 통곡했다. 그러고서 손빈의 다리에 약을 발라주고 비단으로 감아주었다.

방연이 부하들에게 분부한다.

"저 어른을 서관書館으로 모시고 가서 편안히 쉬게 하고 좋은 음식으로 대접하여라."

이리하여 손빈은 서관에서 약 두 달 동안 다리를 치료했다. 이젠 상처도 점점 아물어갔으나 다리에 힘이 빠졌다. 그는 앉은뱅이가 되고 말았다.

염옹이 시로써 이 일을 읊은 것이 있다.

　귀곡 선생은 이런 일이 있을 줄 미리 알고서 이름을 발 끊는
형벌 빈臏자로 고쳐주었도다
　선생은 어째서 방연이 그런 짓을 못하도록 미리 대책을 세우
지 않았던가?
　참으로 우습다! 손빈은 지나치게 그 위인이 충직해서
　도리어 방연을 생명의 은인인 줄로만 알았도다
　易名臏字禍先知
　何待龐涓用計時
　堪笑孫君太忠直
　尙因全命感恩私

　손빈은 완전히 폐인이 되었다. 방연은 날마다 진수성찬을 보내
어 손빈을 극진히 대접했다. 손빈은 모든 것을 방연의 은혜로만
알고 매우 감격해했다.
　어느 날 방연은 친히 서관으로 손빈을 방문했다.
　방연이 여러모로 손빈을 위로하고 나서 청한다.
　"형님은 이 동생을 위해 귀곡 선생이 주해를 붙인 『손자병법』
을 한 권 써주실 수 없겠소?"
　손빈이 쾌히 응낙한다.
　"내가 소상히 외우고 있으니 써드리겠소."
　방연은 손빈에게 필묵筆墨과 목간木簡(글을 적는 나뭇조각)을 넉
넉히 주고 돌아갔다.

그후 손빈이 『손자병법』을 약 10분의 1쯤 썼을 때였다.

서관에서 손빈의 시중을 드는 한 창두蒼頭(심부름꾼)가 있었다. 그 창두의 이름은 성아誠兒였다. 사실 성아는 방연이 손빈을 감시하기 위해서 보낸 사람이었다.

그러나 성아는 서관에 와서 시중을 드는 동안 도리어 손빈을 동정하게 되었다. 손빈은 참으로 훌륭한 인물이었다.

성아는 속으로 생각했다.

'저런 훌륭한 어른이 억울한 꼴을 당하시니 참으로 분하다!'

마침내 성아는 손빈을 존경하기에 이르렀다. 그러던 참에 하루는 방연이 비밀히 성아를 소환했다.

"요즘 손빈은 하루에 몇 장씩이나 글을 쓰더냐?"

성아가 대답한다.

"손장군은 다리를 못 쓰기 때문에 앉아 있는 시간이 짧아서 늘 잠만 잡니다. 그래서 하루에 두서너 줄밖에 쓰지 못합니다."

이 말을 듣고 방연이 몹시 노한다.

"그렇게 꾸무럭거리고야 언제 다 쓴단 말이냐! 너는 그 곁에 있으면서 속히 쓰라고 독촉하여라!"

성아는 물러나오다가 방연을 가까이 모시는 지난날의 친구 한 사람을 만났다.

그 친구가 성아에게 말한다.

"성아는 언제 들어왔기에 벌써 나가는가? 그래, 나도 만나보지 않고 그냥 나가다니 세상에 인정이 그럴 수 있나?"

"조금 전에 들어왔다가 이제 나가는 길일세. 나를 너무 책망하지 말게. 방원수의 꾸중이 하도 대단하니 정신을 차릴 수 있어야시!"

"무슨 꾸중을 들었나?"

"참, 말이 나왔으니 말이지 그대에게 한 가지 물어볼 일이 있네. 방원수는 나를 불러놓고 어째서 손장군에게 속히 글을 쓰게 하라고 그렇듯 야단을 치시는지 모르겠네!"

그 친구가 픽 웃으며 조그만 소리로 속삭인다.

"자네는 아직도 그걸 모르나? 방원수는 겉으론 손장군을 끔찍이 위하는 체하지만 속은 딴판이야. 그는 속으론 손장군을 매우 시기하고 있네! 방원수가 왜 지금까지 손장군을 살려두는지 아나? 다만 『손자병법』을 갖기 위해서야. 손장군이 일단 『손자병법』을 다 쓰기만 하면 음식도 보내지 않고 굶겨죽일 작정이라네. 이 일은 그대만 알고 남에겐 아예 누설하지 말게, 큰일나네!"

성아는 비로소 그 까닭을 알았다. 성아는 의분을 참을 수 없어 서관에 돌아가는 즉시로 손빈에게 그 내막을 다 고해바쳤다.

이 말을 듣고 손빈은 몹시 놀라 몸서리쳤다. 그날 밤에 손빈은 잠을 이루지 못했다.

'방연이 그렇듯 간악한 놈인 줄은 몰랐다. 그런 놈에게 어찌 『손자병법』을 전할 수 있으리오. 이 일을 어찌하면 좋을까? 만일 『손자병법』을 베껴주지 않으면 그놈은 반드시 노발대발할 것이다. 그러면 나는 언제 그놈 손에 죽을지 모른다.'

손빈은 이리도 생각해보고 저리도 생각해보았다. 어쨌든 살아야만 한다.

손빈은 문득 지난날이 생각났다.

'참! 귀곡 땅을 떠날 때 선생께서 나에게 주신 비단 주머니가 있지 않은가. 선생께서 말씀하시기를 급할 때에 끌러보라고 하셨다. 지금보다 급한 때가 어디 있으랴!'

마침내 손빈은 그 비단 주머니를 꺼내어 풀어보았다. 주머니 속에서 노란 명주明紬 한 폭이 나왔다. 거기에 '사풍마詐瘋魔'란 글씨 석 자가 적혀 있었다. 사풍마란 정신병자처럼 행동하면서 상대방에게 속임수를 쓰란 뜻이다.

'선생의 뜻을 알겠다! 마땅히 그렇게 하리라.'

그날 저녁이었다.

손빈은 저녁 밥상이 들어오자 반가이 숟가락을 들었다. 그는 밥을 뜨다가 갑자기 숟가락을 떨어뜨리며 앞으로 고꾸라져서 토하기 시작했다.

잠시 후에 손빈이 눈을 까뒤집고 벌떡 일어나 벌벌 떨면서 큰소리로 외친다.

"네 어찌하여 음식에 독약을 넣어 나를 죽이려 하느냐!"

손빈은 닥치는 대로 밥상의 음식을 집어들어 마구 던졌다. 그리고 지금까지 써둔 『손자병법』의 목간을 휩쓸어 불 속에 던져넣고 뒤로 벌렁 나자빠졌다. 『손자병법』은 활활 타올라 삽시간에 재로 변했다. 손빈은 쓰러진 채 잘 알아들을 수도 없는 욕설을 끊임없이 씨부렁거렸다.

물론 성아는 이런 손빈의 속임수를 알 리 없었다. 이에 성아는 군사부로 달려가서 방연에게 이 사실을 고했다.

이튿날 방연은 친히 서관에 가서 손빈을 만나보았다.

손빈은 땅바닥에 엎드려 침을 질질 흘리다가 방연이 들어오는 걸 보고는 천천히 일어나,

"이히히히 히히…… 히히히히…… 히히……"

하고 징그럽게 웃었다.

그러더니 갑자기,

"아이고 아이이고 아아아이고……"

하고 방성통곡을 한다.

방연이 묻는다.

"형님은 어째서 갑자기 웃다가 또 우시오?"

손빈이 대답한다.

"위왕魏王은 나를 죽이려고 하지만 하늘의 군사 10만 명이 나를 호위하고 있다. 안 되지! 다른 사람은 다 죽여도 나만은 못 죽인다! 그래서 웃었다. 왜 우느냐고? 울 수밖에. 이 손빈이 없으면 위나라에 대장 될 사람이 없다! 그래서 울었다!"

말을 마치자 손빈은 다시 눈을 무섭게 부릅뜨고 방연을 노려보다가 머리를 절레절레 흔들기 시작했다. 그러더니 벌벌 떨리는 손으로 방연에게 매달리면서 외친다.

"선생이여! 귀곡 선생이여! 이 불쌍한 제자 손빈을 살려주십시오! 손빈은 죽습니다. 어서 이 제자를 살려주소서!"

참으로 손빈의 모습은 징그럽고도 무서웠다.

방연이 뒤로 물러서면서 황급히 대답한다.

"나는 방연이오! 형님! 나는 귀곡 선생이 아니오! 진정하십시오."

그러나 손빈이 여전히 방연의 소매를 붙들고 연방 외친다.

"선생이여! 나를 살려주십시오!"

방연은 겨우 좌우 사람들의 도움으로 손빈의 손을 뿌리치고 그 자리를 피했다.

방연이 성아를 불러 묻는다.

"손빈이 언제부터 저런 증세가 있었느냐?"

성아가 대답한다.

"어젯밤부터 갑자기 저러십니다."

방연은 수레를 타고 돌아가면서 곰곰이 생각했다. 암만 생각해도 손빈의 병세가 수상했다.

마침내 방연은 손빈의 병이 진짜인지 꾀병인지 시험해보기로 결심했다. 방연이 군사부에 돌아가는 즉시 수하 사람에게 분부한다.

"너는 서관에 가서 손빈을 잡아내어 돼지우리 속에 처넣어라."

그날 손빈은 돼지우리 속에 잡혀들어갔다. 그러나 그는 머리를 풀어 낯을 가리고 돼지 똥구덩이 속에 벌렁 드러누워 태연히 코를 골았다.

방연이 다시 시자侍者에게 분부한다.

"손빈에게 술과 음식을 갖다주되 그 동정을 자세히 살펴보고 오라."

그 시자가 술상을 가지고 돼지우리에 가서 손빈에게 거짓말을 한다.

"저 같은 소인놈이 무엇을 알겠습니까만, 선생께선 이번에 참으로 억울한 형벌을 당하셨습니다. 소인놈도 그저 분하고 원통합니다. 보잘것없는 술상이지만 방원수 모르게 가지고 왔으니 안심하고 잡수십시오."

손빈은 이것이 다 방연의 속임수란 걸 알고 있었다.

손빈이 눈을 부릅뜨고 시자를 꾸짖는다.

"너는 나를 죽이려고 또 독이 들어 있는 술을 가지고 왔느냐!"

그러고는 술상을 집어던져버렸다.

이에 시자는 개가 먹다 남긴 음식에 진흙을 섞어서 손빈에게 주었다. 손빈은 그걸 넝큼 받아 맛있게 먹었다.

그제야 시자는 군사부로 돌아가서 방연에게 이 사실을 고했다.

"음, 참으로 미쳤구나! 그렇다면 염려할 것 없다!"

이때부터 손빈에 대한 감시가 풀렸다. 그들은 손빈이 마음대로 바깥출입을 해도 내버려두었다.

손빈은 아침 일찍 나갔다가 저녁 늦게야 돌아오곤 했다. 그리고 언제나 돼지우리 속에 들어가서 잤다. 어떤 날은 돌아오지 않고 시정에서 자기도 했다.

그는 곧잘 무엇인지 혼잣말로 중얼거리기도 하고 웃기도 하고 슬피 울기도 했다.

시정 백성들은 그가 바로 객경客卿 벼슬에 있던 손빈이란 걸 알고 폐인이 된 그를 불쌍히 여겨 음식을 주었다. 손빈은 어떤 때는 받아먹고 어떤 때는 주어도 먹지 않았다. 그는 쉬지 않고 황당무계한 말만 중얼댔다.

그래서 모든 사람은 손빈이 정말 미친 줄 알았다. 그러나 방연은 손빈이 어디에 있는지 날마다 자기에게 보고하게 했다.

염옹이 시로써 이 일을 탄식한 것이 있다.

갈수록 천하는 혼란한데
영웅이 헤어날 수 없는 곳에 걸려들었도다.
슬프다! 간특한 방연이 시기했기 때문에
훌륭한 손빈을 거짓 미치게까지 했구나!
紛紛七國鬪干戈
俊傑乘時歸網羅
堪恨奸臣懷嫉忌
致令良友詐瘋魔

이때 묵적墨翟은 천하를 두루 돌아다니다가 제나라에 이르렀다. 그는 제나라 대부 전기田忌의 집에서 유숙했다.

때마침 위魏나라에서 묵적의 제자인 금활禽滑이 왔다.

묵적이 금활에게 묻는다.

"그래, 손빈은 위나라에서 만족할 만한 대우를 받고 있던가?"

금활이 걱정스런 표정으로,

"만족한 대우가 뭡니까! 지금 손빈의 처지는 기가 막힙니다. 그는 앉은뱅이가 되어 있습니다."

하고 스승에게 손빈에 관한 일을 소상히 이야기했다.

이 뜻밖의 말을 듣고 묵적이 크게 탄식한다.

"내가 손빈을 위나라에 천거했는데, 그는 나 때문에 도리어 해를 당했구나!"

이에 묵적은 대부 전기에게 손빈의 뛰어난 재주를 이야기하며 방연의 질투로 손빈이 병신이 되었다는 사실을 자세히 말했다.

이튿날 대부 전기는 궁에 들어가서 제위왕齊威王에게 묵적한테서 들은 바를 아뢨다.

"손빈은 바로 우리 제나라 출신입니다. 그런 큰 인물이 다른 나라에서 곤욕을 당하고 있다 합니다. 이는 우리 제나라 위신에도 관계되는 일입니다."

제위왕이 전기에게 묻는다.

"그럼 과인이 곧 군사를 보내어 손빈을 데려오면 어떨까?"

전기가 대답한다.

"방연은 손빈이 위나라에서 벼슬을 사는 것마저 질투했습니다. 그러한 그가 어찌 우리 제나라로 손빈을 보내줄 리가 있겠습니까? 손빈을 데려오려면 이러저러하게…… 비밀리에 데려와야 합니다."

제위왕은 전기가 소곤소곤 소리로 말하는 계책을 듣고서 천천히 머리를 끄덕였다.

그날로 제위왕이 객경 벼슬에 있는 순우곤淳于髡을 불러 비밀히 지시한다.

"과인은 위나라 위왕에게 차茶를 보내 선사할 작정이오. 그대는 수레에 차를 싣고 위나라에 가서 위왕에게 바치고, 실은 이러이러하게…… 손빈을 데리고 와야 하오."

이튿날이었다. 순우곤은 차를 실은 수레를 거느리고, 제위왕이 위혜왕에게 보내는 국서國書를 가지고서 위나라로 떠났다.

그들 일행 중엔 묵적의 제자 금활이 수행인으로 따라갔다.

위나라에 당도한 순우곤은 위혜왕에게 제위왕의 간곡한 뜻을 전하고 차를 바쳤다. 위혜왕은 흐뭇하여 순우곤 일행을 역관에 나가서 편히 쉬게 했다.

금활은 시정으로 나가 미쳐 있는 손빈을 찾았으나 그에게 아무 말도 걸지 않았다.

그날 밤 금활은 다시 손빈이 있는 곳을 찾아나섰다. 손빈은 골목길 우물가에 몸을 기대고 앉아 있었다.

손빈은 가까이 오는 금활을 빤히 쳐다만 볼 뿐 아무 말도 하지 않았다. 금활이 눈물을 흘리면서 손빈에게 묻는다.

"손장군이 이 지경이 되다니 이게 웬일입니까? 장군은 능히 이 금활을 알아보시겠소? 나의 스승이신 묵적께서 손장군의 불행을 들으시고 제나라 제왕齊王에게 장군의 원통한 사정을 고하셨소. 그래서 제왕은 지금 손장군을 매우 사모하고 계십니다. 이번에 제나라에서 순우곤이 차를 가지고 위나라에 온 것도 실은 장군을 제나라로 모셔가기 위해서입니다. 이번에 장군은 우리들과 함께 제나라로 가야 하오. 그리고 이 위나라를 쳐서 원수를 갚아야 하오!"

그제야 손빈의 두 뺨에 눈물이 비 오듯 흘러내렸다.

한참 만에 손빈이 대답한다.

"나는 결국은 시궁창이나 길바닥에 쓰러져 죽어야 할 팔자인 줄 알았지 오늘날 이런 기회가 올 줄은 몰랐소이다. 그러나 나에 대한 방연의 감시가 이만저만이 아니오. 나 같은 병신을 데려가려다가 다른 분들까지 큰 곤욕을 당하시지나 않을까 두렵구려!"

금활이 말한다.

"우리는 이미 계획을 세우고 왔소. 손장군은 과도히 염려하시지 마오. 우리가 떠날 때에 손장군을 모시러 오겠소. 이 우물가에서 다시 만나기로 합시다. 그러니 다른 곳으로 자리를 옮기지 마오."

이튿날 위혜왕은 순우곤을 다시 궁중으로 초대하여 성대히 대접하면서 이런저런 이야기를 나누었다. 위혜왕은 순우곤이 사리에 밝은 사람인 걸 알고 많은 황금과 비단을 주어 존경의 뜻을 표했다.

순우곤은 위혜왕에게 하직 인사를 드리고 제나라로 돌아가겠다는 뜻을 고했다.

곁에서 방연이 순우곤에게 청한다.

"왜 그렇게 속히 돌아가려 하시오? 내일 하루만 더 쉬었다 가시오. 내일은 내가 정자亭子에다 술상을 차리고 귀빈貴賓이 떠나는 길을 전송하겠소."

그날 밤이었다.

한밤중에 금활은 제나라에서 데리고 온 몇 사람을 거느리고 손빈이 있는 우물가로 갔다. 어둠 속에서 그들은 소리 없이 손빈을 안아다가 온거溫車(누워서 갈 수 있도록 만든 수레) 안에 눕혔다. 그들의 동작은 잠으로 빈첩했다. 이윽고 그들은 온거를 몰고 어둠 속으로 사라졌다.

그런데 참으로 이상한 일이었다.

손빈은 확실히 온거를 타고 떠났는데, 날이 밝자 또 하나의 손빈이 우물가에 앉아 있었다. 그 사람은 가짜 손빈이었다. 곧 순우곤의 심복 부하 왕의王義라는 사람이었다.

왕의는 손빈과 옷을 바꿔입고, 얼굴에 온통 진흙 칠을 하고, 머리를 풀어헤친 채 평소의 손빈처럼 가장하고 앉아 있었던 것이다.

아침이 되자 관리가 와서 우물가에 앉아 있는 왕의를 한번 쳐다보더니 그냥 돌아가버렸다.

관리가 방연에게 가서 아뢴다.

"손빈은 오늘 아침에도 역시 우물가에 그러고 앉아 있습니다."

이에 방연은 추호도 의심하지 않고 정자로 나갔다. 정자엔 이미 순우곤 일행이 여장旅裝을 하고 와 있었다.

이날 방연과 순우곤은 정자에서 서로 술을 마시며 즐겼다.

한편 제나라 사람들은 손빈을 태운 온거를 풍우처럼 몰고 달렸다. 금활은 그 온거 뒤를 호위하며 말을 달려 따라갔다.

한밤중에 위나라를 떠난 그들 일행은 제나라를 향해 전속력으로 온거를 몰았다.

한편 순우곤 일행은 오후에야 정자에서 방연과 작별하고 천천히 위성魏城을 떠나 먼저 간 손빈의 뒤를 따랐다.

사흘째 되던 날 밤이었다.

우물가에 앉아 있던 왕의도 슬며시 일어나 그길로 제나라를 향해 달아났다.

이튿날 아침, 관리가 우물에 가본즉 손빈이 보이지 않았다. 사람은 온데간데없고 그 자리엔 벗어놓고 가버린 흉악한 옷만 남아 있었다.

깜짝 놀란 관리는 즉시 군사부로 달려가서 방연에게 이 사실을 아뢨다.

방연이 관리에게 분부한다.

"혹 우물에 빠져 죽었을지 모르니 자세히 살펴보고 목이라도 끊어오너라!"

그러나 아무리 우물 속을 뒤져봐도 손빈의 시체는 나타나지 않았다. 방연은 위혜왕에게 책망을 듣지나 않을까 겁이 나서 호통치듯 관리들의 입부터 막았다.

"암만 찾아도 없다니, 그럴 리가 있느냐! 손빈은 틀림없이 죽었다. 너희들도 손빈이 죽었다고 말하지, 없어졌다고는 말하지 마라. 알겠느냐!"

방연은 궁에 들어가서 위혜왕에게,

"손빈은 우물에 빠져 죽었습니다."

하고 허위 보고를 했다.

그러면서도 방연은 손빈이 제나라로 갔으리라곤 꿈에도 생각지 못했다.

한편, 순우곤은 도중에서 기다리던 손빈 일행과 만나 함께 위나라 국경을 벗어났다.

위나라 경계를 벗어난 손빈은 그제야 안심하고 목욕을 했다. 그리고 그들 일행은 곧장 제나라 도읍 임치성臨淄城으로 향했다.

한편 제나라 도읍 임치에서는 손빈이 온다는 전갈을 받고 대부 전기가 10리 밖까지 나가서 영접했다. 이에 손빈은 제위왕이 보내준 포거蒲車를 타고 궁으로 들어갔다.

제위왕은 성중히 손빈을 영접하고, 병법에 관해서 요모조모 물었다. 마침내 제위왕은 손빈에게 벼슬을 주려고 했다.

손빈이 사양한다.

"신은 아직 아무 공로도 없으니 감히 벼슬을 받을 수 없습니다. 신이 제나라에서 벼슬을 산다는 소문을 위나라 방연이 듣게 되면 또 무슨 간특한 짓을 꾸밀지 모릅니다. 그러므로 신이 제나라에 있다는 사실을 세상에 알리지 않는 것이 유리할 듯합니다. 대왕께선 신을 유효적절한 곳에 쓰시어 장차 공로를 세울 수 있도록 해주십시오. 그런 연후에 신에게 벼슬을 내리셔도 늦지 않으리이다."

이에 제위왕은 그렇게 하기로 하고, 우선 손빈을 전기田忌의 집에서 거처하게 했다.

전기는 손빈에게 가장 좋은 방들을 주어 거처하도록 하고 상객上客을 대하는 예로써 극진히 대우했다.

손빈이 전기에게 청한다.

"듣건대 묵적 선생께서 대부 댁에 머물고 계시다던데 나를 선생이 계시는 방으로 좀 데려다주오. 가서 묵적 선생을 뵈옵고 여러 가지로 감사한 말씀을 드려야겠소."

전기가 웃으며 대답한다.

"묵적 선생은 우리가 궁에서 나오기 전에 제자 금활을 데리고 정처 없이 떠나셨다고 하오. 나도 조금 전에야 집안 사람들한테 듣고서 알았습니다."

이 말을 듣고 손빈은 거듭 탄식했다.

그후 손빈은 사람을 시켜 자기 종형從兄인 손평孫平과 손탁孫卓이 어디서 살고 있는지 찾아보았으나 끝내 그들의 소식을 알아내지 못했다. 그제야 손빈은 지난날 위나라에서 받은 종형의 편지도 방연이 만들어낸 가짜였다는 사실을 알았다.

제위왕은 여가만 있으면 늘 모든 종족宗族과 공자公子들을 거느리고 함께 활터에 나가서 내기를 걸고 활을 쏘는 것이 취미였다.

그런데 제위왕의 종족인 전기는 말〔馬〕이 그다지 좋지 못해서 제위왕과 겨룰 때마다 늘 지기만 했다. 그래서 전기는 제위왕에게 막대한 돈을 빼앗겼다.

어느 날 전기는 손빈을 데리고 활터에 가서 내기하는 광경을 구경시켰다. 손빈이 본즉, 전기가 지는 원인은 그 말이 좋지 못한 데 있었다. 그날도 전기는 제위왕과 세 번을 겨루어 다 지고 말았다.

손빈이 전기에게 말한다.

"그대는 내일 다시 한 번 왕과 내기를 하시오. 내 반드시 그대가 이기도록 해드리리이다."

전기가 반색을 하며 말한다.

"선생이 과연 나를 이기게만 해준다면 내 마땅히 천금千金을 걸고 왕과 내기를 하겠소."

"그럼 왕께 가서 내기를 하자고 청하시오."

"그건 염려 마오. 그저 선생의 지도만 바라겠소."

전기는 즉시 제위왕 앞으로 갔다.

"신은 지금까지 대왕과 겨루어 한번도 이긴 적이 없습니다. 그러니 내일 집안 재산을 전부 걸어서라도 대왕과 승부를 겨룰 작정입니다. 한 판에 천금씩 걸겠사오니 대왕께선 이를 허락하소서."

제위왕이 껄껄 웃으며 대답한다.

"그대의 청이 정 그렇다니 내 어찌 거절하리오."

이튿날이었다.

모든 공자들은 말과 수레를 화려하게 치장하고 일제히 활터로 몰려늘었나.

그 광경을 구경하러 모여든 백성들만 해도 수천 명이었다.

전기가 손빈에게 묻는다.

"이길 수 있는 방법을 일러주오. 한 판에 천금씩 걸고 하는 내기요! 설마 선생이 나에게 장난을 친 건 아니겠지요?"

손빈이 대답한다.

"왕은 제나라에서 가장 좋은 말들을 다 가지고 계시오. 그대가 순서대로 왕과 겨루다가는 이기지 못합니다. 그러나 이길 수 있는 방법이 있습니다. 세 번 내기를 하자면 작전에서도 상·중·하의 구별이 있어야 합니다. 그대는 가장 좋지 못한 말을 타고 가장 좋은 대왕의 말과 경주하십시오. 그리고 대왕이 보통 말을 타시거든 그대는 가장 좋은 말을 타고 달리십시오. 또 대왕이 가장 좋지 못한 말을 타시거든 그대는 보통 말을 타고 내기를 하십시오. 그렇게만 하면 그대는 세 번 내기에서 비록 한 번은 지겠지만 두 번은 반드시 이길 것입니다. 그리고 말의 상·중·하는 내가 골라드리겠소."

전기가 탄복한다.

"선생의 계책이 참으로 묘하십니다!"

이에 전기는 손빈이 골라주는 가장 좋지 못한 말에다 황금 안장과 비단으로 휘황찬란하게 장식을 했다. 곧 하등품의 말을 상등품의 말처럼 가장시킨 것이다.

처음 내기에서 전기의 말은 제위왕의 말보다 뚝 뒤떨어져 달렸다. 제위왕이 연못 가까지 달려와서 활을 쏘아 과녁을 맞히고 돌아왔을 때에야 전기의 말은 연못 가에 당도했다.

이리하여 첫번째 내기에서 전기는 졌다.

한참 후에야 돌아온 전기를 보고 제위왕이 호탕하게 웃는다.

"그대는 또 과인에게 천금을 잃었다!"

전기가 대답한다.

"아직도 두 판이나 남아 있습니다. 신이 세 번 다 지거든 그때에 웃으십시오."

제위왕은 즉시 다른 말을 갈아타고 출발점으로 나섰다. 전기도 손빈이 골라준 말을 타고 나갔다.

과연 내기는 역전했다. 두번째 내기에선 전기가 이겼다. 전기는 또다시 손빈이 골라주는 말을 타고 나가 세번째 내기에서도 이겼다.

전기는 제위왕한테 2,000금과 부상副賞으로 많은 비단을 받고서,

"오늘 대왕과 겨루어 이긴 것은 신의 힘이 아닙니다. 손선생이 신을 도와준 덕분입니다."

하고 이기게 된 까닭을 낱낱이 고했다.

이 말을 듣고 제위왕이 찬탄한다.

"이 일을 어찌 작은 일이라 하리오! 과인은 이제야 손선생의 뛰어난 지혜와 식견을 보았소."

그후로 제위왕은 더욱 손빈을 존경하고 기회 있을 때마다 무수한 상을 내렸다.

어느 날이었다. 손빈을 버린 위나라 위혜왕이 방연을 궁으로 불러들여 책망한다.

"과인은 누차 장군에게 우리 나라가 조趙나라에 중산中山 땅을 빼앗겼다고 말해왔소. 도대체 장군은 언제 중산 땅을 되찾아주겠소?"

방연이 아뢴다.

"중산 땅은 우리 위나라에선 멀고 조나라에선 가깝습니다. 먼 곳에 있는 중산 땅을 도로 찾기 위해 다투느니 차라리 가까운 곳에 있는 조나라 땅을 그만큼 빼앗는 것이 마땅한 줄로 압니다. 신은 즉시 한단邯鄲 땅을 무찔러 빼앗아 조나라에 대한 대왕의 원한을 갚아드리겠습니다."

마침내 방연은 병거 500승을 거느리고 조나라로 쳐들어가서 한단 땅을 포위했다.

한단 땅 태수太守 비선趙選은 위나라 군사를 맞이해서 싸웠으나 그때마다 패했다. 비선은 조성후趙成侯에게 급히 사람을 보내어 정세가 위급함을 고했다.

이에 조나라 조성후는 제나라로 급히 사신을 보냈다.

조나라 사신이 제나라에 가서 제위왕에게 청한다.

"위나라 군사가 우리 나라로 쳐들어왔습니다. 대왕께서 우리 조나라를 도와만 주신다면 우리 나라 임금께선 대왕께 중산 땅을 바치겠다고 하셨습니다."

제위왕은 이제야 손빈이 활약할 때가 왔다고 생각했다. 그는 즉시 손빈을 불러들여 대장으로 삼고 조나라를 돕도록 청했다.

손빈이 사양한다.

"신은 형틀 아래서 죽다가 살아난 사람입니다. 그런 신이 군사를 통솔하면 위나라 군사는 우리 제나라에 인재가 없다고 비웃을 것입니다. 청컨대 대왕께선 전기를 대장으로 삼으십시오."

이에 전기가 대장이 되고 손빈은 군사軍師가 되었다.

손빈이 전기에게 부탁한다.

"나는 치거輜車(군량 등을 운반하는 휘장을 두른 수레) 속에 앉아 장군을 위해 계책만 세울 터이니 장군은 일체 외간에 나의 이름을

118

밝히지 마십시오."

전기가 청한다.

"그럼 군사를 거느리고 속히 한단 땅으로 출발하시지요."

손빈이 머리를 흔든다.

"조나라 장수는 방연과 싸워서 이기지 못할 것이오. 우리가 지금 한단 땅에 가보았자 한단성邯鄲城은 이미 함락된 뒤일 것이오. 그러니 우리는 군사를 거느리고 조나라에 들어서면서부터 위나라 양릉襄陵 땅을 치러 간다고 널리 소문을 내야 하오. 이 소문을 듣기만 하면 방연은 반드시 양릉 땅을 지키기 위해 돌아올 것이오. 그때 우리는 길목을 지키고 있다가 돌아오는 그들을 치기만 하면 이길 수 있소."

이에 전기는 군사를 거느리고 손빈과 함께 출발했다.

한편 한단성의 조나라 군사는 일일여삼추一日如三秋(하루가 3년처럼 지루하게 느껴진다는 뜻) 격으로 제나라 군사가 오기만을 고대하고 있었다. 그러나 제나라 군사는 오지 않았다.

한단 땅 태수 비선은 마침내 방연 앞에 나아가서 항복하고야 말았다. 방연이 항복 문서를 받은 후 군사를 거느리고 막 한단성으로 들어서려던 참이었다.

세작細作이 말을 타고 급히 달려와서 방연에게 아뢴다.

"제나라 장수 전기가 군사를 거느리고 직접 우리 나라 양릉 땅을 치러 가는 중입니다."

방연이 무척 놀란다.

"만일 양릉 땅을 잃으면 우리 나라 도읍이 위태로워진다. 우리는 속히 돌아가서 제나라 군사를 물리쳐야겠다."

이에 방연은 군사를 거느리고 급히 양릉 땅으로 출발했다.

위나라 군사가 계릉桂陵 땅 20리 밖에 이르렀을 때 제나라 군사와 만났다. 손빈은 위나라 군사가 돌아온다는 보고를 받고 미리 만반의 준비를 갖추고 있었다.

손빈이 분부한다.

"아장牙將 원달袁達은 군사 3,000명을 거느리고 가서 이리로 오는 위나라 군사의 앞길을 끊고 무찔러라."

이때 위나라 군사의 선발 부대를 거느리고 돌아오는 장수는 바로 방연의 조카 방총龐蔥이었다.

방총이 제나라 장수 원달을 맞이하여 20여 합을 싸웠을 때였다. 제나라 장수 원달은 거짓 패한 체하고 달아나기 시작했다.

방총은 혹 제나라 군사가 매복하고 있지나 않을까 염려하여 뒤쫓지 않고서 도리어 뒤에 오는 방연에게 가서 싸운 결과를 보고했다.

방연이 방총을 꾸짖는다.

"고만한 장수 하나도 못 잡는다면 장차 어찌 전기를 사로잡을 수 있겠느냐!"

이에 방연은 대군을 거느리고 직접 계릉 땅으로 나아갔다.

위나라 군사가 계릉 땅 가까이 가서 본즉, 제나라 군사는 이미 전면에 진陣을 벌이고 있었다.

방연은 병거 위에 서서 그 진세陣勢를 바라보고 적이 놀랐다. 그것은 바로 지난날에 손빈이 위나라에 처음 왔을 때 보여준 전도팔문진顚倒八門陣이었다.

'참으로 이상하다! 제나라 장수 전기가 어떻게 저 전도팔문진을 알았을까? 혹 손빈이 제나라로 간 것은 아닐까?'

방연은 머리를 갸웃거리다가, 좌우간 군사들에게 명령하고 진부터 벌였다.

그때 제나라 군사 쪽에서 대장 전기의 깃발이 펄펄 나부끼는 융거戎車 한 대가 천천히 나왔다.

그 융거 위엔 전기가 투구와 갑옷으로 전신을 무장하고 손에 철극鐵戟을 잡고 서 있었다. 전기가 바로 자기 앞에 창을 잡고 선 차우車右 전영田嬰을 시켜 수작을 걸게 한다.

이에 전영이 전기를 대신해서 위나라 군사를 향해 외친다.

"싸우기 전에 위나라 장수는 할말이 있거든 속히 나와서 말하여라!"

방연이 친히 병거를 몰고 나가서 전기를 바라보고 대답한다.

"오냐! 네게 할말이 있으니 자세히 듣거라! 제나라와 우리 위나라는 아무 원수진 일이 없다. 우리 위나라는 다만 조나라에 원한이 있을 뿐이다. 그런데 장군은 어째서 서로의 우호友好를 버리고 우리 나라를 치러 왔는가? 참으로 어리석은 일이다. 만일 그럴 만한 이유가 있거든 속히 대답하여라!"

전기가 대답한다.

"물론 우리는 그만한 이유가 있어서 너희 나라를 치러 왔다. 조나라는 이미 우리 제나라에 중산中山 땅을 바쳤다, 알겠느냐? 그래서 우리 대왕께선 나에게 군사를 주시고 속히 가서 조나라를 구원하라고 하셨다. 만일 너희 위나라도 우리 제나라에 많은 땅을 바친다면 즉시 군사를 거느리고 물러가마!"

방연이 격분하여 부르짖는다.

"버릇없는 소리 하지 마라! 우리 위나라가 어찌 너희 나라에 한 치의 땅인들 그냥 줄 리 있겠느냐? 너는 뭘 믿고 우리에게 감히 덤벼드느냐!"

진기기 껄껄 웃으며 묻는다.

"네가 싸움에 제법 자신이 있는 모양이구나! 그렇다면 나는 우리가 벌인 이 진이 무슨 진인지를 알겠느냐?"

방연이 대답한다.

"그것은 전도팔문진이다! 내가 지난날 귀곡 선생에게서 배운 그 진법을 너는 어디서 훔쳐 듣고 왔기에 감히 되지못한 수작을 거느냐? 우리 위나라에선 삼척동자三尺童子도 다 아는 진법이다!"

전기가 다시 큰소리로 묻는다.

"네가 알고 있다면 감히 이 전도팔문진을 칠 수 있겠느냐?"

방연은 당황했다. 더더구나 모른다고 솔직히 대답할 순 없었다. 그래서 방연이 더욱 소리를 높여 대답한다.

"이미 전도팔문진이란 것도 알고 있는데 어찌 물리치는 법을 모를 리 있겠느냐!"

이에 방연이 방영龐英 · 방총龐蔥 · 방모龐茅에게 분부한다.

"내 지난날에 손빈이 전도팔문진에 대해 설명하는 걸 들었기 때문에 그 공격하는 법을 약간 알고 있다. 저 전도팔문진은 쉽게 장사형長蛇形으로 변화한다. 그것은 머리를 치면 꼬리가 와서 휘감고, 꼬리를 치면 머리가 와서 휘감으며, 그 중간을 치면 머리와 꼬리가 한꺼번에 와서 휘감는 것이다. 그러므로 공격하기가 매우 어렵다. 내가 먼저 가서 저 전도팔문진을 칠 터이니, 너희들 세 사람은 전도팔문진이 장사형으로 변하거든 일제히 일지군一枝軍을 거느리고 와서 머리와 꼬리와 가운데를 각각 쳐라. 곧 장사형은 머리와 꼬리가 서로 응하지 못하면 자연히 무너지고 만다."

방연은 분부를 마치고 나서 친히 선봉 부대 5,000명을 거느리고 나아갔다.

방연이 군사를 거느리고 전도팔문진으로 쳐들어오자 팔방八方

에 늘어섰던 제나라 군사의 각색 기旗들이 분분히 위치를 옮기면서 빙빙 돌아가기 시작했다. 이야말로 소리 없이 위나라 군사를 잡아삼키려는 무서운 변화였다.

어느덧 제나라 군사는 위나라 군사를 빙 둘러 에워쌌다.

방연이 사방을 둘러보니 창과 칼이 숲처럼 늘어서 있어 어디에도 벗어날 길이 없었다. 다만 들리는 것은 금金 소리와 북소리와 함성뿐이었다.

방연은 머리 위를 쳐다보고는 깜짝 놀랐다.

시뻘겋게 드리워진 기에, '군사軍師 손빈孫臏'이란 넉 자가 크게 씌어 있었다.

이에 방연이 대경실색하여 속으로 부르짖는다.

'과연 다리 병신이 제나라에 가 있었구나! 내가 그 병신놈의 계책에 떨어졌나 보다. 이거 야단났구나!'

참으로 방연은 위기에 빠져버렸다.

이때 방영과 방총이 양로군兩路軍을 거느리고 쳐들어가서 간신히 방연을 구출해냈다. 그러나 위나라 선봉 부대 5,000명은 한 명도 탈출하지 못하고 몰살을 당했다.

그러는 동안에 제나라 장수 전영田嬰은 위나라 진을 엄습하여 방모를 잡아죽였다.

방연이 겨우 위기를 모면하고 돌아가본즉, 위나라 군사는 이미 2만여 명이나 사상자가 나 있었다. 방연은 크게 낙담했다.

원래 전도팔문진이란 팔괘八卦를 응응應해서 팔방에다 군사를 늘어세우는 것인데, 실은 중앙中央에도 군사 1대대隊를 두기 때문에 모두가 9대의 수레와 말로 형성되는 정방형正方形이다.

그런데 손빈은 방연이 쳐들어왔을 때, 머리와 꼬리인 양쪽 두

부대를 떼어 다른 위나라 부대가 또 쳐들어오면 막아서 싸우게 하고, 나머지 9대를 원진圓陣으로 변형시켰던 것이다.

위나라 군사가 미리 예상한 것처럼 전도팔문진이 장사형長蛇形으로 변하지 않고 원형圓形으로 변하는 바람에 방연은 정신을 차리지 못했던 것이다. 이렇게 손빈은 방연의 예상을 완전히 뒤집어 버렸다.

후세 당唐나라 때에 위국공衛國公 이정李靖은 손빈의 이러한 변화법變化法을 이용해 육화진六花陣이란 걸 만들었다. 그 육화진도 결국은 손빈의 이 원진圓陣을 자세히 설명한 데 불과했다.

옛 시로써 이 일을 증명할 수 있다.

전도팔문진엔 측량할 수 없는 변화가 있으니
이는 귀곡 선생이 전한 것으로 아는 사람이 드물도다.
방연은 그것이 장사형으로 변하는 줄만 알았지
방형方形이 원형으로 변할 줄이야 어찌 짐작인들 했으리오.
八陣中藏不測機
傳來鬼谷少人知
龐涓只曉長蛇勢
那識方圓變化奇

오늘날도 당읍현堂邑縣에서 동남쪽으로 가면 옛 싸움터가 있다. 거기가 옛날에 손빈과 방연이 서로 싸운 곳이다.

이리하여 방연은 제나라 군사 속에 손빈이 있다는 걸 알았다. 그는 몹시 겁이 나서 방영, 방총 등과 상의하여 영채를 버리고 본국으로 달아났다.

전기와 손빈은 방연이 달아나자 마침내 개가凱歌를 부르면서 제나라로 돌아갔다.

이때가 바로 주현왕周顯王 17년이었다.

위나라 위혜왕은 방연이 한단邯鄲 땅을 함몰한 공로로 계릉桂陵 땅에서 패한 죄를 용서해주었다.

한편, 제나라 제위왕은 전기와 손빈을 신임하여 오로지 그 두 사람에게 모든 병권을 맡겼다.

이에 제나라 정승 추기騶忌는 전기와 손빈에게 혹 정승 자리를 뺏기지나 않을까 염려했다. 추기는 어떻게 하면 자기가 전기와 손빈보다 더욱 제위왕의 신임을 받을 수 있을지에 대해 그의 문객門客인 공손열公孫閱과 상의했다.

마침 이때 위나라에서 방연의 밀사密使가 천금을 가지고 제나라 정승 추기에게 왔다.

위나라 밀사가 추기에게 뇌물로 그 천금을 바치고 말한다.

"대감께선 무슨 수단을 써서라도 제나라에서 손빈을 추방해야 합니다. 이는 모두가 우리 위나라와 제나라의 화평을 위해서 말씀드리는 것입니다. 더욱이 손빈을 내쫓아야만 대감의 지위가 튼튼해집니다."

정승 추기는 그 천금을 받고 말없이 머리를 끄덕였다.

수일 후 정승 추기가 공손열에게 속삭인다.

"그대는 이 10금金을 가지고 점쟁이 집에 가서 이러이러하게……… 점을 쳐보고 오오."

이에 공손열은 전기의 집안 사람처럼 가장하고 오고五鼓 때쯤 되어서 점쟁이 집으로 갔다.

"나는 전기 장군의 분부를 받고 온 사람이다. 장군을 위해서 점패를 한번 뽑아주기 바라노라."

점쟁이가 점괘를 뽑아놓고 묻는다.

"한데 무슨 일로 오셨습니까? 그걸 말씀해주셔야 이 점괘와 맞춰서 풀이를 해드리겠습니다."

공손열이 속삭인다.

"우리 장군은 바로 전씨田氏의 종손宗孫이시다. 지금 장군께선 제나라 병권을 장악하고서 그 위엄을 이웃 나라까지 떨치고 계시다. 장군께선 장차 지금 왕을 몰아내고 제나라를 다스릴 생각이시다. 대단히 수고스럽겠지만 장군께서 일을 일으키면 과연 성공할 수 있을지 그 길흉을 판단해주기 바라노라."

점쟁이가 자기 귀를 의심할 정도로 놀랐다.

"그럼 역적질을 하시겠단 말씀입니까? 왜 이런 소인놈까지 죽이려 드십니까! 소인은 그런 무시무시한 일엔 관여하고 싶지 않습니다!"

공손열이 여전히 조그만 목소리로 부탁한다.

"그대가 장군을 위해 점을 쳐주지 않겠다면 그만두게. 그러나 절대로 다른 사람에게 이 일을 누설하지는 말게!"

말을 마치자 공손열은 벌떡 일어나 점쟁이 집을 나갔다. 공손열이 나가자마자 바깥에서 떠들썩한 소리가 일어나며 정승 추기의 부하들이 벌 떼처럼 점쟁이 집 안으로 들이닥쳤다. 그들은 다짜고짜로 점쟁이를 잡아 정승 추기의 부중으로 갔다.

정승 추기가 대청 위에 높이 앉아 잡혀온 점쟁이를 굽어보며 호령한다.

"네 이놈! 바른 대로 아뢰야지 그렇지 않으면 목숨을 부지하지 못하리라. 너는 전기가 역적 모의를 하고 있는 걸 알고 있지? 네게 점을 치러 갔던 전기의 심복 부하가 여기에 사로잡혀 있으니 추호도 속이지 말고 이실직고하렷다!"

점쟁이가 벌벌 떨면서 대답한다.

"그런 사람이 오긴 했으나 소인은 거절하고 점을 쳐주지 않았습니다."

"네 말이 분명 틀림없겠다?"

"어찌 소인이 거짓말을 하겠습니까?"

이에 추기는 궁으로 들어가서 전기가 역적 모의를 한다고 제위왕에게 고했다.

제위왕이 묻는다.

"무슨 증거라도 있소?"

추기는 점쟁이를 불러들여 제위왕 앞에서 증언하도록 했다. 이때부터 제위왕은 전기를 의심했다.

제위왕은 사람을 시켜 날마다 전기의 일거일동을 감시하고 수시로 보고하게 했다.

전기는 제위왕이 자기를 의심한다는 걸 알고, '신은 병으로 더이상 병권을 잡고 있을 수 없습니다. 이제 모든 벼슬을 내놓고 병을 치료해야겠습니다' 하고 표表를 올리고서 집 안에만 들어앉았다. 제위왕은 비로소 전기에 대한 의심을 풀었다.

이에 손빈도 군사의 직위를 내놓고 시골로 내려갔다.

그 다음해에 제위왕은 병으로 죽고 그 아들 벽강辟疆이 왕위를 계승했다. 그가 바로 제선왕齊宣王이다.

제선왕은 원래부터 전기가 원통하게 중상모략을 당했다는 사실과 손빈의 뛰어난 실력을 잘 알고 있었다. 그는 전기와 손빈을 불러들여 지난날의 벼슬 자리에 복직시켰다.

한편, 위나라 방연은 전기와 손빈이 제나라 벼슬 자리에서 쫓겨났다는 소문만 듣고,

"내 이제야 마음대로 천하를 뒤흔들 수 있겠구나!"

하고 기뻐했다.

바로 그 무렵에 한나라 한소후韓昭侯는 정鄭나라를 쳐서 없애버리고 도읍지를 그곳으로 옮겼다. 이리하여 정나라는 한나라에 멸망을 당했다.

한편, 조趙나라 정승 공중치公仲侈가 한나라로 가서 한소후에게 청한다.

"외신外臣은 군후께서 정나라를 쳐없애버린 데 대해 축하하려고 왔습니다. 청컨대 이번 기회에 우리 조나라와 한나라가 동맹을 맺어 함께 위魏나라를 쳐서 없애버리면 어떻겠습니까? 물론 위나라 땅을 반씩 나누어 갖기로 하고 말입니다."

"그거 좋은 말이오. 그럼 함께 위나라를 치기로 합시다. 그러나 우리 한나라는 금년에 흉년이 들어서 다시 군사를 일으키기가 곤란하오. 그러니 내년에 위나라를 칩시다."

마침내 공중치는 다음해에 서로 군사를 일으키기로 한나라와 약속하고 조나라로 돌아갔다.

그후 위나라 방연은 세작으로부터 내년에 조趙 · 한韓 두 나라가 쳐들어올 것이라는 정보를 받았다.

방연이 위혜왕에게 아뢴다.

"정보에 의하면 내년에 한나라와 조나라가 군사를 일으켜 우리나라를 칠 작정이라고 합니다. 그들이 연합하기 전에 우리 쪽에서 먼저 한나라부터 쳐야 합니다."

이에 위혜왕은 세자 신申을 상장군上將軍으로 삼고, 방연을 대

장으로 삼았다.

　마침내 위나라 군사는 총동원되어 한나라로 나아갔다.

상앙商鞅의 살을 다투어 썹다

방연龐涓과 세자 신申은 군사를 일으켜 한韓나라를 치러 떠났다.

그들이 외황外黃 땅을 지나갈 때였다. 비록 벼슬은 없으나 어진 선비로 이름 높은 서생徐生이 찾아와서 세자 신을 뵙겠다고 청했다.

세자 신이 서생을 맞이하여 말한다.

"선생께서 나 같은 사람을 만나겠다고 청하셨으니 반드시 좋은 가르치심이 있을 줄로 믿습니다."

서생이 묻는다.

"지금 한나라를 치러 가는 중이시라지요? 신에게 백전백승百戰百勝할 수 있는 방도가 있는데 세자께선 듣고 싶지 않으십니까?"

세자 신이 청한다.

"선생은 나에게 그 방법을 가르쳐주십시오."

"세자께선 위魏나라보다 더 큰 부富가 있다고 생각하십니까? 또 왕보다 더 큰 지위가 있다고 생각하십니까?"

세자 신이 대답한다.

"나에겐 위나라보다 더 큰 부는 없으며, 왕보다 더 큰 지위도 없습니다."

서생이 정중히 아뢴다.

"이번에 세자께서 한나라를 쳐서 요행히 이긴다 해도 세자의 부는 위나라에 불과하며, 장차 세자의 지위 또한 왕이 되는 데 불과합니다. 그러나 이번에 한나라를 쳐서 진다면 어떻게 되겠습니까? 물론 그럴 리야 없겠지만 싸움에 질지라도 별 피해가 없다고까지 가정해보십시오. 그래도 세자께선 결국 왕이 되는 데 불과합니다. 그렇다면 세자께선 싸우지 않아도 왕이 될 것이며, 싸움에 이겨도 왕이 될 것입니다. 만일 싸움에 진다면 여간해선 왕이 되기 어려울지도 모릅니다. 세자께선 어느 쪽이 백전백승하는 길이라고 생각하십니까?"

세자 신이 감사한다.

"선생의 말씀은 참으로 나에게 좋은 교훈이 되었습니다. 나는 선생의 가르침에 따라 즉시 군사를 거느리고 본국으로 돌아가겠습니다."

서생이 탄식하듯 말한다.

"비록 세자께서 나의 말에 공감하실지라도 아마 실행하기는 어려울 것입니다. 왜냐하면 자고로 한 사람이 처형되면 여러 사람이 그 피를 빨 수 있기 때문입니다. 지금 세자의 피를 빨고 싶어하는 자가 너무나 많으니 어찌하리오! 세자께서 아무리 본국으로 돌아가고 싶어해도 그 누가 세자의 뜻을 따르겠습니까?"

말을 마치자 서생은 표연히 자기 갈 길로 가버렸다. 이에 세자 신이 방연에게 자기 뜻을 말한다.

"너는 싸우러 가기가 싫어졌소. 곧 군사를 거느리고 돌아갈까 하오."

방연이 너무나 의외란 듯이 대답한다.

"대왕께선 한나라를 치라고 세자께 삼군을 맡기셨습니다. 그런데 승부도 겨루기 전에 돌아간다면 이는 싸움에 진 거나 다름없습니다. 세자께서 가기 싫다면 저 혼자라도 가서 싸우겠습니다."

모든 장수가 일제히 말한다.

"우리도 싸우지 않고 그냥 돌아갈 수는 없습니다."

모두가 강력히 반대하는 데엔 세자 신도 어쩔 수가 없었다. 세자 신은 자기 고집을 세우지 못하고 마침내 군사를 거느리고 다시 한나라로 진군했다.

한편, 한나라 한소후韓昭侯는 위나라 군사가 쳐들어온다는 보고를 받고 즉시 제나라로 사람을 보내어 구원을 청했다.

이에 제나라 제선왕齊宣王이 회의를 열고 모든 신하에게 묻는다.

"지금 위나라 군사가 한나라로 쳐들어가는 중이라고 하오. 우리가 한나라를 구원해주는 것이 좋을지, 그냥 버려두는 것이 좋을지 서로 의견들을 말해보오."

정승 추기騶忌가 아뢴다.

"한나라와 위나라가 서로 싸워 둘 중 하나가 망한다면 이는 이웃 나라인 우리 제나라로선 여간 다행한 일이 아닙니다. 그러니 둘이 싸우다가 하나가 망하도록 내버려두십시오."

전기田忌와 전영田嬰이 아뢴다.

"위나라가 한나라를 이기면 그 영향은 우리 제나라까지 미칩니다. 예컨대 이웃집에서 불이 났는데 어찌 구경만 할 수 있겠습니까? 즉시 한나라를 돕는 것이 옳습니다."

두 가지 의견이 대립했으나 손빈은 끝내 아무 말도 하지 않았다.

제선왕이 손빈孫臏에게 묻는다.

"군사는 어찌하여 아무 말이 없소? 지금 한나라를 구원하자는 의견과 구원하지 말자는 의견이 나왔는데, 그럼 이 두 가지가 다 마땅치 않다는 거요?"

그제야 손빈이 대답한다.

"그렇습니다. 대저 위나라는 그들의 용맹만 믿고서 지난해엔 조나라를 쳤고, 금년엔 한나라를 치는 것입니다. 아마 내년쯤엔 우리 제나라로 쳐들어올 것입니다. 우리가 이제 한나라를 구원하지 않는다면 이는 위나라를 더욱 강하게 만드는 결과가 됩니다. 그러므로 한나라를 구원하지 말자는 의견은 옳지 못합니다. 그런가 하면, 한나라가 지치기도 전에 우리 제나라가 그들을 돕는다면 이는 우리가 한나라를 대신해서 군사력만 허비하는 것이 됩니다. 곧 한나라는 편안히 싸움을 구경하는 꼴이 되고 우리는 그들을 대신해서 위험한 싸움을 해야 합니다. 그러므로 한나라를 구원하자는 의견도 옳지 못합니다."

제선왕이 묻는다.

"그러면 이 일을 어찌해야 좋겠소?"

손빈이 대답한다.

"대왕께선 계책을 쓰십시오. 우선 한나라를 구원해준다 하고 안심시키십시오. 한나라는 우리 제나라가 구원해줄 것을 믿고 전력을 기울여 위나라 군사를 막을 것입니다. 그러면 위나라 군사도 전력을 기울여 한나라를 공격할 것입니다. 우리는 그들이 서로 지칠 때를 기다렸다가 천천히 군사를 거느리고 가서 싸움에 지친 위나라 군사를 쳐야 합니다. 그러면 우리는 약간의 힘을 쓰고도 많은 공을 세울 수 있습니다."

제선왕이 손바닥을 쓰다듬으면서 감탄한다.

"군사의 계책은 참으로 훌륭하오."

제선왕이 한나라 사자使者를 불러들여 말한다.

"그대는 먼저 돌아가서 과인의 말을 전하오. 우리는 곧 군사를 일으켜 귀국貴國을 도우러 가겠소."

이에 한나라 사자는 본국으로 돌아가서 한소후에게 제선왕의 말을 전했다.

한소후는 제나라 군사가 구원하러 올 것이라는 말을 듣고 좋아 어쩔 줄 몰랐다. 한소후는 마침내 한나라 군사를 모조리 일으켜 위나라 군사와 싸웠다. 그러나 위나라 군사는 강했다. 한나라 군사는 위나라 군사와 대여섯 차례 싸웠으나 번번이 패하기만 했다.

이에 한나라는 제나라로 다시 사신을 보내어 속히 구원해주기를 청했다. 그제야 제선왕은 전기를 대장으로 삼고, 전영을 부장으로 삼고, 손빈을 군사軍師로 삼아 병거 500승을 내주었다.

이에 전기는 군사를 거느리고 즉시 한나라로 출발하려고 했다. 그때 손빈이 말린다.

"우리가 지난날 조나라를 구원했을 때도 직접 조나라로 가지 않았습니다. 이제 한나라를 도와야 하는데 어찌 한나라로 간단 말입니까?"

전기가 묻는다.

"그럼 어찌해야 좋겠습니까?"

"한나라를 도와주려면 위나라 군사의 급소를 찔러야 합니다. 우리는 직접 위나라 도읍을 쳐야 합니다!"

마침내 전기는 삼군을 거느리고 위나라 도읍을 향해 떠났다.

한편, 위나라 장수 방연은 한나라 군사와 싸워서 연달아 이기자

신이 났다. 드디어 방연은 군사를 거느리고 한나라 도읍을 향해 육박해갔다.

승리는 바로 눈앞에 있었다.

바로 이때 위나라에서 보발군이 급한 소식을 가지고 말을 달려왔다.

"지금 제나라 군사가 또 우리 나라 경계로 쳐들어오고 있습니다. 원수는 속히 회군하셔서 제나라 군사를 막으십시오!"

이 말을 듣고서 방연龐涓은 매우 놀랐다.

방연은 한나라 도읍을 공격하다가 중지한 채 즉시 군사를 거느리고 본국으로 떠났다. 한나라 군사는 황급히 돌아가는 위나라 군사의 뒤를 추격하진 않았다.

한편 이때 제나라 군사는 이미 위나라 경내에 깊숙이 쳐들어온 뒤였다.

손빈은 머지않아서 방연이 위나라 군사를 거느리고 돌아올 것을 알고 전기에게 말한다.

"위나라 군사는 원래 용맹하기 때문에 우리 제나라 군사를 깔보고 있습니다. 그러나 싸움이란 용맹만으로 이기는 것은 아닙니다. 진실로 싸울 줄 아는 자는 형편에 따라서 자기에게 유리하도록 형세를 만듭니다. 그러므로 병법兵法에 이르기를 '용맹만 믿고서 하루에 100리를 강행군하면 장수도 적에게 사로잡히며, 이익만 믿고서 하루에 50리를 강행군하면 낙오병落伍兵이 반이나 생긴다'고 했습니다. 우리는 이미 위나라 경내에 깊숙이 들어왔습니다. 이제부터 우리 군사는 매우 약한 체하면서 용맹한 위나라 군사를 우리에게 유리하도록 유인해들여야 합니다."

전기가 묻는다.

"그럼 어떻게 적을 이끌어들여야만 우리에게 유리하겠습니까?"

손빈이 대답한다.

"우리는 행군하면서, 오늘은 밥짓는 부엌[竈]을 10만 개만 만들고 내일부터 날마다 그 수효를 점점 줄이면 됩니다. 위나라로 돌아오는 방연의 군사는 우리가 밥지어 먹고 간 부엌의 수효가 나날이 줄어든 것을 보게 될 것입니다. 그들은 우리 제나라 군사가 싸움을 두려워하여 날마다 도망병이 늘어난 걸로 알 것입니다. 그러면 그들은 무리를 해서라도 급한 걸음으로 우리를 뒤쫓아올 것이며, 이미 이긴 걸로 자신하고 교만해질 것이며, 따라서 그만큼 피로해질 것입니다. 그럴 때에 우리는 적당한 기회를 보아 다시 계책으로써 그들을 무찔러버려야 합니다."

이에 전기는 손빈이 시키는 대로 했다.

한편 방연은 군사를 거느리고 위나라로 돌아오면서 생각했다.

'참으로 미운 곳은 제나라다. 전번에 우리가 조나라를 쳤을 때도 방해를 하더니, 이번에도 내가 여러 번 싸워 한나라 군사를 무찌르고 바로 한나라 도읍을 함몰하려는 참인데 또 나의 성공을 방해하는구나! 으음, 분하고 원통하다!'

위나라 경계에 들어선 방연은 제나라 군사가 이미 통과했다는 사실을 알았다.

방연이 둘러보니 제나라 군사가 영채를 세웠던 자리가 너무나 넓었다.

방연이 부하 장수에게 분부한다.

"도대체 제나라 군사가 밥을 지어먹고 간 부엌이 몇 개나 되는지 살펴보아라."

한참 만에 부하 장수가 돌아와서 고한다.

"10만 개나 됩니다."

방연이 놀란다.

"제나라 군사가 그렇게 많이 왔단 말이냐? 이거 경솔히 대적해선 안 되겠구나!"

이튿날 방연이 행군하다 보니 제나라 군사가 밥지어 먹은 흔적이 또 있었다. 그런데 부엌의 수효는 겨우 5만 개 남짓했다. 또 다음날에 행군하다 보니 부엌은 약 3만 개 정도로 줄어들었다.

방연이 수염을 쓰다듬으면서 찬탄한다.

"참으로 우리 위나라 왕은 복福을 헤아릴 수 없으시도다!"

세자 신이 곁에서 묻는다.

"원수는 아직 제나라 군사도 보기 전에 어째서 이다지도 기뻐하오?"

방연이 대답한다.

"저는 전부터 알고 있었지요. 원래 제나라 사람은 겁이 많습니다. 그들은 우리 위나라 땅에 들어선 지 불과 사흘 만에 그 반수 이상이 달아났습니다. 자, 급히 제나라 군사를 뒤쫓아가서 단숨에 쳐버립시다."

세자 신이 주의를 준다.

"원래 제나라 사람은 속임수가 많다고 하오. 원수는 철저히 조심하오."

방연이 대답한다.

"제나라 장수 전기 등은 이번에 스스로 죽고 싶어서 우리 나라에 온 것이나 다름없습니다. 이 방연이 비록 재주는 없으나 두고 보십시오! 내 반드시 그놈들을 사로잡아 지난날 계릉桂陵 땅에서 당한 분풀이를 하고야 말겠습니다!"

이에 방연은 정예 부대 2만 명을 뽑아 세자 신과 각기 1만 명씩을 거느리고, 두 대隊로 나누어 제나라 군사를 뒤쫓아 밤낮없이 강행군했다. 그 나머지 위나라 군사는 다 뒤쳐져 방총의 지휘 아래 천천히 행군했다.

한편, 제나라 세작細作이 급히 말을 달려 손빈에게 가서 고한다.

"한나라에서 돌아오는 위나라 군사가 이미 사록산沙鹿山을 지났습니다. 그들은 밤낮을 가리지 않고 무리한 행군을 하며 이리로 오는 중입니다."

이 보고를 듣고 손빈은 말없이 머리를 끄덕였다.

위나라 군사가 이미 사록산을 지났다면 해가 저물 무렵엔 마릉馬陵 땅에 당도할 것이었다.

마릉은 양쪽으로 높은 산이 솟아 있으며 계곡이 매우 깊고 수목이 울창해서 군사를 매복시키기에 가장 안성맞춤인 곳이었다.

손빈은 마릉에 있는 길 중에서도 가장 험준한 곳을 골랐다. 그리고 즉시 군사들을 시켜 큰 나무 하나만을 남겨놓고 나머지 나무들을 모조리 베어버리게 했다.

그리하여 그 일대엔 나무가 단 하나만 우뚝 남았다.

손빈이 군사들에게 분부한다.

"베어버린 나무를 모아다가 위나라 군사가 지나가지 못하도록 미리 앞길을 막아버려라. 그리고 저 하나 남은 나무의 가지를 쳐버리고 껍질을 벗겨라."

이리하여 그 나무는 껍질이 벗겨져 허옇게 변했다.

손빈은 친히 붓을 들어 그 나무에다 여섯 글자를 썼다.

방연은 이 나무 아래서 죽는다.

龐涓死此樹下

그리고 그 위에다 횡서橫書로 넉 자를 더 썼다.

軍師孫臏

이는 군사 손빈이 썼다는 서명이었다.

손빈이 수하 부장인 원달袁達과 독고진獨孤陳에게 하령한다.

"그대들은 각기 궁노수 5,000명씩을 거느리고 길 좌우편에 매복하고 있거라. 그러다 저 껍질을 벗긴 나무 밑에서 불빛이 일어나거든 그 불빛을 향해 일제히 활을 쏘아라. 전영田嬰은 군사 1만 명을 거느리고 이곳 마릉으로부터 3마장 밖에 가서 매복하고 있거라. 그리고 위나라 군사가 지나가거든 일단 지나가는 대로 내버려두었다가 그 뒤를 무찌르고 닥치는 대로 쳐죽여라!"

지시를 내린 손빈은 전기와 함께 나머지 군사를 거느리고 멀리 떨어진 곳에 가서 둔屯치고 때를 기다렸다.

한편, 방연은 급히 행군해오면서 도중마다 백성에게 물었다.

"제나라 군사가 언제 이곳을 지나갔느냐?"

길가에 사는 백성들이 대답한다.

"지나간 지 과히 오래되지 않았습니다."

방연은 좀더 빨리 제나라 군사를 뒤쫓아갈 수 없는 것이 안타까웠다. 공명심 때문에 초조해진 방연은 지칠 대로 지쳐빠진 군사들에게 좀더 빨리 걷지 못하느냐고 짜증을 냈다.

방연이 군사를 거느리고 마릉 길에 당도했을 때였다. 해는 이미 서산에 서물고 사방이 어두웠다. 더구나 이날은 10월 하순인데다

달빛도 없어 천지가 다 캄캄했다.

앞서가던 군사가 돌아와서 방연에게 고한다.

"많은 나무가 베인 채 길을 가로막고 있어 나아가기가 곤란합니다."

방연이 그 군사를 꾸짖는다.

"제나라 군사들이 우리 군사가 뒤쫓아올까 봐 겁이 나서 길을 막아놓고 달아난 것이다. 나무를 치워버리면 나아갈 수 있는데 그까짓 것이 무슨 큰일이라고 이렇듯 수선을 떠느냐!"

방연은 나무를 치워버리도록 직접 지휘하려고 선두로 나섰다. 그가 선두에 서서 가다 보니 바로 앞에 허연 나무 한 그루가 우뚝 서 있었다. 방연은 지나가면서 그 나무를 쳐다보았다.

그 나무는 껍질이 벗겨져 있었는데 거기에 무슨 글씨가 씌어 있었다. 그러나 사방이 워낙 어두워서 무엇을 썼는지 알아볼 수가 없었다.

방연이 군졸에게 분부한다.

"횃불을 켜라. 도대체 뭐라고 썼나 보자."

이에 곁에 섰던 군졸이 횃불을 켰다.

횃불로 그 글씨를 비춰본 순간 방연은 대경실색했다.

"내가 그 다리 병신 놈에게 속았구나!"

방연이 군사들을 둘러보고 황급히 외친다.

"속히 후퇴하여라!"

방연의 말이 끝나기도 전이었다. 이때 원달과 독고진의 지휘 아래 양쪽으로 매복하고 있던 제나라 궁노수들이 일제히 그 횃불을 향해 활을 쏘았다.

좌우로 각기 5,000명씩 매복하고 있었으니, 1만 명의 궁노수가 한꺼번에 활을 쏜 셈이다.

좌우에서 1만 개의 화살이 일시에 집중적으로 날아갔다. 소나기도 그렇게 쏟아지는 일은 없을 것이다. 위나라 군사와 방연이 어찌 그 많은 화살 속에서 무사할 수 있겠는가!

위나라 군사들 간엔 일대 혼란이 일어났다. 무수한 화살을 맞고 쓰러진 방연은 자기의 최후를 직감했다. 피투성이가 된 방연이 길이 탄식한다.

"지난날에 그 다리 병신 놈을 살려두었던 것이 한이다. 허허! 드디어 그 병신 놈을 유명하게 만들고야 말았구나!"

방연은 차고 있던 칼을 뽑아 자기 목을 찌르고 죽었다.

이때 방연의 아들 방영도 화살에 맞아 죽었다. 그 외에도 화살을 맞고 죽은 위나라 군사는 부지기수였다.

사관이 시로써 방연의 죽음을 탄식한 것이 있다.

지난날 가짜 편지를 만든 방연은 그 간악함이 귀신 같더니
오늘 밤에 궁노수를 매복시킨 손빈의 솜씨는 참 신묘하구나.
모든 사람은 성의와 신용으로써 친구를 대할지니
결코 방연처럼 자기 신세를 망쳐서는 안 되느니라.
昔日僞書奸似鬼
今宵伏弩妙如神
相交須是懷忠信
莫學龐涓自隕身

지난날 방연이 귀곡 선생에게 하직하고 산을 떠나던 때의 일을 삼시 회고하지.

그때 귀곡 선생이 방연에게,

"너는 장차 남을 속이지 마라. 남을 속이면 너도 반드시 남에게 속을 때가 있을 것이다."

하고 주의시키던 말을 기억할 것이다.

과연 그후 방연은 가짜 편지를 만들어 손빈을 속였을 뿐만 아니라, 그의 발까지 끊어서 병신이 되게 했다.

그 결과가 어찌되었는가? 오늘날에 이르러 방연은 도리어 손빈의 계책에 떨어지고 말았다.

또 그때 귀곡 선생은 방연에게,

"말을 만나면 탈이 난다〔遇馬而瘁〕."

하고 말했다. 과연 방연은 말마馬자가 들어 있는 마릉馬陵 땅에서 목숨을 잃었다.

방연은 죽기까지 위나라에서 12년 동안 권세를 누렸다.

지난날에 귀곡 선생은 방연이 꺾어온 마두령馬兜鈴이란 꽃을 보고,

"이 꽃은 보다시피 한 번에 열두 송이가 핀다. 곧 네가 대운을 누리는 햇수도 바로 이 열둘이란 수에 있다."

하고 말했다.

오늘날에 이르러 귀곡 선생의 점은 다 들어맞은 셈이다. 참으로 귀곡 선생의 예언은 신묘해서 측량할 수가 없다.

이때 세자 신申은 후대後隊를 거느리고 오다가 방연이 이끌고 간 전대前隊가 대패했다는 보고를 받고 경황망조驚惶罔措하여 더 나아가지 못했다.

이미 위나라 군사가 지나가도록 내버려두고 숨어서 기회만 엿보고 있던 제나라 장수 전영田嬰은 그제야 군사를 거느리고 내달

아 세자 신이 거느린 후대의 뒷덜미를 쳤다.

위나라 군사는 문자 그대로 혼비백산하여 사방으로 흩어져 달아났다. 마침내 세자 신은 제대로 싸워보지도 못하고 그 자리에서 전영에게 사로잡혔다.

전영은 사로잡은 위나라 세자 신을 함거檻車 속에 감금했다. 동시에 멀리서 전세를 관망하던 전기와 손빈은 일제히 군사를 거느리고 내달아 달아나는 위나라 군사를 크게 무찔렀다.

죽어자빠진 위나라 군사의 시체들은 가히 산과 길과 계곡을 뒤덮다시피 했다. 그리고 모든 무기는 제나라 군사의 전리품戰利品이 되었다.

전영은 사로잡은 세자 신을, 원달과 독고진은 방연과 방영 부자父子의 시체를 손빈에게 바쳤다.

이에 손빈은 친히 칼을 뽑아 방연의 목을 끊고 병거 위에 높이 매달았다.

대승을 거둔 제나라 군사는 일제히 승전가를 부르면서 돌아갔다. 그날 밤에 위나라 세자 신은 장차 제나라 군사에게 곤욕을 당할 것이 무서워서 칼로 목을 찔러 자결했다.

원래 세자 신을 죽일 생각이 없었던 손빈은 그날 밤에 거듭거듭 탄식했다.

제나라 대군大軍이 사록산沙鹿山에 이르렀을 때 위나라 후속 부대를 거느리고 오는 방총龐蔥을 만났다.

손빈은 위나라 후속 부대를 치려는 군사들을 제지하고 사람을 시켜 방총에게 방연의 목을 내보였다.

위나라 후속 부대는 방연의 목을 보자 얼빠진 사람들처럼 꼼짝을 못했다.

병거에서 내린 방총이 손빈에게 가서 머리를 조아린다.

"그저 살려만 주십시오."

전기가 손빈에게 속삭인다.

"살려주면 뭘 합니까? 저놈도 죽여버립시다."

손빈이 처연히 대답한다.

"나쁜 짓을 한 것은 방연 한 사람뿐이었소. 방연의 아들 방영도 죄 없이 죽었거늘, 더구나 그 조카인 저 방총이야 무슨 죄가 있겠소."

전기가 손빈의 뜻에 동의한다.

"군사軍師의 말씀은 참 인자하오."

이에 손빈이 방총에게 위나라 세자 신과 방영의 시체를 내주고 호령한다.

"너는 돌아가서 위왕魏王에게 나의 말을 전하여라. '위왕은 속히 우리 제나라에 조공을 바치고 충성을 맹세하라. 만일 그렇게 하지 않을 경우엔 우리 제나라 대군이 다시 위나라를 칠 것이다. 그때엔 너희 나라가 종묘사직을 보존하지 못할 줄 알라.' 방총아! 내 말을 분명히 알아들었느냐? 그럼 속히 돌아가거라!"

방총은 손빈에게 거듭 절하고 겨우 일어나서 군사를 거느리고 달아나듯이 떠났다. 이때가 바로 주현왕周顯王 28년이었다.

전기와 손빈은 군사를 거느리고 제나라로 돌아갔다.

제선왕齊宣王은 큰 잔치를 베풀어 크게 이기고 돌아온 전기·전영·손빈에게 친히 술을 따라 권하고 노고를 위로했다.

정승 추기騶忌가 속으로 생각한다.

'내 지난날에 비밀히 위나라의 뇌물을 받고 전기와 손빈을 몰아내려다가 뜻을 이루지 못했다. 이제 저들이 더욱 큰 공을 세우고 왕의 총애를 받게 되었으니 내 어찌 낯을 들고 조정朝廷에 설

수 있으리오.'

이에 추기는 병들었다 핑계하고 사람을 시켜 제선왕에게 정승의 인印을 바쳤다.

제선왕은 추기의 사의辭意를 받아들이고 전기를 정승으로 삼았다. 이에 전영이 전기의 뒤를 이어 대장이 되고, 손빈은 그냥 군사의 직위에 머물렀다.

그 대신 제선왕은 손빈에게 큰 고을을 주었다. 그러나 손빈은 굳이 사양하고 받지 않았다.

그후 손빈은 조부 손무孫武의 저서이며 귀곡 선생에게서 전해받은 『손자병법』13편을 기록했다.

손빈이 『손자병법』13편을 제선왕에게 바치고 청한다.

"신은 이렇듯 걸어다니지도 못하고, 얼굴은 온통 글자로 떠서 보기 흉한 폐인입니다. 그렇건만 신은 대왕의 은덕으로 그간 높은 벼슬 자리를 누렸습니다. 이제야 위로는 대왕의 은혜를 갚았고 아래론 신의 원수를 갚았습니다. 신은 마침내 모든 소원을 이루었습니다. 신이 귀곡 선생에게서 배운 바가 이 『손자병법』13편 속에 다 들어 있습니다. 그러므로 대왕께선 신을 더 데리고 있어보았자 아무 소용이 없습니다. 원컨대 대왕께선 신에게 한적한 산이나 하나 내려주셔서 고요히 일생을 마치게 해주십시오."

제선왕은 놀라 여러모로 손빈을 만류했다. 그러나 손빈의 뜻을 굽힐 순 없었다. 제선왕은 하는 수 없이 손빈에게 석려산石閭山(오늘날 진안주秦安州에 있다)을 하사했다.

손빈은 마침내 제선왕에게 하직하고 석려산으로 떠나갔다.

손빈이 석려산에 들어간 지 1년이 지났을 때였다.

어느 날 저녁에 손빈은 행방불명이 되었다.

세상 사람들은,

"귀곡 선생이 와서 손빈 장군을 데리고 갔다. 손빈 장군은 신선이 되어 갔다."

하고 말하곤 했다.

그러나 이건 다 다음날의 이야기다.

무성왕묘武成王廟에 들어가면 손빈을 찬한 글이 붙어 있다.

손빈은 병법에 통달했건만

억울한 누명을 뒤집어썼도다.

결국 형벌을 당하여 다리 병신이 되었으나

앉아서 싸움을 지휘했도다.

한나라를 구하고 위나라 군사를 쳐서

마침내 원수를 갚고 그 위대함을 드날렸도다.

큰 공적을 세웠건만 상을 받지 않았고

그 종적과 이름을 감추었도다.

그의 조부 손무에 비하여

아아, 참으로 손색없는 인물이었도다.

孫子知兵

翻爲盜憎

刖足衒寃

坐籌運能

救韓攻魏

雪恥揚靈

功成辭賞

遁跡藏名

揆之祖武

何愧典型

　제선왕은 국문國門에 방연의 목을 높이 걸고 제나라의 위신을 널리 떨쳤다. 그리고 모든 나라 제후에게 사신을 보내어 이번 승리를 널리 알렸다. 이에 모든 나라는 제나라가 위나라 군사를 무찌르고 이겼다는 소식을 듣고 다 놀랐다.

　한나라와 조나라 두 임금은 제나라 군사의 구원으로 자기 나라가 위기를 모면했기 때문에 친히 제선왕에게 가서 이번 승리를 축하했다. 그런데 마땅히 사과해야 할 위혜왕은 끝내 제나라에 가지 않았다.

　이에 분노가 치솟은 제나라 제선왕은 한나라와 조나라 군사와 연합하여 위나라를 치기로 결심했다.

　한편 위나라 위혜왕은 이 소문을 듣고 놀라 그제야 사신을 제나라로 보내어 화평을 청하고 조공을 바쳤다.

　제선왕은 삼진三晉인 한나라와 조나라와 위나라 임금을 박망성博望城으로 소집했다. 누가 감히 제선왕의 분부를 거역하겠는가. 한 · 조 · 위 세 나라 임금은 기일을 어기지 않고 모두 박망성에 가서 제선왕을 배알하고 충성을 맹세했다.

　이리하여 제선왕은 천하에 위엄을 떨쳤다.

　그후부터 제선왕은 제나라가 강하다는 것만 믿고 점점 술과 여색에만 빠졌다. 그는 도읍인 임치성臨淄城 안에다 설궁雪宮이란 화려한 궁실을 짓고 갖은 풍악을 즐겼다. 그리고 교외에 40리나 되는 수렵장狩獵場을 만들었다. 또 이른바 문학文學에 달통했다면서 떠돌아다니는 유세객遊說客들을 불러들이고 조정의 큰 문門

좌우에 강실講室을 지어 거처하게 했다.

그 강실에 거처하는 유세한다는 수천 명의 선비들 중에서 추연騶衍 · 전병田騈 · 접여接輿 · 환연環淵 등 76명은 모두 상대부上大夫가 되었다.

제선왕은 그 선비란 자들과 날마다 황당무계한 토론이나 궤변詭辯만 일삼을 뿐 현실적인 문제에 대해선 전혀 관심조차 갖지 않았다. 더구나 총애를 받고 있는 왕환王驩 등이 배후에서 제선왕에게 쓸데없는 토론을 즐기도록 조종하는 형편이었다.

이에 정승 전기田忌는 다방면으로 제선왕을 간했다. 그러나 제선왕은 정승 전기의 충직한 말을 들으려 하지 않았다. 마침내 정승 전기는 울화병이 나서 시름시름 앓다가 죽고 말았다.

어느 날이었다.

제선왕은 설궁에서 잔치를 베풀고 모든 여자 악공들을 불러들여 풍악을 울리게 했다.

제선왕이 음악을 들으며 한참 즐기는데, 한 여인이 설궁 문 앞에 와서 문 지키는 무사들에게 청한다.

"나는 대왕을 뵈러 왔다. 나를 대왕께 안내해다오."

문 지키는 무사들이 본즉 그 여인은 이마가 몹시 높고, 눈은 움푹 들어갔으며, 코는 높고, 목뼈가 툭 튀어나왔고, 등은 낙타 같고, 목은 굵고, 손가락은 길고, 발은 크고, 머리털은 가을풀 같고, 피부는 옻칠을 한 듯 새까맣고, 몸에는 다 떨어진 옷을 걸치고 있었다.

무사들이 그 여인의 앞을 가로막고 꾸짖는다.

"이렇듯 못난 여자가 어찌 대왕을 뵈올 수 있단 말이냐!"

그 여인이 대답한다.

"나는 우리 나라 무염無鹽 땅 사람으로, 성은 종리鍾離며 이름은 춘春이다. 나는 지금 나이 마흔이 넘었건만 아직 시집을 못 갔다. 그런데 오늘 대왕이 이 설궁에서 잔치를 벌이고 논다기에 특별히 왔노라. 나는 장차 후궁後宮에 거처하면서 대왕을 섬길 작정이다."

이 말을 듣고 모든 무사들이 껄껄 웃는다.

"참 천하에 뻔뻔스런 여자도 다 있구나. 좌우간 재미있는 일이니 우리가 대왕께 그대의 말을 전해주마. 나중에 그대가 어떤 형벌을 받을지라도 우리를 원망하지 마라, 알겠는가?"

문 지키는 무사들은 장난 삼아 제선왕에게 가서 종리춘鍾離春•의 말을 전했다.

제선왕이 음악을 듣다 말고 분부한다.

"이리로 데리고 들어오너라."

잠시 후에 종리춘이 무사를 따라 잔치 자리로 들어왔다. 모든 신하와 여자 악공들은 종리춘을 보자 손으로 입을 가리고 웃음을 참지 못했다.

스스로 대왕을 모시겠다는 여자가 나타났다기에 모든 사람은 얼마나 잘생긴 미인이 왔나 기대했다가 남자보다 더 억세고 못난 여자가 들어오는 걸 보고서 일시에 소리 없는 웃음을 지었던 것이다.

제선왕이 종리춘에게 묻는다.

"궁중엔 나를 모시는 비빈들이 다 갖추어져 있다. 아마 시골 백성들 중에서도 그대처럼 못난 여자를 데리고 살겠다는 남자는 없었던 모양이구나. 그런데 그대가 천승千乘의 왕인 나를 섬기겠다고 한다니 그것이 정말이냐? 만일 정말이라면 그대에게 특별히 뛰어난 무슨 재주라도 있는가?"

종리춘이 대답한다.

"첩은 아무 재주도 없습니다. 다만 매사에 은어隱語를 잘 씁니다."

제선왕이 분부한다.

"그렇다면 그 은어란 걸 써보아라. 내가 알아맞혀보마. 만일 횡설수설하다가는 목숨을 부지하지 못하리라!"

종리춘이 눈을 치뜨고 입술 사이로 이를 내보이며 두 손을 들더니 무릎을 탁탁 치면서 외친다.

"위태롭고 위태롭구나!"

제선왕이 그 뜻을 알 수 없어 모든 신하에게 묻는다.

"저게 무슨 뜻이냐?"

"······"

아무도 대답하는 자가 없었다.

제선왕이 종리춘에게 묻는다.

"춘春이여, 이리 가까이 오너라. 과인에게 그 뜻을 설명해다오."

종리춘이 머리를 조아린다.

"대왕께서 첩을 죽이지 않겠다고 약속하시면 감히 대답하겠습니다."

"네가 무슨 말을 할지라도 벌하지 않으마."

"첩이 눈을 치뜬 이유부터 말씀드리겠습니다. 그것은 첩이 대왕을 대신해서 봉화烽火가 오르는 걸 보았기 때문입니다. 그 다음에 첩이 이를 보인 것은 대왕을 대신해서 충신忠臣들이 대왕의 옳치 못함을 고치려는 말을 듣고 기뻐하는 모습입니다. 또 첩이 두 손을 든 것은 대왕을 대신해서 허다한 간신奸臣들을 내쫓는 모습입니다. 다음에 첩이 손으로 무릎을 탁탁 친 것은 대왕을 대신해서 잔치하는 모든 고대광실高臺廣室을 다 무너뜨리는 모양입니다."

제선왕이 버럭 화를 낸다.

"과인에게 어찌 그런 네 가지 실수가 있으리오. 저 시골 여자가 망령된 말을 하니 그냥 둘 수 없도다. 속히 저 여자를 참하여라!"

종리춘이 청한다.

"첩은 죽더라도 대왕의 네 가지 잘못을 다 말하고 죽겠습니다. 그러니 잠시 기다리십시오. 첩이 들은 바에 의하면 진秦나라는 위앙衛鞅을 등용한 이후로 나라 재정財政과 군사를 증강시켰다고 합니다. 진나라는 머지않아 군사를 함곡관函谷關 밖으로 출동시켜 장차 우리 제나라와 천하 패권을 다툴 것입니다. 그런데 대왕께선 좋은 장수를 양성하지 않고, 변방의 방비에 대해서도 관심을 갖고 계시지 않습니다. 그러므로 첩은 대왕을 위해서 눈을 치뜨고 장차 쳐들어올 진나라 군사를 바라본 것입니다. 또 첩이 듣건대 임금과 시비是非를 따지는 신하가 있는 한 그 나라는 망하지 않으며, 아버지와 시비를 따지는 자식이 있는 한 그 집안은 망하지 않는다고 하옵니다. 그런데 대왕께선 안으로 여색만 즐기시고 밖으론 전혀 나라를 다스리지 않으며, 시비흑백是非黑白을 따져서 간하는 충신들의 말을 듣지 않고 계십니다. 그러므로 첩은 대왕을 위해서 이를 내보여 웃음으로 충신들의 간하는 말을 받아들인 것입니다. 또 아첨을 일삼는 간신 왕환 등은 어진 사람이 앉아야 할 벼슬 자리를 차지하고 있습니다. 그리고 황당무계한 말만 하는 추연 등은 아무 실속도 없이 모든 걸 다 아는 체하고 있습니다. 그런데 대왕께선 그들만을 믿고 계십니다. 그래서 첩은 우리 나라 종묘사직을 염려한 나머지 대왕을 위해서 두 손을 들어 그들을 내쫓았습니다. 또 왕께서 큰 궁실을 짓고, 넓은 동산[苑]을 만들고, 화려한 내를 쌓고, 아름다운 못[池]을 팠기 때문에 백성들은 지칠

대로 지쳤으며 분명 나라 재정은 탕진되었습니다. 그러므로 첩은 대왕을 위해서 무릎을 탁탁 치며 그런 호화롭고 사치한 것을 다 무너뜨려버렸습니다. 대왕께선 아시나이까? 대왕과 우리 제나라 는 지금 누란지위累卵之危(포개놓은 알처럼 몹시 위태로움)에 놓였 습니다. 어찌 눈앞의 편안한 것만 아시고 앞날의 우환을 내다보지 못하십니까? 첩은 죽기를 각오하고 감히 대왕께 아뢰는 것입니다. 대왕께서 이러한 뜻만 살펴주신다면 첩은 곧 죽어도 한이 없겠습 니다."

제선왕이 찬탄한다.

"종리씨鍾離氏가 말하지 않았다면 어찌 나의 허물을 들을 수 있 었으리오!"

제선왕은 그 즉시 잔치를 파하고 종리춘을 수레에 태워 정궁正 宮으로 돌아갔다. 그리고 제선왕은 종리춘을 왕후王后로 삼았다.

종리춘이 사양한다.

"대왕께선 어찌하사 첩의 충언忠言를 듣지 않으시고 첩의 몸만 요구하시나이까? 먼저 나라를 다스리고 어진 인물을 등용하는 것 이 급합니다."

이에 제선왕은 널리 어진 선비를 초청하는 한편 간신을 추방하 고, 그간 강실講室에 모아두었던 유세객들을 흩어버렸다.

그리고 전영田嬰을 정승으로 삼고, 추騶 땅 출신인 맹가孟軻(맹 자)를 상빈上賓으로 모셨다.

이리하여 제나라는 잘 다스려졌다.

마침내 제선왕은 종리춘의 고향인 무염無鹽 땅을 종리춘에게 봉했다. 그후로 사람들은 종리춘을 무염군無鹽君이라고 불렀다. 그러나 이건 모두 다음날의 이야기다.

한편, 진秦나라 정승 위앙衛鞅은 위나라의 방연이 죽었다는 소문을 듣고 즉시 궁으로 들어가서 진효공秦孝公에게 아뢴다.

"우리 진나라와 위나라는 바로 이웃간입니다. 우리 진나라에 위나라가 붙어 있다는 것은 마치 사람에게 속병이 있는 것과 같습니다. 다시 말하자면 위나라가 우리 진나라를 통합하든지, 아니면 우리 진나라가 위나라를 통합하든지 해야지 두 나라가 결코 공존할 순 없는 형세에 놓여 있습니다. 그런데 이번에 위나라 군사가 제나라 군사에게 대패했다고 합니다. 이제 모든 나라 제후들도 위나라를 얕보게 되었습니다. 우리는 이 기회를 놓치지 말고 즉시 위나라를 쳐야 합니다. 그러면 위나라는 우리 군사를 막지 못하고 반드시 도읍을 동쪽으로 옮겨갈 것입니다. 그때에 우리가 위나라 땅을 차지하고 동쪽의 모든 나라 제후를 지배한다면 바로 제왕帝王의 기초를 세울 수 있습니다."

진효공이 흔연히 머리를 끄덕인다.

"참으로 좋은 말씀이오."

이에 위앙은 대장이 되고, 공자 소관少官은 부장이 되어 군사 5만 명을 거느리고 진秦나라 새 도읍인 함양咸陽을 떠나 위나라를 향해 동쪽으로 나아갔다.

한편, 위나라 서하 땅을 지키던 태수 주창朱倉은 진나라 군사가 쳐들어온다는 보고를 받고 도성으로 급히 이 사실을 보고했다.

급보를 받은 위혜왕은 즉시 모든 신하를 궁으로 불러들였다. 장차 진나라 군사를 막아낼 대책을 상의하려는데, 서하 땅에서 급한 소식을 알리는 보발군이 연달아 둘씩이나 왔다.

사세는 참으로 급했다.

위혜왕이 모든 신하에게 묻는다.

"지금 진나라 군사가 우리 나라로 쳐들어오고 있소! 이 일을 어찌하면 좋겠소?"

공자 앙卬이 아뢴다.

"지난날 위앙이 우리 위나라에 있었을 때 신은 그와 매우 친한 사이였습니다. 그래서 신이 대왕께 위앙을 천거했던 것인데 결국 대왕께선 그를 등용하시지 않았습니다. 이제 신은 곧 군사를 거느리고 먼저 가서 위앙에게 화평을 청해보겠습니다. 그래도 그가 거절한다면, 그때에 우리는 성을 굳게 지키고 한나라와 조나라에 구원을 청하는 것이 어떻겠습니까?"

모든 신하는 공자 앙의 계책에 찬동했다.

이에 공자 앙은 대장이 되어 군사 5만 명을 거느리고 서하 땅을 돕기 위해 오성吳城에 가서 주둔했다.

오성은 지난날 오기吳起가 서하 땅 태수로 가 있었을 때 진秦나라에 대한 방어책으로서 쌓은 성이었다. 그래서 오성은 참으로 견고했다.

공자 앙은 장차 서신 한 통을 써서 사람을 시켜 진나라 군사가 주둔하고 있는 영채로 보낼 작정이었다. 그런데 오성을 지키는 장졸이 성루에서 내려와 공자 앙에게 고한다.

"지금 성 밖에 어떤 자가 진나라 정승의 편지를 가지고 왔습니다."

공자 앙이 분부한다.

"성문은 열지 말고 줄을 내려주어 붙들고 올라오게 하여라."

잠시 후에 진나라 사자는 줄을 타고 성안으로 들어와 공자 앙에게 위앙의 편지를 바쳤다.

공자 앙이 그 편지를 뜯어본즉,

지난날에 위앙이 공자公子와 친한 걸로 말하면 서로 친형제 간이나 진배없었습니다. 이제 서로 섬기는 임금과 나라는 각기 다르지만 우리의 두터운 우정이야 어찌 잠시인들 잊었겠습니까. 참으로 우리가 군사를 거느리고 싸워서 서로 상하고 피를 흘릴 필요는 없다고 생각합니다. 우리는 각기 무기와 군사와 병거를 버리고 갑옷을 벗은 채 옥천산玉泉山에서 회견하고, 술이나 마시면서 옛 회포를 푸는 것이 어떻겠습니까? 그러면 자연 우리 두 나라는 비참한 싸움을 면할 것입니다. 또한 천추만대千秋萬代 후세 사람들도 우리 두 사람을 관중管仲과 포숙아鮑叔牙와 같은 우정이었다고 칭송할 것입니다. 공자께서 나의 뜻을 허락하신다면 언제쯤 옥천산에서 만나면 좋을지 기일을 지시해주십시오.

　공자 앙이 뜻밖에 위앙의 편지를 받아 읽고 무척 좋아한다.
　"이야말로 내가 바라던 바라. 진나라 사자를 특별히 잘 대접하여라."
　그러고는 즉시 위앙에게 보내는 답장을 썼다.

　귀하께서 지난날의 친분을 잊지 않고 먼저 서신을 주시니 감사합니다. 더구나 옛날에 제환공齊桓公이 병거를 거두고 예복을 입고서 회를 연 그 일을 본받아 장차 진秦·위魏 두 나라 백성을 편안하게 하고, 나와 관포지교管鮑之交를 맺자고 청하시니 그렇지 않아도 이는 내가 귀하께 청하고 싶어하던 바입니다. 귀하께서는 사흘 이내에 회견할 날짜를 지시해주십시오. 분부대로 쫓겠습니다.

위앙이 공자 앙의 답장을 읽고 웃는다.

'이제 나의 계책은 실천 단계에 이르렀다!'

위앙은 오성으로 다시 사자를 보냈다.

오성에 당도한 사자가 공자 앙에게 위앙의 말을 전한다.

"위앙 장군께서는 닷새 후에 공자와 회견하시기로 정했습니다. 전영前營에 있는 우리 나라 군사는 곧 본국으로 돌아갑니다. 위앙 장군께선 공자와 회견이 끝나는 즉시 모든 영채를 뽑아 회군하겠다고 하셨습니다. 그리고 연근蓮根과 사향麝香을 가지고 왔습니다. 이것은 위앙 장군께서 공자께 정표情表로 보내신 것입니다. 원래 연근과 사향은 우리 진나라 특산물로, 연근은 사람 몸에 좋고 사향은 귀신을 물리친다고 합니다. 위앙 장군께선 보잘것없는 물건이지만 영원한 우정을 표하기 위해서 공자께 보낸다고 하셨습니다."

공자 앙은 곧 감사하다는 답장을 써서 그 사자에게 주어 보냈다. 그는 조금도 위앙을 의심하지 않았다.

한편, 위앙은 군령軍令을 내렸다.

"전영前營에 있는 군사들은 즉시 영채를 뽑고 철수하여라!"

위앙은 전영에 있는 군사를 거느리고 돌아가는 공자 소관을 장막 안으로 불러들였다.

"공자는 군사를 거느리고 짐승을 사냥해서 식량을 보충할 작정이라고 소문을 낸 후 호기산狐岐山과 백작산白雀山에 가서 매복하고 계시오. 나는 닷새 후에 위나라 공자 앙과 회견하오. 그러니 공자는 그날 오시午時 말에서 미시未時 초까지 군사를 거느리고 옥천산으로 와야 합니다. 그리고 산 위에서 포성砲聲이 울리거든 그걸 신호로 일제히 쳐들어와서 위나라 사람을 도망가지 못하도록 모조리 사로잡아주오."

이에 공자 소관은 위앙의 지시를 받고 군사를 거느리고서 먼저 떠났다.

닷새가 지나고 회견 날이 되었다.

그날 이른 새벽에 위앙은 다시 오성吳城으로 사자를 보냈다. 사자가 오성에 가서 공자 앙에게 고한다.

"위앙 장군께선 먼저 옥천산에 가서 기다리겠다면서 이미 떠나셨습니다. 우리측 수행인은 약 300명에 불과합니다."

공자 앙은 그 사자의 말을 곧이들었다. 그는 수레에 술과 음식을 싣고 악공들까지 합쳐서 위앙처럼 약 300명만을 거느리고 옥천산으로 갔다. 이에 위앙은 산 밑까지 내려와서 위나라 공자 앙을 영접했다.

공자 앙이 둘러본즉, 역시 진나라 수행인은 많지 않았고 아무런 무기도 보이지 않았다. 그는 전혀 위앙을 의심하지 않고 서로 자리를 정한 후에 각기 지난날의 우정을 말하며 반가워했다.

그들은 오늘날 진·위 두 나라가 서로 화평을 유지하게 된 것을 축하했다. 두 나라 수행인들도 서로 담소하며 즐거워했다.

원래 옥천산은 위나라 땅이었다. 그래서 공자 앙은 자기가 주인격이므로 위앙에게 먼저 술 석 잔을 권했다. 따라서 위나라 악공들은 질탕한 음악을 세 번 연주했다.

음악 소리가 끝나자 이번엔 진나라 위앙이 군리軍吏들에게 분부한다.

"이젠 우리가 가지고 온 술과 음식을 내오너라. 그리고 공자 앙께 술을 많이 권해드려라."

이때 공자 앙에게 술을 따르러 나온 두 사람은 진나라에서도 유명한 용사들이었다. 그중 한 사람의 이름은 오획烏獲이었다. 오획은 천균千鈞의 무게를 들어올리는 장사였다. 또 한 사람의 이름은 임비任鄙였다. 임비는 일찍이 맨주먹으로 호랑이를 때려눕힌 장사였다.

위앙은 공자 앙과 함께 술잔을 들고 마시는 체하다가 얼굴을 들어 좌우에 있던 사람에게 슬쩍 눈짓을 했다. 눈짓을 받은 한 사람이 즉시 산 위로 올라갔다.

조금 지나자 산 위에서 갑자기 포성이 일어났다. 그러자 산 밑에서도 크게 포성이 일어나면서 동시에 산골짜기가 진동했다.

공자 앙이 깜짝 놀란다.

"이 포성은 어디서 나는 겁니까? 그대가 나를 속인 것은 아닙니까?"

위앙이 웃으며 대답한다.

"그렇소, 나는 공자를 잠시 속였소! 나의 죄를 용서하오."

공자 앙은 정신이 아찔해졌다. 그는 즉시 술자리를 박차고 일어나 도망치려고 했다. 그때 오획이 공자 앙의 다리를 잡아 쓰러뜨리고 당장에 굵은 줄로 결박했다.

임비는 달아나는 위나라 수행인들을 잡도록 주변 사람들을 지휘했다.

이때 계책대로 공자 소관이 군사를 거느리고 와서 위나라 수레와 수행인들을 포위했다.

참으로 물샐틈없었다. 위나라 수행인들은 한 명도 빠져 달아나지 못하고 모조리 사로잡혔다.

위앙이 분부한다.

"위나라 공자 앙을 수거囚車에 감금하여라. 그리고 본국으로 사람을 보내어 상감께 이번 싸움에 크게 이겼다고 아뢰어라. 저 위나라 수행인들의 결박을 풀어주고 술을 주어 놀란 가슴을 진정시켜라."

위나라 수행인들이 술을 얻어먹고 겨우 놀란 가슴을 진정했을 때였다. 위앙이 그들을 위협했다.

"너희들은 지금 곧 돌아가서 진나라와 화평을 맺고 온 듯이 꾸며서 오성吳城 문을 열게 하여라. 이리하여 성문이 열리기만 하면 내 너희들에게 많은 상을 주리라. 그러나 만일 나의 말을 듣지 않는다면 너희들을 즉시 참하겠다. 자, 어찌할 테냐?"

위나라 수행인들은 모두 죽음을 두려워하는 소인배에 불과했다.

"목숨만 살려주신다면 분부대로 거행하겠습니다."

하고 그들은 위앙 앞에서 굽실거렸다.

이에 오획이 공자 앙으로 가장하여 수레에 타고, 임비는 수레를 호송하는 진나라 사신이 되어 위나라 수행인들과 함께 오성으로 떠났다.

오성을 지키는 위나라 군사들이 성 위에서 굽어본즉, 공자 앙이 수행인들과 함께 돌아오는지라 조금도 의심하지 않고 즉시 성문을 열었다.

그러나 일단 성문 안으로 들어와 수레에서 뛰어내리는 사람은 공자 앙이 아니라 진나라 장수였다.

진나라 오획과 임비는 무서운 장수였다. 그들이 한번 발길로 걷어차고 주먹으로 치자 육중한 성문이 나가떨어졌다. 멋모르고 덤벼든 위나라 군사 몇 명은 오획과 임비의 주먹에 맞아 죽었다.

이때 위앙이 진나라 대군을 거느리고 나는 듯이 오성으로 달려왔다. 오성 땅 군사와 백성들은 정신을 잃고 쥐구멍을 찾듯 어지러이 달아나고 숨기에 바빴다.

위앙은 위나라 군사를 종횡무진으로 무찌르고 마침내 오성을 완전히 점령했다.

한편, 서하 땅을 지키던 주창朱倉은 대장인 공자 앙이 사로잡히고 오성이 함락되었다는 보고를 듣자 서하성西河城을 버리고 달아났다.

이에 위앙은 군사를 거느리고 물밀듯이 위나라로 깊숙이 쳐들어갔다. 진나라 군사가 안읍安邑까지 육박해갔을 때였다. 전세가 이쯤 되자 위혜왕은 놀라 대부 용가龍賈로 하여금 진나라 군사에게 가서 화평을 청하게 했다.

대부 용가는 즉시 진나라 위앙을 만나보고 화평을 청했다.

위앙이 대답한다.

"지난날 위왕은 나를 등용하지 않았소. 그래서 나는 진나라에 가서 벼슬을 살게 된 것이오. 나는 다행히 진왕秦王의 신임을 얻어 이제 벼슬은 정승에 이르렀고, 만종萬鍾의 녹祿(萬鍾祿은 매우 많은 봉록을 이름)을 받고 있으며, 모든 병권을 잡고 있소. 이러한 내가 이번에 위나라를 아주 없애버리지 않는다면 이는 하늘의 뜻을 저버리는 것이 되오."

대부 용가가 사정한다.

"듣건대 새도 옛날에 살던 숲을 그리워한다고 하며, 신하는 옛 주인을 잊지 않는다고 합디다. 지난날에 위왕이 비록 그대를 등용하진 않았으나, 그렇다고 그대가 어찌 부모의 나라를 아주 없애버린단 말이오? 너무나 무정한 말씀인가 하오."

위앙이 한동안 생각하다가 대답한다.

"우리 진나라에 서하 땅을 모조리 내준다면 나는 군사를 거느리고 돌아가겠소."

용가가 말한다.

"내 돌아가서 우리 왕께 아뢰고 그렇게 하도록 힘쓰겠소."

이에 대부 용가는 돌아가서 위혜왕에게 위앙의 요구를 아뢨다.

위혜왕이 대답한다.

"우리에게 힘이 없으니 어쩔 수 없구려. 그대가 알아서 좋도록 하오."

대부 용가는 다시 진나라 군사가 있는 곳으로 가서 위앙에게 서하 땅 지도를 바치고 진나라 군사와 강화講和를 맺었다. 위앙은 그 지도에 따라서 서하 땅 일대를 접수하고 승전가를 부르면서 진나라로 돌아갔다. 위나라 공자 앙도 진나라에 항복하고 겨우 석방되었다.

서하 땅을 빼앗긴 위혜왕은 그대로 안읍安邑에 도읍지를 정하고 있을 순 없었다. 왜냐하면 진나라와의 국경이 너무나 가까워졌기 때문이다.

이에 위나라는 도읍을 대량大梁 땅으로 옮겼다. 그후 위나라는 한때 국호를 양梁이라고도 했다. 그래서 후세 사람들이 위혜왕을 양혜왕梁惠王이라고도 부르는 것이다.

진효공秦孝公은 위앙의 공로를 높이 평가하여 후작侯爵으로 봉했다. 뿐만 아니라 위앙이 위魏나라를 쳐서 빼앗은 상어商於 등 열다섯 고을을 위앙에게 식읍食邑으로 내주고 상군商君이란 칭호까지 내렸다. 그래서 후세 사람들이 위앙을 상앙商鞅•이라고 부르는 것이다.

오늘날 선하는 『상자商子』는 상앙이 남긴 저서다. 지금부터는 위앙을 상앙이라고 고쳐 부르겠다.

그날 상앙은 진효공에게 감사의 절을 올리고 궁에서 물러나와 자기 부중으로 돌아갔다. 상앙의 부귀영화는 최고조에 달했다.

부중으로 돌아온 상앙이 가신들에게 자랑한다.

"나는 원래 위나라 임금의 서출庶出 자손으로 마침내 진나라 재정을 크게 확충하고 천하에 으뜸가는 군사를 양성했다. 이제 위나라 땅 700리를 얻었고 그곳의 열다섯 성을 식읍으로 받게 되었다. 이만하면 대장부로서 장하다고 할 수 있지 않은가!"

모든 가신과 빈객賓客들이 이구동성으로 상앙을 축하한다.

"대감께선 고금에 보기 드문 큰 업적을 세우셨습니다."

이때 한 선비가 일어서서 큰소리로 좌중에게 외친다.

"1,000 사람이 축하하는 것보다는 단 한 사람이라도 바른말을 하는 것이 더 소중하다는 걸 아시오? 그대들은 상군商君의 문하에 있으면서 어찌 아첨만 하오? 그것은 상군을 위하는 길이 아니며, 오히려 상군을 망치는 길이오."

모든 사람의 시선이 일제히 그 사람에게 쏠렸다. 그 사람은 바로 상객上客(지위가 높은 손님)으로 있는 조양趙良이었다.

상앙이 조양에게 묻는다.

"선생은 모든 사람이 나에게 아첨한다고만 말하지 마오. 그렇다면 진나라에 끼친 공적을 따질 때에 옛날의 백리해百里奚와 나중 어느 쪽이 더 크다고 생각하오?"

조양이 대답한다.

"백리해는 그 옛날 진목공秦穆公 때의 우리 나라 정승으로 진쯤나라 임금을 세 번씩이나 정해주었고, 오랑캐 스무 나라를 합병해서 진목공을 서융西戎 일대의 패후覇侯가 되게 했습니다. 그런 큰 공로가 있었건만 백리해의 사생활은 어떠했습니까? 백리해는 아무리 더워도 포장布帳을 치지 않았으며, 아무리 피곤할 때라도 함부로 수레를 타지 않았다고 합니다. 백리해가 죽었을 때 진나라 온 백성들은 마치 부모가 죽었을 때처럼 슬피 울었고 모두 상복을 입었다고 합니다. 이제 대감께선 진나라 정승이 된 지 8년이 되었습니다. 비록 대감의 법령法令은 철저히 시행되었지만 무서운 형벌이 그치지 않았고, 무수한 사람이 참혹한 학살을 당했습니다. 백성들은 그간 위엄만 보았을 뿐 덕을 보지 못했습니다. 그 결과를 보십시오. 지금 진나라 백성들은 이익만 알 뿐이지 전혀 의리를 모릅니다. 지난날에 대감께선 세자의 스승에게 세자 대신 형벌을 가했습니다. 그래서 지금 세자는 속으로 대감을 철저히 미워하고 있습니다. 대감께선 조금만 법을 어겨도 사람을 마구 죽였습니다. 그래서 아버지나 형이나 동생이나 아들을 잃은 백성들은 모두 오래 전부터 대감을 저주하고 있습니다. 지금 임금께서 하루아침에 세상을 떠나신다면 그때는 대감의 운명도 바람 앞의 등불처럼 위태로워질 것입니다. 그러하거늘 대감께선 오히려 상어商於 등 열다섯 성의 부귀를 탐하며, 스스로 대장부라고 자랑하십니까? 대감께선 지금이라도 늦지 않으니 속히 임금에게 어진 사람을 천거하고, 모든 국록과 벼슬을 내놓고 시골에 가서 밭이나 갈며 무사히 여생을 마치십시오."

"……"

상앙은 아무 대답도 하지 않았다. 그의 표정은 매우 우울했다.
5월이었다.
마침내 진효공은 병들어 앓다가 세상을 떠났다.
모든 진나라 신하는 세자가 사패符牌를 받들어 임금 자리에 모셨다.

그가 바로 진혜문공秦惠文公이다.

오늘날 상앙이 그만한 공적과 부귀를 누리기까지는 남에게 못할 짓도 많이 했다.

지난날에 상앙은 진혜문공이 세자로 있었을 때 자신이 선포한 법령을 비난했다는 이유로 세자 대신 태부太傅 공자 건虔을 잡아다가 코를 베고, 태사太師 공손가公孫賈를 붙들어다가 먹으로 온통 얼굴을 뜨게 했다.

그 때문에 코를 잃은 공자 건과, 먹으로 떠서 얼굴이 흉측해진 공손가는 그동안 상앙에게 하늘에까지 사무친 원한〔徹天之恨〕을 품고 있었다.

이제 진효공은 세상을 떠났고 세자가 임금 자리에 올라 세상은 바뀌었다.

공자 건과 공손가가 진혜문공에게 아뢴다.

"신들이 듣건대 대신大臣의 권세가 너무 크면 나라가 위태롭고, 자기를 모시는 좌우 사람들의 권세가 너무 크면 자기 신세를 망친다고 합니다. 상앙이 법을 세워 비록 우리 진나라를 다스렸습니다만 백성들이 그를 뭐라고 하는지 아십니까? 부녀자와 어린아이들까지도 '우리 진나라엔 상군商君의 법이 있을 뿐 국법國法은 없다'고 말합니다. 지금 상앙은 열다섯 성의 식읍까지 받게 되어 그 벼슬과 권세를 따를 자가 없습니다. 상감께선 조심하고 또 조심하십시오. 머지않아서 상앙은 반드시 반란을 일으키고야 말 것입니다."

진혜문공이 머리를 끄덕이며 대답한다.

"나는 그놈에 대한 원한을 풀지 못한 지가 오래요. 다만 그놈이 지난날 선왕先王의 신하였기 때문에 지금까지 참고 있었소."

이튿날이었다.

마침내 진혜문공이 신하 한 사람을 불러 영슈을 내린다.

"그대는 상앙에게 가서 정승의 인印을 받아오너라. 그리고 상앙에게 상어商於 땅으로 물러가 있으라고 과인의 분부를 전하여라."

그 신하는 정승 부중에 가서 상앙에게 진혜문공의 분부를 전했다. 이젠 임금의 분부라 상앙도 어쩔 도리가 없었다.

상앙은 궁으로 들어가서 진혜문공에게 진나라 정승의 인印을 바치고 물러나왔다.

그날로 상앙은 호화찬란한 수레를 타고 함양성을 떠나 상어 땅으로 향했다. 상앙이 탄 수레와 그 앞뒤를 따르는 의장대儀仗隊의 거창한 행렬은 일국 왕후王侯의 행차와 추호도 다를 바가 없었다.

문무백관이 모두 떠나는 상앙을 전송했다.

공자 건과 공손가가 감용甘龍, 두지杜摯 등을 데리고 궁으로 들어가서 비밀히 진혜문공에게 아뢴다.

"상군商君은 그래도 모든 잘못을 뉘우치지 않고 일국의 왕처럼 호화찬란한 위엄을 갖추고서 떠났습니다. 그는 상어 땅에 가서 반란을 일으킬 작정이라고 합니다. 이 감용과 두지에게 물어보십시오."

이에 감용과 두지는 상앙이 그렇게 말하는 걸 직접 들었노라고 그럴듯하게 증명했다.

마침내 진혜문공이 노여움에 떤다.

"공손가는 곧 군사 3,000명을 거느리고 뒤쫓아가서 상앙의 목을 끊어오너라!"

공손가는 즉시 궁에서 나와 출동 준비를 했다.

이때 진나라 백성들은 거리마다 모여서서 떠나간 상앙을 원망하며 욕설을 퍼붓고 있었다. 그러다가 공손가가 군사를 거느리고 상앙을 치러 간다는 소문을 들었다.

거리마다 백성들이 외친다.

"우리도 공손가를 따라가자! 그리고 상앙을 잡아죽이세!"

공손가가 군사를 거느리고 상앙을 치러 떠날 때, 그 뒤를 따르는 백성들의 수효는 몇천 명인지 이루 헤아릴 수가 없을 정도였다.

한편, 상앙이 함양성을 떠나 100여 리쯤 갔을 때였다. 문득 뒤에서 큰 함성이 들려왔다.

상앙이 한 수행인에게 분부한다.

"웬 군대가 우리를 뒤쫓아오는 것인지 가서 알아보고 오너라."

그 수행인이 간 지 얼마 후에 황급히 돌아와서 고한다.

"조정에서 대감을 치라고 군사를 보냈다고 합니다!"

이 말을 듣고 상앙은 비로소 놀랐다. 상앙은 그들에게 붙들리기만 하면 살아남지 못할 것을 알고 황급히 호화로운 관과 옷을 다 벗어버리고서 수레에서 뛰어내려 졸병으로 가장하고 단독으로 달아났다.

상앙이 홀로 도망쳐 함곡관函谷關에 이르렀을 때였다. 해가 저물었다. 그는 여점旅店으로 들어갔다.

여점 주인이 상앙에게 말한다.

"조신첩照身帖(오늘날 여권이나 신분증 같은 것)을 보여주게."

그러나 상앙에게 신분증 같은 것이 있을 리 없었다.

상앙이 거짓말을 한다.

"떠날 때 깜박 잊고서 가지고 오지 않았습니다."

여점 주인이 수상하다는 듯이 상앙을 쳐다보며 말한다.

"너는 상군商君의 법을 아느냐? 조신첩이 없는 자를 재우면 재워준 사람까지 참형을 당하게 되어 있다. 어서 이곳을 떠나게. 까딱하다간 자네 때문에 나까지 죽네!"

상앙이 밤길을 걸으면서 길이 탄식한다.

"허허! 내가 만든 법에 내가 걸려들 줄이야 어찌 알았으리오!"

상앙은 밤을 틈타 쥐새끼처럼 관문을 벗어나 그길로 위魏나라로 달아났다.

위나라 위혜왕은 상앙이 진나라에서 도망쳐왔다는 말을 듣고 이를 갈았다.

"그놈은 지난날에 공자 앙을 유인해서 우리의 서하 땅을 빼앗아간 놈이다! 내 어찌 한시인들 그놈을 잊었으랴! 즉시 위앙을 체포하고 수거囚車에 실어서 진나라로 돌려보내라!"

총명한 상앙은 미리 이런 낌새를 눈치채고 즉시 상어 땅으로 달아났다.

상어 땅에 당도한 상앙은 궁지에 빠진 고양이나 다름없었다. 그는 드디어 진秦나라를 치려고 군사를 모집했다.

그러나 군사를 다 모집하기도 전에 공손가가 군사를 거느리고 먼저 쳐들어왔다. 상앙은 싸워보지도 못하고 공손가의 군사에게 붙들려 진나라 도읍 함양으로 압송되어갔다.

진혜문공이 상앙의 죄목을 들어 꾸짖고 군사들에게 분부한다.

"상앙을 끌어내어 예정대로 처형하여라!"

이날 상앙은 큰 거리로 끌려나가 오우분시五牛分屍의 형을 받았다. 다섯 마리 소가 제각기 움직이자 다섯 마리 소에게 비끄러매인 상앙의 사지와 머리가 각기 찢겨나갔다.

상앙은 무참한 죽음을 당했다.

이를 구경하던 백성들은 아우성을 치면서 달려들어 상앙의 시체를 질근질근 씹었다. 참으로 무섭고 끔찍한 광경이었다.

순식간에 상앙의 시체는 사라지고 말았다. 이날 상앙의 일족도 다 죽음을 당했다.

참혹한 일이었다. 상앙은 새로운 법을 만들고 진나라를 부강하게 했건만 오늘날에 이르러 가장 처참한 죽음을 당했다. 그는 자기가 만든 가혹한 법 때문에 그 앙갚음을 받고야 만 것이다. 이때가 바로 주현왕周顯王 31년이었다.

염옹이 시로써 상앙을 읊은 것이 있다.

　상앙은 상군이 된 지 불과 1년도 못 되어
　불쌍하구나! 사지가 찢기어 죽었도다.
　원래 참혹한 짓과 각박한 짓을 하면 결과가 좋지 않으니
　그대여, 형벌 줄이는 법을 열심히 연구하여라.
　商於封邑未經年
　五路分屍亦可憐
　慘刻從來凶報至
　勸君熟讀省刑篇

상앙이 죽은 후로 거리마다 백성들은 춤을 추고 노래를 불렀다. 그들은 무거운 압제 밑에서 해방된 것을 기뻐하고 축하했다. 천하의 모든 나라도 이 소문을 듣고서 다 기뻐했다.

지난날 상앙에게 삭탈관직을 당했던 감용과 두지 두 사람도 다시 복직되었다.

이에 진혜문공은 공손연公孫衍을 정승으로 삼았다.

정승이 된 공손연이 진혜문공에게 권한다.

"상감께선 먼저 서쪽의 파촉巴蜀 땅을 합병하십시오. 그리고

왕이라 칭호하셔야 합니다. 그런 후에 모든 나라 임금에게 사신을 보내어 지난날 위나라가 그러했듯이 우리에게 땅을 베어 바치라 하고 우리 진나라를 축복하라고 분부하십시오. 만일 우리의 명령을 어기는 나라가 있거든 즉시 군사를 일으켜 치십시오."

마침내 진혜문공은 스스로 왕이라고 칭했다. 그리고 모든 나라로 사신을 보내어 진나라에 땅을 바치라고 분부했다.

모든 나라 군후들은 진혜문공의 분부를 받고 어리둥절해했다. 너무나 뻔뻔스런 요청이었기 때문이다. 그렇다고 땅을 바치지 않으려면 강대한 진나라 군사와 싸우는 수밖에 없다. 물론 싸워서 이길 자신은 더더구나 없었다. 진나라 사신은 초나라에도 가서 땅을 바치라고 분부했다.

이때 초나라 초위왕楚威王 웅상熊商은 소양昭陽을 정승으로 등용하고, 월나라를 쳐서 월왕越王 무강無疆을 잡아죽이고 월나라 땅을 모조리 차지한 후였다. 초나라 국토는 넓고 군사는 강했다. 북쪽의 강대국인 진나라를 상대해서 싸울 수 있는 나라는 초나라 하나밖에 없었다.

초위왕은 진나라 사신의 버릇없는 요구를 듣고 불같이 화를 냈다.

"저놈을 죽지 않을 만큼 쳐서 돌려보내라!"

마침내 진나라 사신은 반죽음을 당한 후에야 돌아갔다.

이에 낙양洛陽에 있던 소진蘇秦이 겸병지책兼併之策을 주장하고 나와서 진혜문왕을 설득하게 된다.

소진蘇秦의 합종合縱

소진蘇秦과 장의張儀는 귀곡鬼谷 선생에게 하직하고 산을 내려온 후로 어찌되었던가? 그후 장의는 위魏나라로 가고, 소진은 고향인 주周나라 낙양洛陽으로 돌아갔다.

소진이 집으로 돌아와본즉 늙은 어머니는 아직 살아 계셨다. 그에겐 형님 한 분과 동생 둘이 있었다. 그동안에 형은 죽고 과부가 된 형수와 소대蘇代, 소여蘇厲 두 동생이 어머니를 모시고 있었다. 집을 떠난 지 여러 해 만에 돌아온 소진을 온 집안이 반기고 기뻐한 것은 두말할 나위도 없다.

소진이 집에 돌아온 지 불과 며칠도 안 되어 늙은 어머니에게 청한다.

"소자는 다시 집을 떠나 천하 열국列國을 두루 돌아다녀야겠습니다. 이 집과 살림살이를 모두 팔아서 노자路資를 만들어야겠으니 허락해주십시오."

이 말을 듣고 어머니와 형수는 물론 소진의 아내까지도 필사적으로 말린다.

"힘껏 농사를 짓든지 아니면 장사를 하든지, 그것도 못하겠으면 하다못해 노동이라도 해서 입에 풀칠이나 할 생각은 않고 그게 무슨 말이냐? 공연히 몇 해 동안 유세술遊說術을 배웠느니 외교술外交術을 공부했느니 하고 돌아와서 조상 대대로 내려오는 농사도 짓지 않겠다 하고, 이제 와서는 세 치 혀를 놀려 부귀를 잡겠다고 하니 이 무슨 망상이냐? 팔자에 없는 부귀공명을 바라다가 나중엔 집안 식구들까지 다 굶겨 죽일 작정이냐? 안 될 말이다."

소대, 소여 두 동생도 말린다.

"형님이 유세술과 외교술에 통달했다면 왜 우리 주나라에서 출세할 생각은 하지 않고, 하필이면 머나먼 타국에 가서 입신양명하려 합니까?"

온 집안 사람이 반대하고 말리는 데야 소진도 어찌할 도리가 없어 마침내 주현왕周顯王에게 가서 부국강병富國强兵하는 법을 일장 연설했다.

주현왕은 반은 졸면서 소진의 말을 다 듣고 난 후,

"우선 관사館舍에 가서 있으오. 내 기회를 봐서 다시 그대를 부르겠소."

하고 힘없이 말했다.

그후 소진은 관사에 거처하면서 주현왕이 불러주기만을 고대했다. 그러나 주현왕을 모시는 좌우 신하들은 소진이 원래 미천한 농가農家 출신임을 잘 알고 있었다. 그래서 그들은 소진이 고담준론高談峻論만 일삼을 뿐이지 아무 쓸모도 없는 자라 단정하고, 누구 하나 그를 주현왕에게 추천하지 않았다.

어느덧 소진이 관사에 머무른 지도 1년이 지났다.

소진은 암만 생각해도 주현왕이 자기를 등용해줄 것 같지가 않았다. 이에 소진은 격분하여 관사를 버리고 집으로 돌아갔다.

그는 마침내 온 집안 사람의 반대를 무릅쓰고 집과 살림살이를 몽땅 팔아 황금 100일鎰을 장만했다. 그 돈으로 우선 가장 좋은 흑초구黑貂裘 한 벌을 사서 입고, 좋은 수레 한 대를 사서 마부까지 거느리고는 식구들이야 어떻게 되든 말든 홀로 유유히 고국 산천을 떠났다.

그후 소진은 천하 모든 나라를 두루 돌아다니면서 그 나라의 산천 지형과 인정 풍토를 낱낱이 조사했다. 수년 간 돌아다니는 동안에 소진은 천하대세와 그 이해 관계까지 소상히 연구하게 되었다. 그러나 그에겐 부귀공명을 누릴 팔자가 없었던지 입신양명할 기회는 오지 않았다.

그러던 중에 소진은 위앙衛鞅이 진秦나라에서 상군商君의 칭호를 누리며 진효공秦孝公의 신임을 받고 있다는 소문을 들었다. 이에 소진은 진효공을 만나보려고 진나라로 갔다.

그러나 소진이 진나라 도읍 함양咸陽에 당도했을 때는 이미 진효공은 죽고, 상앙商鞅(전날 위앙이 위魏나라를 쳐서 이긴 공로로 상어商於 등 열다섯 고을을 식읍으로 받고 상군商君이란 칭호를 받아 그후로 상앙이라 불렀다)도 죽음을 당한 후였다.

소진은 기왕 진나라까지 온 김에 궁문에 가서 진혜문왕秦惠文王을 뵙겠다고 청했다.

진혜문왕이 소진을 정전正殿으로 들게 하고 묻는다.

"선생이 천리를 멀다 않고 오셨으니 장차 과인에게 무슨 좋은 가르침을 주시려오?"

소진이 진혜문왕에게 아뢴다.

"신이 듣건대 대왕께서는 모든 나라 제후에게 땅을 바치라고 요구하셨다지요? 그렇다면 대왕께선 편안히 앉아서 천하를 합병合倂하실 작정이십니까?"

진혜문왕이 대답한다.

"그러하오."

소진이 다시 아뢴다.

"진나라 동쪽엔 관하關河가 있고, 서쪽엔 한중漢中이 있고, 남쪽엔 파촉巴蜀이 있고, 북쪽엔 호학胡貉이 있으니 이것이 바로 진나라가 외국의 침입을 막을 수 있는 천연 요새要塞입니다. 또 안으론 천리의 비옥한 평원이 있고, 용감무쌍한 대왕의 백만 군사가 있습니다. 만일 현명하신 대왕께서 모든 어진 선비와 백성들을 거느리시고 신의 계책을 받아들이셔서 효과 있게 실행만 하신다면 천하에 무슨 두려울 것이 있겠습니까. 모든 나라 제후를 무찌르고, 주 왕실을 없애버리고, 천하를 통일하여 제왕이 되시는 것도 그리 어려운 일은 아닙니다. 그러나 편안히 앉아서 그런 큰일을 성취할 순 없습니다. 대왕께서는 큰 뜻을 위해 분발하실 수 있습니까? 또 이 소진에게 모든 계책을 물으시고 실행하실 수 있습니까?"

상앙을 죽인 진혜문왕은 애초에 유세遊說하는 선비를 좋아하지 않았다.

"과인이 듣건대 날개가 나지 않으면 능히 높이 날지 못한다고 하오. 선생의 말은 너무나 그 뜻이 높아서 과인으로선 따르기 어렵구려. 우리의 병력이 충분해질 때까지 몇 해 기다렸다가 다시 의논합시다."

그리하여 소진은 궁에서 물러나온 후로 곧 옛 삼왕三王(하夏나

라 우왕禹王, 은殷나라 탕왕湯王, 주周나라 문왕文王)과 오패五覇(춘추
春秋 시대의 다섯 패자覇者. 곧 제환공齊桓公·진문공晉文公·진목공秦
穆公·송양공宋襄公·초장왕楚莊王)가 강적을 무찌르고 천하를 얻게
된 그 요점만을 저술하기 시작했다. 그것은 10여만 글자[言]에 달
하는 당당한 저서였다.

소진은 그 저서를 가지고 다시 궁에 들어가서 진혜문왕에게 바
쳤다. 진혜문왕은 여가를 이용해서 소진의 저서를 통독했으나,
그를 등용할 생각은 추호도 없었다

소진은 진혜문왕이 자기를 등용해주지 않자 초조했다. 이에 소
진은 진나라 정승인 공손연公孫衍을 찾아가서 자기를 이끌어달라
고 거듭 부탁했다.

그러나 진나라 정승 공손연은 이미 소진의 재주를 시기하고 있
었다. 그러니 방해하면 했지 진혜문왕에게 소진을 천거해줄 리가
없었다.

그러는 동안에 소진은 진나라에서 근 2년이란 세월을 허송했
다. 물론 벼슬길은 열리지 않았고, 결국엔 그럭저럭 황금 100일만
다 쓰고 말았다.

어느덧 입고 있던 흑초구도 형편없이 낡아빠졌으나 새로 사입
을 돈마저 없었다. 그는 유일하게 남은 수레와 마부를 팔아 겨우
노자를 장만했다.

뜻을 이루지 못하고 진나라를 떠나는 소진의 행색은 너무나 초
라했다. 괴나리봇짐을 짊어지고 터덕터덕 걸어서 주나라 낙양洛
陽으로 돌아왔다.

고향이라고 돌아왔으나 누구 하나 반기는 사람이 없었다. 온 집
안 사람들은 거지꼴이 되어서 돌아온 소진에게 마구 욕설을 퍼부

었다.

"집까지 팔아먹고 가더니 꼴 잘되어 돌아왔네!"

하고 형수까지 빈정거렸다.

소진의 아내는 남편이 돌아왔건만 베틀에 앉아서 베만 짤 뿐 내다보지도 않았다. 그러나저러나 소진은 우선 배가 고파서 견딜 수가 없었다.

"형수님! 몹시 시장하니 밥 좀 지어주오!"

"땔나무가 없어서 못 짓겠네!"

형수는 싸느랗게 외면하고 방으로 들어가버렸다.

옛 시로써 이 일을 증명할 수 있다.

부귀하면 남도 형제처럼 나를 따르고

가난하면 형제도 나를 남처럼 대하는구나.

그대는 그 좋은 일례로서 저 떨어진 흑초구를 입고 있는 소진을 보아라

그는 비록 집에 돌아왔으나 아무도 반기는 사람이 없네.

富貴途人成骨肉

貧窮骨肉亦途人

試看季子貂裘敝

擧目雖親盡不親

소진은 자기도 모르는 사이에 눈에서 눈물이 주르륵 흘렀다.

소진이 길이 탄식한다.

"이 한 몸이 가난하고 천해지니 아내도 남편을 남편으로서 섬기지 않고, 형수도 시농생을 시동생으로서 대하지 않고, 어머니

도 자식을 자식으로서 보지 않는구나! 누구를 원망하리오. 다 내 잘못이다!"

그후 소진은 집에서 눈칫밥을 얻어먹으며 그날그날을 지냈다.

어느 날 소진은 하도 심심해서 지난날에 책을 넣어뒀던 상자를 꺼내어 이것저것 뒤지다가 『태공음부편太公陰符篇』을 발견했다. 소진의 눈은 이상한 광채를 띠었다. 그것은 지난날 산을 떠날 때 귀곡 선생이 친히 내준 책이었다.

소진은 그때,

"이미 다 배운 책을 가지고 가서 무얼 합니까?"

하고 말했었다.

이에 귀곡 선생은 이렇게 말했다.

"만일 유세遊說하고 돌아다니다가 그래도 뜻을 이루지 못하거든 이 책을 다시 연구하여라. 반드시 얻는 바가 클 것이다."

그제야 소진은 고개를 끄덕였다.

'선생께서는 오늘날 나의 처지가 이리 될 것을 미리 아시고 그렇게 말씀하셨구나!'

소진은 그날부터 문을 닫고 방 안에 틀어박혀 지난날에 배운 『태공음부편』을 다시 연구하기 시작했다. 그는 밤낮을 가리지 않고 그 오묘한 이치를 터득하려고 노력했다. 밤이 깊어 잠이 오면 송곳으로 자기 넓적다리를 찔렀다. 그래서 흘러내린 피가 그의 다리와 발을 물들였다.

소진은 마침내 『태공음부편』의 무궁무진한 이치를 터득한 후에 천하 열국의 형세를 일일이 그 이치에 맞추어 세세히 고찰했다.

다시 1년이란 세월이 지났다.

소진은 드디어 자기 손바닥 안에 천하대세를 쥐고 있기나 한 것처럼 황홀했다.

소진이 혼잣말로 자신을 위로한다.

"내가 이만한 공부로써 실력을 발휘한다면 어느 임금이고 간에 금옥金玉과 비단과 상경 자리와 정승 자리를 아끼지 않을 것이다."

소진이 소대蘇代, 소여蘇厲 두 동생을 불러놓고 청한다.

"나는 이제야 공부를 성취했다. 앞으로는 부귀를 구하는 것도 어렵지 않을 것이다. 너희들은 이 형을 도와다오. 너희들이 나에게 노자를 대주기만 한다면 나는 다시 천하 여러 나라를 돌아다닐 작정이다. 내가 출세하는 날이면 반드시 너희들도 이끌어주마. 그리고 너희들을 위해서 이 『태공음부편』도 가르쳐주겠다."

소대와 소여는 소진의 간곡한 말에 감동하여 각기 가지고 있던 황금을 내주었다. 이에 소진은 또다시 집안 식구와 작별하고 고향을 떠났다.

그는 다시 진秦나라로 가려다가 생각을 고쳤다.

'지금 칠국七國 중에 진秦나라가 가장 강하다. 내가 진나라를 돕기만 하면 제업帝業(제왕의 사업)을 성취시킬 수 있으나, 진왕秦王이 나를 써주려 하지 않으니 어찌하리오. 내가 이번에 또 진나라에 가서 전처럼 거절을 당한다면 그때엔 고향으로 돌아갈 면목조차 없다. 그러니 진나라를 돕느니 차라리 진나라를 배척시키자! 곧 천하 모든 나라를 단결시켜 진나라를 배척하게 하면 자연 진나라의 형세는 고립되고 말 것이다.'

이에 소진은 동쪽으로 방향을 바꾸어 조趙나라로 갔다.

이때 조나라 임금은 조숙후趙肅侯였고 그 동생인 공자 성成이 조나라 정승이었다. 공자 성은 봉양군奉陽君이란 칭호를 받고 있었다.

조나라에 당도한 소진은 우선 조나라 정승 봉양군을 찾아가서 여러모로 자기 뜻을 말했다. 그러나 봉양군은 소진을 냉정히 대했다.

소진은 결국 뜻을 얻지 못하고 조나라를 떠나 이번엔 방향을 북쪽으로 바꾸어 연燕나라로 갔다.

연나라에 당도한 소진은 연문공燕文公을 뵈오려고 여러 방면으로 교섭을 했으나 연나라 신하들은 아무도 알선해주려 하지 않았다.

그러는 동안에 소진은 연나라 여점旅店에서 1년 이상이란 세월을 허비하며 두 동생에게서 받아온 황금도 다 써버렸다. 그는 굶주린 배를 움켜쥐고 여점 방에서 신음했다. 여점 주인이 그 참혹한 꼴을 보다못해 소진에게 돈 100전錢을 꿔주었다. 덕분에 소진은 굶어죽는 것만은 면했다.

어느 날 소진은 연문공이 사냥하러 간다는 소문을 들었다. 그는 미리 길가에 숨어 있다가 연문공의 행차가 다가오자 그 앞으로 뛰어나가서 뵈옵기를 청했다.

연문공이 묻는다.

"그대는 누구인고?"

소진이 대답한다.

"이 몸의 성은 소이며, 이름은 진이라고 합니다."

연문공은 전부터 소진의 이름을 익히 들어서 잘 알고 있었다.

연문공이 반색을 하면서 소진에게 청한다.

"선생은 지난날 10여만 언言이나 되는 저서를 써서 진秦나라 왕에게 바쳤다는 분이 아니오? 과인은 그 소문을 들은 이후로 선생을 여간 사모하지 않았소. 그리고 선생의 그 저서를 얻어보지 못해서 한이었소. 이제 선생이 이처럼 우리 나라에 오셨으니 앞으로 과인을 잘 지도해주오. 그렇게만 해준다면 이는 과인의 복일 뿐만 아니라 실로 우리 연나라의 복이겠소."

이에 연문공은 사냥도 그만두고 즉시 수레를 돌려 궁으로 돌아갔다. 그러고는 정식으로 신하를 보내어 소진을 궁으로 초청했다. 이에 소진은 연나라 궁성에 들어가서 연문공에게 예를 갖춰 인사했다.

연문공이 자리에서 일어나 허리를 굽히며 소진에게 청한다.

"과인은 선생의 높은 가르침을 받고자 하오."

소진이 연문공에게 아뢴다.

"대왕께서는 극도로 혼란한 천하에서 나라를 다스리고 계십니다. 이 연나라로 말할 것 같으면 영역은 2,000리이며, 무장군武裝軍은 수십만 명이며, 병거는 600승, 기마騎馬는 6,000필에 달합니다. 그러나 연나라 땅과 군력軍力은 중원中原의 다른 나라에 비하면 겨우 반도 못 됩니다. 그러하건만 다른 나라 말발굽이 이 연나라를 휩쓸지 않고, 다른 나라 병거가 이 연나라 군사를 무찌르지 않고, 다른 나라 장수가 이 연나라 장수를 잡아죽이지 않고 있습니다. 그 까닭을 아십니까? 곧 이런 난세亂世에 어찌하여 대왕께선 편안한 생활을 하고 계시는지 아십니까?"

연문공이 대답한다.

"과인은 그 이유를 모르오."

소진이 아뢴다.

"연나라가 다른 나라의 침범을 당하지 않는 이유는 별것이 아닙니다. 지리상으로 볼 때, 조나라가 이 연나라의 방패 노릇을 하면서 중원의 다른 나라를 막아주고 있기 때문입니다. 그런데 지금 대왕께서는 무엇을 생각하고 계십니까! 바로 앞에 있는 조나라와 친할 생각은 아니하시고, 노리이 머나먼 진秦나라에 땅까지 베어주며 아첨하실 작정이십니까? 만일 대왕께서 오늘날 최대 강국이라고 일컫는 진나라가 요구한다 해서 땅을 베어 바친다면 이보다 더 어리석은 일은 없습니다."

"그렇다면 이 일을 어찌해야 좋겠소?"

"신의 어리석은 소견으로는 우선 가까운 조나라와 손을 잡고, 모든 나라와 널리 국교를 맺어 천하를 하나로 합종合縱(큰 세력에 대항하여 여러 나라가 맺는 일종의 공수동맹攻守同盟)시키고, 그들과 함께 힘을 합쳐 진나라부터 막아야 합니다. 그러는 것만이 연나라의 앞날을 위한 백년대계百年大計입니다!"

연문공이 염려한다.

"선생이 모든 나라와 합종하여 우리 연나라를 튼튼히 하겠다고 하니 이는 과인이 바라는 바라. 그러나 모든 나라 제후들이 과연 선생의 뜻대로 해줄지 걱정이오."

소진이 대답한다.

"신이 비록 재주는 없지만 직접 조나라에 가서 조후趙侯를 만나보고 연나라와 동맹하도록 일을 추진하겠습니다."

이 말을 듣고 연문공은 기쁨을 감추지 못했다.

이에 연문공은 소진에게 많은 황금과 비단을 주어 노비로 쓰게 하고, 좋은 말 네 필이 이끄는 높은 수레를 내주었다. 그리고 장사壯士를 시켜 소진을 호위하게 했다.

소진은 높은 수레를 타고, 고위 사절使節이 되어 조나라로 갔다.

이때 조나라는 정승인 봉양군 공자 성이 죽은 후였다.

조나라 조숙후趙肅侯는 연나라에서 소진이 왔다는 말을 듣고 친히 계단 아래까지 내려가서 영접했다.

조숙후가 소진에게 묻는다.

"귀한 손님이 이렇듯 찾아주시니 감사하오. 장차 과인에게 무슨 좋은 말씀을 들려주시려오?"

소진이 아뢴다.

"일찍이 신臣이 듣건대, 초야草野에 묻혀 있는 천하의 어진 선비들이 다 상감의 높은 덕을 사모하여 충성을 다하고자 하건만, 봉양군이 워낙 훌륭한 인재를 시기하고 실력 있는 선비를 질투하기 때문에 유능한 선비라도 조나라에 갈 수가 없고, 혹 조나라에 왔다가도 입을 닫고 그냥 돌아간다고 합니다. 그런데 정승 봉양군이 죽고 없다기에 신은 안심하고 상감께 충성을 드리고자 왔습니다. 신이 생각하건대 대저 나라를 잘 다스리려면 백성을 안정시키는 것이 으뜸이며, 백성을 안정시키려면 무엇보다도 친선을 도모할 이웃 나라를 잘 택해야 합니다. 오늘날 산동山東 일대의 형세를 살펴보건대, 오직 상감께서 다스리시는 조나라만이 강할 뿐입니다. 이 조나라로 말할 것 같으면 영역이 2,000여 리이며, 무장군이 수십만 명이며, 병거가 1,000승이며, 기마가 1만 필이며, 몇 해 동안이라도 싸울 수 있는 군량軍糧까지 쌓여 있습니다. 그러므로 조나라를 가장 시기하는 나라는 바로 진秦나라입니다. 그런데도 진나라가 왜 조나라를 치지 않는지 그 이유를 아십니까? 그들은 조나라를 치고 싶지만 한韓나라와 위魏나라가 뒷덜미를 칠까 봐 겁이 나서 참고 있는 것입니다. 곧 조나라가 이만큼이라도 번영한 것은 실은 한나라와 위나라 덕분입니다. 그러나 상감께선 조심하셔야 합니다. 결코 안심해서는 안 될 이유가 있습니다. 그것은 한나라와 위나라엔 큰 산도 큰 강도 없다는 것입니다. 곧 허허벌판뿐이라, 다른 나라 군사를 막아내기에 필요한 지리적 조건이 전혀 없습니다. 그러므로 진나라가 일단 대군大軍을 일으키기만 하면 언제든지 한나라와 위나라를 하나씩 집어삼킬 수 있습니다. 한나라와 위나라가 진나라에 항복이라도 하는 날이면 그 다음은 누가 진나라에 항복할 차례이겠습니까? 더 말할 것도 없이 조나라가 항복해야 할 차례입니다. 바로 상감께서 진나라에 무릎을 꿇으셔야 합니다. 신이 일찍이 지도를 펴놓고 천하대세를 살펴본 일이 있습니다. 그런즉 모든 나라의 땅을 합친다면 진나라 땅과 비교해서 1만 리나 더 많다는 걸 알았습니다. 또 모든 나라 제후들의 군사를 합친다면 진나라 군사보다도 10배나 더 많다는 걸 알았습니다. 만일 조趙·위魏·한韓·연燕·제齊·초楚 육국六國이 동맹해서 서쪽으로 쳐들어간다면 그까짓 진나라 하나를 쳐부수는 데 무슨 어려울 것이 있겠습니까? 그런데 진나라는 지금 모든 나라로 사신을 보내어 토지를 바치라고 강요하는 실정입니다. 상감께서는 진나라가 요구하는 대로 토지를 바칠 생각이십니까? 만일 육국이 진나라에 토지를 바친다면 그것은 곧 스스로를 망치는 길입니다. 상감께서는 진나라를 치시겠습니까, 아니면 진나라 손에 망할 때를 기다리시겠습니까? 이 둘 중에서 어느 쪽을 취하겠습니까? 신의 어리석은 생각으로는 육국의 임금과 신하가 일단 원수洹水에 모여 대회를 열고, 서로 동맹하고 결의형제結義兄弟를 맺어서 서로의 이해利害를 위해 일치단결해야 할 줄로 압니다. 곧 진나라가 만일 어느 나라를 치거든 즉시 다섯 나라가 함께 진나라를 쳐서 침략당한 나라를 구해주자는 것입니다. 그렇게만 한다면 비록 진나라가 제아무리 강포强暴할지라도 혼자서 어찌 천하 모든 나라를 당적할 수 있겠습니까? 그래야만 강한 진나라를 거꾸러뜨리고, 천하 모든 나라가 각기 위기를 모면할 수 있습니다."

조숙후가 대답한다.

"과인은 나이가 젊고 임금 자리에 오른 지도 오래되지 않아서 아직껏 현명한 계책을 듣지 못했소. 이제 귀객貴客이 오셔서 모든 나라 제후들을 규합하여 진나라에 대항하겠다고 하니, 내 어찌 그 계책을 따르지 않을 수 있으리오."

그날로 조숙후는 소진에게 조나라 정승의 인印과 큰 제택第宅과 호화로운 수레 1승과 황금 1,000일鎰과 백옥〔白璧〕 100쌍과 수놓은 비단 1,000필을 하사했다.

연후에 조숙후가 소진에게 당부한다.

"그대는 앞으로 종약從約(육국이 진秦나라에 대항하여 공수동맹을 맺는 것)의 사명使命을 맡아 그 장長이 되시오."

이튿날 소진이 수하 사람을 불러 분부한다.

"내 지난날 연나라에 있을 때, 그곳 여점 주인에게 100전을 꾸어쓴 일이 있다. 이 황금 100금金을 가지고 연나라에 가서 그 여점 주인에게 갚아주어라."

그후 소진은 택일擇日하여 장차 한韓 · 위魏 등 모든 나라에 가서 유세할 작정으로 떠날 준비에 바빴다.

어느 날이었다.

궁에서 나온 조나라 신하가 소진에게 고한다.

"상감께서 급히 상의할 일이 있으시다면서 대감을 속히 듭시랍니다."

이에 소진은 황망히 궁으로 들어가서 조숙후를 뵈었다.

조숙후가 소진에게 말한다.

"조금 전에 변방邊方 관리로부터 급한 보고가 왔소. 마침내 진秦나라 정승 공손연이 군사를 거느리고 위나라를 쳐서 대장大將 용가龍賈를 사로잡고, 위나라 군사 4만 5,000명을 참했다는구려.

이에 위왕魏王은 하북河北 땅에 있는 열 곳의 성성城을 진나라에 바치고 화평을 청했다 하오. 그런데 진나라 정승 공손연은 다시 군사를 돌려 장차 우리 나라를 칠 것 같다는구려. 이 일을 어찌하면 좋겠소?"

소진은 이 말을 듣고 속으로 놀랐다.

'강한 진나라 군사가 조나라로 쳐들어오기만 하면 조숙후는 필시 위나라처럼 진나라에 항복하고 말 것이다. 일이 그렇게 되면 모든 나라를 합종合從하려는 나의 계책은 수포로 돌아가고 만다.'

그러나 사태가 급박하다고 갑자기 뾰족한 수가 생기는 것은 아니었다.

소진이 일부러 태연한 태도를 지으면서 자신 있게 대답한다.

"그렇다고 피로한 진나라 군사가 곧장 조나라로 쳐들어오는 것은 아닙니다. 상감께선 추호도 걱정하지 마십시오. 신에겐 이미 진나라 군사가 쳐들어오기만 하면 즉시 그들을 무찔러버릴 수 있는 계책이 서 있습니다."

조숙후가 간청한다.

"선생은 다른 나라에 가지 말고 잠시 동안 우리 나라에 있어주오. 진나라 군사가 과연 오지 않거든 그때에 떠나도록 하오."

조숙후의 청을 듣는 순간 소진은 문득 한 가지 계책이 머리에 떠올라,

"상감께서는 조금도 염려하지 마십시오. 신은 상감을 위해서 결코 떠나지 않겠습니다."

하고 쾌히 응낙했다.

이날 소진은 자기 부중府中에 돌아가는 즉시 심복 부하 한 사람을 밀실로 불러들였다.

"내 너에게 한 가지 부탁이 있다. 지난날 나와 함께 공부하던 옛 친구가 있는데, 그 사람의 이름은 장의張儀이다. 그는 원래 위魏나라 대량大梁 사람이다. 내가 지금 1,000금을 줄 터이니 너는 곧 장사꾼으로 변장하고서 위나라에 가 장의를 찾아보아라. 이왕이면 너의 이름을 가사인賈舍人이라고 바꾸는 것이 좋겠다. 장의를 만나거든……"

소진은 갑자기 목소리를 낮추고 심복 부하의 귀에다 무엇인지 일러주고 나서,

"알겠지? 그리고 조나라에 돌아와서는……"

하고 다시 목소리를 낮추고는 또 한참 동안 속삭이더니,

"내 말대로 하되 시종 조심하고 조심하여라."

하고 분부했다.

이에 가사인은 소진의 명령을 받고 즉시 조나라를 떠나 밤낮을 가리지 않고 위나라 대량으로 향했다.

그럼, 그후 장의張儀는 어찌되었는가? 이젠 장의에 관한 이야기를 해야겠다.

장의는 귀곡 선생 문하를 떠나 산을 내려와서는 곧 고국인 위나라로 돌아왔다. 그런데 장의의 집도 매우 가난했다. 그는 위나라에서 벼슬을 살아보려고 각방으로 애를 썼으나 위혜왕魏惠王은 그를 등용해주지 않았다.

그후 위나라는 다른 나라와 싸울 때마다 늘 지기만 했다. 이에 장의는 아내를 데리고 위나라를 떠나 초楚나라로 갔다.

초나라 정승 소양昭陽은 장의를 맞이해서 자기 문하에 두었다. 그후 소양은 군사를 거느리고 위나라를 쳐서 큰 승리를 거두고,

위나라 양릉襄陵 땅 등 일곱 성을 빼앗았다.

이에 초위왕楚威王은 정승 소양의 공로에 대해서 화씨和氏의 옥〔璧〕을 하사했다.

그럼 화씨의 옥이란 무엇인가? 이제 이야기는 잠시 옛날로 돌아간다.

초여왕楚厲王 말년 때 일이었다. 초나라에 변화卞和라는 사람이 있었다. 그는 형산荊山에서 옥돌〔玉石〕을 하나 주워 초여왕에게 바쳤다.

초여왕은 옥공玉工(옥으로 여러 가지 물건을 만드는 사람)을 불러 그 옥돌을 보였다.

옥공이 한참 살펴보더니 아뢴다.

"이건 옥돌이 아니라 보통 돌입니다."

초여왕은 격노하여 즉시 변화를 잡아들였다.

"네 이놈! 임금에게 보통 돌을 옥돌이라고 속였으니 어찌 그 죄를 면하랴! 당장 저놈의 왼쪽 다리를 끊어라."

이리하여 변화는 왼쪽 다리를 잃고 병신이 되었다.

그후 초여왕은 죽고, 초무왕楚武王이 왕위에 올랐다.

변화는 또 초무왕에게 그 옥돌을 바쳤다. 초무왕도 옥공을 불러 옥돌을 보였으나 이번에도 보통 돌이라고 했다. 이에 초무왕은 변화를 잡아들여 그의 오른쪽 다리마저 끊어버렸다.

그후 초무왕은 죽고, 초문왕楚文王이 왕위에 올랐다.

변화는 또 초문왕에게 그 옥돌을 바치고 싶었으나 어찌하리오! 두 다리가 없으니 움직이지 못했다.

이에 형산荊山 아래에서 변화는 옥돌을 가슴에 품고 사흘 낮 사흘 밤을 통곡했다. 나중에 그의 눈에서 눈물이 마르고 대신 피가 흘러내렸다.

후세 사람이 흔히 말하는 '화씨지혈읍和氏之血泣'이란 바로 이 일을 가리키는 것이다.

친구 한 사람이 와서 변화에게 묻는다.

"그대는 두 번씩이나 그 옥돌을 바치려다 두 다리를 잃었잖나. 이젠 아예 다시 갖다바칠 생각은 말게. 까딱 잘못하다간 목숨마저 잃을 걸세. 그런데 왜 자꾸 울기만 하는가? 그대는 아직도 그 옥돌을 바치고 많은 상을 타고 싶은가?"

변화가 정색하고 대답한다.

"나는 상을 타기 위해서 이 옥돌을 바치려는 건 아니네. 다만 이렇듯 좋은 옥돌을 보고 보통 돌이라고 감정한 그들을 원망할 뿐이지. 나는 원래 정직한 선비네. 그런데 그들은 나를 사기꾼으로 몰았지 않은가. 옳은 것을 그르다 하고, 그른 것을 옳다고 하니 어찌 원통하지 않으리오. 나는 나의 옳음과 그들의 잘못을 밝히지 못하고 있기 때문에 슬퍼하는 것이네."

어느덧 초문왕은 변화卞和가 피눈물을 흘린다는 소문을 듣고 사람을 보내어 그 옥돌을 가져오게 했다. 그리고 옥공을 불러들여 옥돌을 잘라 쪼개놓고 보니 흠 하나 없는 참으로 아름다운 옥이었다.

이에 초문왕은 옥공을 시켜 둥근 고리 옥[璧]을 만들게 하고, '화씨지벽和氏之璧'이라고 명명했다.

오늘날도 양양부襄陽府 남장현南漳縣 형산荊山 위에 올라가면 못이 있고 바로 그 곁에 석실石室이 있다. 세상 사람들은 그 석실이 있는 바위를 포옥암抱玉巖이라고 한다. 이곳이 변화가 옥돌을 품에 안고 울면서 살았던 곳이다

초문왕은 앉은뱅이가 된 변화의 정성에 감동했다. 이에 변화는 죽을 때까지 대부의 국록을 받았다.

이 화씨의 옥은 값으로 따질 수 없는 천하의 보배였다. 그런데 초위왕楚威王은 소양昭陽이 위나라를 쳐서 이기자 그 공로로 화씨의 옥을 하사했던 것이다.

초나라 정승 소양은 출타할 때도 항상 화씨의 옥을 가지고 다니며 잠시도 떼놓지 않았다.

어느 날 소양은 적산赤山에 놀러 갔다. 소양을 따라간 빈객賓客과 수행인만 해도 100명이 넘었다.

원래 적산 아래는 깊은 못이 있었는데, 전설에 의하면 옛날에 강태공이 그 못에서 낚시질을 한 일이 있었다고 한다. 그 못가에 높은 누각이 서 있었다. 소양 일행은 그 누각에 올라가서 음악을 들으며 술을 마셨다.

모두가 술이 얼근히 취했을 때였다. 빈객들이 정승 소양에게 청한다.

"대감께선 잠깐이라도 화씨의 옥을 집에 두고서 출타하시는 일이 없으시다지요? 저희들은 늘 말만 들었지 그 화씨의 옥을 한번도 본 일이 없습니다. 이 기회에 한번 보여주십시오."

소양은 심복 부하를 불러 화씨의 옥을 가지고 오게 했다. 그 심복 부하는 정승의 수레에 가서 칠漆이 된 상자를 소중히 들고 왔다. 소양은 열쇠를 꺼내어 그 상자를 열고 세 겹이나 씌워 있는 비단을 손수 벗겼다.

마침내 화씨의 옥이 모습을 드러내자 지극히 순수한 옥빛이 구경하는 사람들의 얼굴을 곱게 비춰주었다. 빈객들이 차례로 화씨의 옥을 감상하며 다 같이 극구 칭찬하는 중이었다.

시종배들이 와서 아뢴다.

"못에서 큰 고기가 뛰어오르고 있습니다."

소양은 일어나 빈객들과 더불어 난간을 의지하고 못물을 굽어보았다. 길이가 1장 남짓한 큰 고기 한 마리가 수면 위로 뛰어올랐다. 그 뒤를 따라 여러 마리 고기가 다투듯 뛰어올랐다.

이때 갑자기 동북쪽에서 검은 구름이 몰려오더니 댓줄기 같은 소나기가 쏟아졌다.

소양이 수행인들에게 분부한다.

"즉시 돌아가도록 준비를 하여라."

그런데 이상한 일이 일어났다. 사람들이 난간에 서서 뛰어오르는 고기를 구경하는 사이 화씨의 옥이 감쪽같이 사라진 것이다. 모두가 아무리 찾아도 옥은 온데간데없어 일대 소동이 벌어졌다.

결국 정승 소양은 화씨의 옥을 잃고 부중으로 돌아갔다.

소양이 즉시 모든 문객門客에게 분부한다.

"풀을 헤치고 돌을 들춰서라도 화씨의 옥을 훔쳐간 놈을 잡아들여라."

수일 후, 한 문객이 정승 소양에게 고한다.

"그날 대감을 모시고 적산에 간 사람들 중에는 그런 나쁜 짓을 할 사람이 없습니다. 그 가운데 혹 수상한 자가 있다면 장의張儀 한 사람뿐일 것입니다. 장의는 몹시 가난합니다. 사람이 너무 가난하면 못할 짓이 없는 법입니다."

소양은 의심을 품고 즉시 장의를 잡아들여 화씨의 옥을 내놓으라고 윽박질렀다.

그러나 장의에게 훔치지도 않은 옥이 있을 리 만무했다.

"저는 그날 화씨의 옥을 만지지도 않았습니다."

소양이 호령한다.

"별수 없다. 저놈이 솔직히 자백할 때까지 사정을 두지 말고 매우 쳐라!"

이리하여 장의는 곤장 수백 대를 맞고 기절했다. 정승 소양은 장의가 거의 죽어가는 걸 보고서야 매질을 중지시켰다.

그날 친구 한 사람이 장의를 업어다가 그의 집에 데려다주었다. 그날 밤중에야 장의는 겨우 의식을 회복했다.

아내가 눈물을 흘리면서 장의에게 말한다.

"당신이 오늘날 이렇듯 곤욕을 당한 것은 그저 책만 읽으면서 그 빌어먹을 유세술遊說術인지 뭔지를 공부한 때문이오. 만일 일찌감치 시골 구석에 편안히 들어박혀 농사나 지었더라면 어찌 이런 꼴을 당했으리오!"

장의가 입을 벌려 아내에게 입 안을 보이고 나서 묻는다.

"내 혀가 아직 있소? 없소?"

장의가 하는 꼴이 하도 우스워서 아내가 웃으며 대답한다.

"아직 있긴 있군요."

장의가 엄숙히 말한다.

"혀는 나의 모든 밑천이오. 혀가 있어 말만 할 수 있다면야 무엇을 근심하겠오!"

몇 달이 지나자 장의는 완쾌하여 아내를 데리고 초나라를 떠나 다시 위魏나라로 돌아갔다.

그러니까 소진蘇秦의 심복 부하인 가사인賈舍人이 위나라에 당도했을 때는 장의가 초나라에서 위나라로 돌아온 지 약 반년 후였다.

이때 장의는 소진이 조趙나라에서 출세했다는 소문을 들었기 때문에 그러잖아도 한번 찾아가볼 작정이었다.

어느 날 장의는 집을 나오다가 우연히 문 앞에서 수레를 멈추고 서 있는 낯선 사람을 만났다. 그 사람이 가까이 와서 장의에게 수작을 건다.

"선생은 원래 위나라 태생이신가요?"

장의가 되묻는다.

"그렇소. 한데 그대는 누구시오?"

"저는 조나라에서 온 사람입니다."

장의가 다시 묻는다.

"조나라에서 왔다면 소진이란 사람을 아시오? 들리는 소문에는 소진이 조나라 정승이 되었다던데?"

조나라에서 왔다는 그 사람은 바로 소진의 심복 부하인 가사인 賈舍人이었다.

가사인이 천연스레 묻는다.

"선생은 누구십니까? 그럼 우리 조나라 정승 소진 대감과 안면이라도 있으신지요?"

"소진은 지난날 나와 함께 공부한 동학同學이지요. 정情으로 말하면 형제간이나 진배없소."

가사인이 슬며시 청한다.

"그러십니까? 그렇다면 선생은 왜 우리 조나라에 가서 소진 대감을 찾아보지 않습니까? 소정승은 반드시 우리 나라 상감께 선생을 천거할 것입니다. 마침 잘되었습니다. 저는 장사차 위나라에 왔다가 이제 물건을 다 팔고 조나라로 돌아가려던 참입니다. 선생이 저 같은 미천한 자를 싫다고만 하지 않으신다면 제가 이 수레에 선생을 모시고 소나라로 가겠습니다. 저와 함께 가시지 않겠습니까?"

그래서 장의는 흔연히 수레에 올라 가사인과 함께 조나라로 떠났다. 며칠 후에 그들은 조나라 교외 가까이 당도했다.

가사인이 장의에게 말한다.

"저의 집이 바로 이 근처에 있는데 좀 긴한 일이 있어 여기서 선생과 작별해야겠습니다. 성안으로 들어가면 성문 주변에 여점旅店들이 있는데, 선생은 남문南門 바로 옆 첫번째 여점에 드셔서 편히 쉬십시오. 저는 집안일을 대충 보살피고 수일 후에 선생을 찾아가 뵙겠습니다."

장의는 가사인에게 고마움을 표하고 수레에서 내려 성안으로 걸어들어갔다. 그러고는 가사인이 시킨 대로 남문 옆 바로 첫번째 여점에 거처를 정하고 편히 쉬었다.

이튿날 장의는 소부蘇府를 찾아가 문지기에게 자기 명자名刺(명함)를 내주고 소대감에게 전하라고 했다. 그러나 소진은 장의가 찾아올 것을 미리 알고 문지기들에게 분부해둔 것이 있었다.

그래서 문지기들은 장의의 명자를 보고는,

"안 됩니다. 그냥 돌아가십시오. 소정승께선 바깥 사람과 전혀 만나시지 않습니다."

하고 따돌렸다.

장의는 하는 수 없이 여점으로 돌아갔다. 그러나 장의는 다음날도, 그 다음날도 날마다 소부에 가서 명자를 들이밀었다.

장의는 닷새 만에야 겨우 자기 명자를 소진에게 들여보냈다.

잠시 후에 문지기가 나와서 장의에게 소진의 말을 전한다.

"대감께선 오늘은 바빠서 만날 수 없고, 언제고 사람을 보내어 직접 청할 테니 그때까지 기다리라고 하십니다."

장의는 별수 없이 여점으로 돌아갔다.

일주일이 지났다. 장의는 날마다 소진으로부터 무슨 소식이 있을까 기다렸으나 아무런 기별도 오지 않았다. 장의는 화가 났다.

장의가 여점 주인을 불러 말한다.

"소정승이 나를 부르겠다 하고서 여태껏 사람을 보내지 않으니 오늘 이곳을 떠나 위나라로 돌아가겠소."

여점 주인이 장의를 극력 붙든다.

"그대가 소정승에게 명자까지 들이밀고서 이대로 가버리겠다니 그건 안 될 말이오. 내일이라도 소정승이 이 여점으로 사람을 보내어 그대를 초청한다면 뭐라고 대답하란 말이오? 나는 결코 그대를 그냥 보낼 수 없소. 소정승에게서 기별이 올 때까지 반년이든 1년이든 우리 여점에서 기다리시오!"

장의는 떠날 수도, 그냥 있을 수도 없어서 괴로웠다.

이에 장의는 가사인이나 만나보려고 교외로 나갔다. 그러나 그것도 허사였다. 동네로 돌아다니면서 알아봤으나 가사인을 아는 사람은 하나도 없었다.

또 며칠이 지났다. 장의는 다시 소부에 가서 명자를 들여보냈다. 들어갔던 문지기가 얼마 후에 나와서 말한다.

"소정승께서 내일 만나겠다고 하십니다."

이에 장의는 여점에 돌아가서 여점 주인의 옷과 신발을 빌렸다. 이튿날 이른 새벽에 그는 빌린 옷을 입고 신발을 신고서 소부로 갔다.

그때 소진은 장의가 일찍 올 것을 알고 이미 모든 차림새를 갖추고 있었다.

문지기가 늘어와서 고한다.

"문밖에 장의가 왔습니다."

소진이 분부한다.

"정문正門으로 들여보내지 말고 협문夾門(정문 옆의 작은 문)으로 데리고 들어오너라."

그리하여 장의는 안내하는 문지기를 따라 협문으로 들어갔다. 장의가 축대築臺 위로 올라가려 하자 좌우 사람들이 붙든다.

"지금 대감께선 관속官屬들의 아침 문안을 받으시는 중이오. 손님은 잠시 저 뜰 밑에 서서 기다리오."

장의는 뜰 밑으로 내려서서 당堂 위를 쳐다보았다. 아침 문안을 드리러 들어가는 자들이 엄청나게 많았다.

관속들의 문안이 끝나자 이번엔 공사公事로 소정승을 찾아온 관리들이 끊임없이 들어갔다.

그러는 동안에 해가 중천에 이르렀다.

그제야 당 위에서 부르는 소리가 난다.

"손님은 지금 어디에 있느냐!"

소정승의 수하 사람들이 장의에게 말한다.

"소정승께서 손님을 부르시오. 올라가보오."

이에 장의는 옷깃을 여미고 당 위로 올라가면서,

'소진이 나를 영접하려고 곧 나오겠지!'

하고 생각했다.

그러나 소진은 나오지 않았다. 장의가 당 위에 올라가서 바라본즉, 소진은 높은 자리 위에 떡 버티고 앉아 있었다.

장의는 분노를 참고서 소진 앞에 나아가 읍揖했다. 그제야 소진이 겨우 일어나 뻣뻣이 선 채로 손만 약간 들며 말한다.

"그후 그대는 별고 없었는가?"

장의는 더 이상 분노를 참을 수 없어 아무 대답도 하지 않았다.

이때 곁에서 시중 드는 사람이 올라와서 소진에게 말한다.

"점심 식사를 들여오리이까?"

"음, 곧 들여오너라."

그런 후에 소진이 장의에게 말한다.

"내 공사에 바빠서 그대를 오래 기다리게 했구나. 그대도 시장할 테니 점심 식사나 하여라."

소진이 다시 시중드는 사람에게 분부한다.

"저 아래 툇마루에다 손님 상을 차려주어라."

당 위로 올라온 소진의 상은 진수성찬珍羞盛饌이었다. 그러나 툇마루 끝에 차려놓은 장의의 상엔 고기 한 접시와 채소 한 접시만이 덩그렇게 놓여 있었다.

장의는 아니꼽고 치사스러워서 식사할 생각도 나지 않았다. 그러나 배가 고프니 어찌하겠는가. 더구나 장의는 여점 주인에게 외상 밥값을 잔뜩 지고 있는 신세다.

그런데 소진이 하는 꼴을 보니 조나라 임금에게 그를 천거해주기는 다 틀린 일이었다. 장의는 참으로 이렇듯 푸대접을 받을 줄은 상상도 하지 못했다. 그러나 권력 앞에선 어쩔 수 없는 노릇이었다. 힘없는 자가 먼저 허리를 굽히게 마련이었다. 장의는 아니꼬운 생각을 꾹 참고 수저를 들어 식사를 했다.

장의가 본즉 소진은 식사를 마치자 시중 드는 사람들에게 먹다 남은 반찬을 내주고 있었다. 시중 드는 사람들이 받아먹는 그 반찬이 오히려 장의의 반찬보다 훨씬 나았다. 장의는 더욱 창피하기도 하고 화도 났다.

점심 식사가 끝나자 소진이 다시 분부한다.

"저 손님을 내 앞으로 불러오너라."

이에 장의가 다시 당堂 정면으로 올라가는데 소진은 여전히 높은 자리에서 일어서지도 않았다.

장의가 분노를 참고 몇 걸음 가까이 가다가 마침내 손을 들어 소진을 소리 질러 꾸짖는다.

"나는 네가 옛 정을 잊지 않았을 줄 알고 먼 곳에서 찾아왔다! 그런데 나에게 이렇듯 망신을 주느냐! 이것이 동학에 대한 대접이냐!"

소진이 천천히 대답한다.

"그대의 재주가 나보다 뛰어났다면 그대 역시 좋은 임금을 만나 벌써 곤궁한 생활을 면했을 것이다. 내 조나라 임금께 그대를 천거해서 부귀를 누리도록 해주고 싶다만, 그대는 워낙 재주가 없는 사람이라 공연히 무능한 사람을 천거했다가 나중에 나까지 책임을 질 순 없다."

장의가 큰소리로 대꾸한다.

"대장부가 자기 힘으로 부귀를 누리면 누렸지, 어찌 너 같은 자에게 힘을 빌리겠나!"

소진이 말한다.

"그대 혼자서 부귀할 자신이 있었다면 무엇 때문에 나를 찾아왔느냐? 어쨌든 그대는 아무 데도 쓸모없는 사람이다. 그러나 옛 동학에 대한 정분으로 그냥 돌려보낼 수도 없구나. 내 그대에게 황금 1홀笏을 줄 테니 노자나 하여라."

시중 드는 사람은 소진의 분부를 받고 장의에게 황금 1홀을 갖다주었다. 이것은 동학에 대한 대접이라기보다는 오히려 동학을 모욕하는 짓이었다.

장의는 더 참을 수가 없어 뜰 아래로 황금을 내던지고는 격분에 못 이겨 그냥 밖으로 나가버렸다. 소진은 장의를 만류하지 않았다.

장의가 여점으로 돌아가보니, 거처하던 방 안의 물건이 다 바깥으로 나와 있었다.

"어째서 방안 물건을 다 내놓았소?"

여점 주인이 대답한다.

"선생은 소정승과 만났으니 이제부터는 공관公館에서 사시게 될 것이고, 나라에서 선생을 잘 대우할 것입니다. 그래서 방을 치웠습니다."

장의가 머리를 흔들면서,

"모든 것이 그저 원망스럽기만 하오. 이거나 도로 받으오."

하고 옷과 신발을 벗어 주인에게 돌려주었다.

여점 주인이 묻는다.

"선생과 소정승은 동학한 사이라면서요? 그럼 오늘 무슨 잘못이라도 있었는지요?"

장의는 여점 주인에게 지난날 소진과 동학하던 시절의 정분과, 오늘 소진의 부중에서 가지가지로 창피당한 일을 말했다.

여점 주인이 언짢아한다.

"소정승이 비록 거만하게 굴었을지라도 워낙 지위가 높으니 혹 그럴 수도 있겠지요. 그러나 선생에게 황금 1홀을 주었다는 것은 아름다운 인정이 아니겠소? 선생은 그거나마 받아서 그간 밀린 밥값이라도 치르고 돌아갈 노자나 하지 않고서 왜 내던졌소? 참 딱도 하시오."

"내 하도 분해서 분김에 황금을 내팽개쳤소. 그러나 이젠 수중에 돈 한푼 없으니 이찌하리오."

장의가 여점 주인과 한참 이런 말을 나누고 있던 참이었다. 바깥에서 어떤 사람이 장의를 찾아왔다.

장의가 본즉 바로 가사인이었다.

가사인이 장의 앞에 달려와서 극진히 인사를 한다.

"좀 바쁜 일이 있어서 그간 선생을 찾아뵙지 못해 죄송합니다. 그새 선생은 소정승과 만나보셨는지요?"

이 말을 듣자 장의는 다시 울화가 치밀었다.

장의가 주먹으로 여점 마루에 놓여 있는 책상을 치며 소진을 저주한다.

"그놈은 인정도 의리도 없는 놈이오. 그놈에 대해선 아예 다시 말하지 마오."

가사인이 짐짓 놀라는 체하면서 묻는다.

"그게 무슨 말씀이십니까? 선생은 어째서 이렇듯 역정을 내십니까?"

곁에서 여점 주인이,

"그럴 수밖에 없지요. 내가 선생을 대신해서 자초지종을 모두 말해드리겠소."

하고 소정승과 만나고 돌아온 장의의 처지를 다 설명하고 나서 말한다.

"지금 장의 선생은 우리 여점에 외상만 잔뜩 밀려 있소. 어디 그뿐입니까? 돌아갈 노자도 없는 처지요. 그러니 어찌 속이 상하지 않겠소?"

가사인이 연속 머리를 끄덕이며 말한다.

"내가 선생을 조나라에 모시고 왔으니 내게도 책임이 전혀 없지 않소. 나는 선생을 생각해서 모시고 왔지, 이렇듯 곤욕을 당하실 줄은 몰랐소. 이보시오, 주인, 그간 선생의 외상이 얼마나 밀렸소? 내가 다 갚아드리겠소. 그리고 선생이 위나라로 돌아가실 수 있도록 수레와 노자도 드리겠습니다. 그러나 선생의 의향은 어떠하신지요?"

장의가 대답한다.

"나는 이제 위나라로 돌아갈 면목도 없소. 이왕이면 진秦나라로 가봤으면 싶으나 수중에 노자가 없으니 한이오."

가사인이 묻는다.

"선생이 진나라에 가시고 싶다니, 그럼 그곳에 혹 지난날의 동학이나 잘 아시는 분이라도 있습니까?"

"진나라엔 아는 사람이 없소. 그러나 지금 천하 일곱 나라 중에서 가장 강한 나라는 진나라요. 내 진나라에 가서 다행히 등용만 된다면 언제고 조나라를 쳐서 소진에게 이 분을 설욕할 작정이오."

가사인이 기뻐한다.

"선생이 다른 나라로 가고 싶다는데 제가 어찌 그 뜻을 막을 수 있겠습니까. 그러잖아도 저는 친척을 만나러 진나라에 가야 할 일이 있습니다. 이왕이면 저와 함께 가시면 어떻겠습니까?"

장의도 기뻐한다.

"세상에 그대처럼 후덕厚德한 사람도 있다는 걸 안다면 소진은 부끄러워서 마땅히 죽어야 할 것이오."

이에 장의는 자청해서 가사인과 의형제를 맺었다.

그날로 가사인은 장의의 외상값을 다 갚아주고, 함께 수레를 타고서 진나라를 향해 달렸다. 도중에 가사인은 좋은 의복과 종자從者까지 사서 장의에게 주었다. 가사인은 무엇이든 장의에게 필요하다고 생각되는 깃이 있으면 돈을 아끼지 않았다.

이리하여 그들은 진나라에 당도했다. 가사인은 진나라 고관들에게 많은 황금을 뇌물로 바치고 진혜문왕秦惠文王에게 장의를 천거해달라고 모든 방법으로 애를 썼다.

이때 진혜문왕은 지난날 소진을 등용하지 않았던 것을 후회하고 있던 참이었다.

진나라 고관들은 가사인한테 많은 황금을 받았기 때문에 서로 다투다시피 하며 진혜문왕에게 장의를 천거했다. 이에 진혜문왕은 장의를 궁으로 들게 하여 접견했다. 마침내 진혜문왕은 장의에게 객경客卿 벼슬을 주고, 장차 모든 나라에 어떤 정책을 써야 할지를 상의하기에 이르렀다.

어느 날이었다.

가사인이 장의에게 작별 인사를 한다.

"이제 저는 조나라로 돌아가야겠습니다. 선생은 내내 안녕히 계십시오."

장의가 가사인의 손을 잡고 눈물을 흘리면서 말한다.

"내 원래 곤궁하기 짝이 없는 사람이었는데 오로지 그대의 힘을 입어 이제야 진나라에서 형편이 펴지게 되었소. 그래 장차 그대에게 그간의 은혜를 갚으려 하는데 갑자기 떠난다니 이게 웬말이오?"

그제야 가사인이 빙그레 웃으면서 대답한다.

"전부터 제가 알지도 못하는 선생께 왜 선심을 썼겠습니까? 결국 선생을 알아준 분은 조나라 정승 소진 대감이십니다."

이 말에 장의는 깜짝 놀라 어리둥절해하다가 한참 만에 묻는다.

"오늘날까지 그대가 나를 위해서 많은 황금을 썼는데 어째서 소정승을 내세우오?"

가사인이 대답한다.

"이제 처음부터 끝까지 그간 사정을 숨김없이 다 말씀드리겠습니다. 소정승은 장차 육국六國을 합종合從시킬 작정입니다. 그런데 이런 때에 진나라가 조나라를 친다면 모든 계획은 수포로 돌아갑니다. 그래서 소정승은 선생이 진나라 정권을 꼭 잡아야만 한다고 생각하셨습니다. 이에 저는 소정승의 분부를 받아 장사꾼으로 가장하고 위나라에 가서 선생을 조나라로 모셔갔던 것입니다. 그러나 소정승은 선생이 조나라에서 조그만 지위에 안주하실까 봐 염려하시어 일부러 선생을 괄시한 것입니다. 과연 선생은 소정승의 태도에 격분하셨고, 마침내 진나라로 가야겠다는 뜻을 세웠습니다. 이에 소정승은 저를 불러 많은 황금을 주시면서 '너는 장의 선생을 모시고 진나라로 가거라. 장의 선생에게 필요한 것이 있거든 황금을 아끼지 말고 얼마든지 써라. 그러고서 장의 선생이 진나라 정권에 참여할 때까지 그 뒤를 돌봐드려야 한다'고 누누이 부탁하셨습니다. 이제 선생은 진나라 임금과 함께 앞날을 상의하시게끔 되었습니다. 그러니 저는 속히 조나라에 돌아가서 소정승께 그간 경과를 보고해야 합니다."

장의가 길이 탄식한다.

"허허! 그런 줄은 몰랐소. 그러니 내가 지금까지 소진의 계책에 빠져 있었던 게로구려. 참으로 소진은 그 재주가 나보다 월등하오. 그대는 돌아가거든 소진에게 조나라를 치는 일이 없도록 하겠다고 내 말을 전하오. 내 어찌 소진의 은혜를 저버릴 수 있으리오!"

가사인은 장의에게 하직하고 그날로 조나라를 향해 떠났다.

가사인은 조나라에 돌아가서 소진에게 장의의 말을 전했다.

이에 소진이 궁으로 들어가서 조숙후趙肅侯에게 아뢴다.

"진秦나라는 우리 나라를 치지 않을 것입니다. 신이 그간 만반의 조처를 취해놓았으니 안심하십시오. 이제 신은 여러 나라를 돌아다니면서 함께 동맹하도록 일을 추진하고 오겠습니다."

이튿날 소진은 조나라를 떠나 한나라로 갔다.

소진이 한선혜공韓宣惠公을 뵈옵고 아뢴다.

"한나라는 그 영역이 900여 리이며, 무장군武將軍이 수십만 명이며, 강한 궁노수弓弩手가 많기로 천하에 유명합니다. 앞으로 대왕께서는 진秦나라를 섬길 생각이십니까? 진나라는 대왕께 땅을 달라고 요구하고 있습니다. 대왕께서 진나라의 요구를 들어주면 장차 어찌되겠습니까? 진나라는 내년에도 땅을 달라고 강요할 것입니다. 한나라 땅은 한정限定이 있지만 진나라의 욕심은 끝이 없습니다. 진나라 요구대로 몇 번만 땅을 주고 나면 한나라는 저절로 없어지고 맙니다. 속담에, '차라리 닭의 주둥이가 될지언정 소의 꼬리가 되어선 안 된다[寧爲鷄口勿爲牛後]'는 말이 있습니다. 현명하신 대왕께서 강한 군사까지 거느리고 계시면서 소의 꼬리가 된다는 것은 참으로 치사스런 일입니다."

한선혜공이 벌떡 일어서서 청한다.

"바라건대 과인은 선생의 뜻을 좇고자 하오. 선생은 우리 한나라를 위해서 좋은 계책을 지시하오."

이에 소진은 육국六國이 동맹하는 길밖에 없다고 주장했다. 마침내 한선혜공은 동맹에 가입하겠다고 약속하고, 노비에 보태쓰라고 소진에게 황금 100일을 하사했다.

이에 소진은 한나라를 떠나 위魏나라로 갔다.

소진이 위혜왕을 뵈옵고 아뢴다.

"위나라의 영역은 사방 1,000리이며, 백성과 수레와 말이 많기로 천하에 유명합니다. 이만하면 대왕께서는 충분히 진나라에 항거할 수 있습니다. 그런데 대왕께서는 여러 신하들의 말만 곧이듣고서 장차 진나라에 땅을 베어주고 섬길 작정이십니까? 만일 앞으로도 진나라가 뭐든지 요구하면 대왕께서는 그 요구를 다 들어줄 생각이십니까? 대왕께서 신의 주장대로 동맹에 가입하사 장차 육국이 동시에 단결만 하면 진나라 하나쯤 제압하기는 쉽습니다. 이리하여 천하 모든 나라가 진나라 하나 때문에 골치를 앓지 않고 편안히 살 수 있다면 얼마나 다행이겠습니까! 신은 조왕趙王의 명령을 받들어 이 일을 교섭하려고 대왕께 왔습니다."

위혜왕이 대답한다.

"과인은 지난날 진나라에 많은 땅을 빼앗겼소! 어찌 잠시인들 그 원한을 잊을 수 있으리오. 선생은 과인을 위해서 좋은 계책을 지시하오. 어찌 선생의 지시를 받지 않으리오."

이에 위혜왕은 육국 동맹에 가입할 것을 즉석에서 쾌락했다. 그러고는 소진에게 황금과 비단 수레 1승을 하사하고 격려했다.

소진은 다시 제나라로 갔다.

소진이 제선왕齊宣王을 뵈옵고 아뢴다.

"신이 소문으로 듣던 것처럼 제나라 도읍 임치臨淄는 왕래하는 수레가 하도 많아서 서로 충돌할 지경이며, 오가는 사람들도 서로 어깨를 부딪치며 다녀야 할 정도로 번잡합니다. 지금 천하에 제나라의 부富를 당적할 나라가 없습니다. 그런데 대왕께선 서쪽 진나라를 섬길 작정이십니까? 그렇다면 참으로 치사스런 일입니다. 더구나 제나라는 신나라에서 먼 거리에 있습니다. 그러므로 진나라 군사는 머나먼 이곳 제나라까지 치러 오기도 매우 힘듭니다. 그런데 제나라는 무엇 때문에 진나라를 섬기려고 하십니까? 대왕께서는 우리 조나라를 위시한 모든 나라와 함께 동맹하시고 서로 도우며 평화를 누리도록 하십시오."

제선왕이 대답한다.

"선생의 높은 의견을 따르겠소."

이에 소진은 남쪽으로 수레를 몰아 초楚나라로 갔다.

소진이 초위왕을 뵈옵고 아뢴다.

"초나라의 영역은 5,000여 리로 천하에 으뜸가는 강국입니다. 그러기에 진나라가 가장 두려워하는 나라는 바로 초나라입니다. 초나라가 강해지면 진나라는 약해지게 마련이고, 반면 진나라가 강해지면 초나라는 약해질 수밖에 없습니다. 오늘날 천하대세를 볼 것 같으면 육국이 합종合縱하느냐, 아니면 각기 분립分立하느냐는 것뿐입니다. 만일 합종한다면 모든 나라가 다 초나라를 섬길 것입니다. 그러나 제각기 분립한다면 초나라도 모든 나라처럼 진나라에 땅을 베어주고 섬겨야 합니다. 대왕께서는 이 두 가지 중에서 어느 쪽을 택하시겠습니까?"

"선생의 말씀은 우리 초나라의 큰 복이오. 과인이 어찌 진나라를 섬길 수 있으리오. 우리 나라는 선생의 지시대로 모든 나라와 동맹하겠소."

이리하여 마침내 연燕 · 조趙 · 위魏 · 한韓 · 제齊 · 초楚 등 여섯 나라를 설득한 소진은 조나라 조숙후에게 그간 경과를 보고하려고 북쪽으로 향했다.

이때 소진은 여섯 나라 임금들이 보낸 사자使者의 호위를 받았기 때문에 그 행렬이 굉장했다. 소진은 자기 고국이요, 고향인 주

周나라 낙양洛陽 땅을 지나가게 되었다.

앞뒤로는 소진의 정기旌旗가 휘날리고, 말과 수레를 탄 모든 나라 사자와 치중輜重이 그 뒤를 따랐다. 그 행렬의 길이는 20리 이상이었다. 소진의 위엄은 어느 나라 역대 왕보다 못하지 않았다. 소진이 지나가는 곳마다 지방 관원들은 길가에 나와서 꿇어엎드렸다.

주周나라 주현왕은 소진이 온다는 소식을 미리 받고, 우선 사람들을 시켜 길을 깨끗이 청소하고 교외에다 장막까지 세웠다. 그러고는 친히 교외까지 나와서 소진을 영접했다.

그때 소진의 늙은 어머니는 지팡이를 짚고 나와서 영귀榮貴해진 아들의 행렬을 바라보고 연이어 감탄했다.

소대蘇代, 소여蘇厲 두 동생과 소진의 아내와 형수는 길바닥에 꿇어엎드려 감히 소진을 쳐다보지도 못했다.

소진이 수레를 멈추게 하고, 형수를 굽어보며 묻는다.

"전날 형수는 나에게 밥도 지어주지 않았던 일이 있는데 오늘은 어찌 이다지도 공손하시오?"

형수가 대답한다.

"오늘은 그대가 높은 지위와 황금을 가지고 있소. 그러니 어찌 공경하지 않으리오."

소진이 길이 탄식한다.

"세상 인심은 형편 따라 달라지며, 사람을 대하는 태도도 시세時勢 따라 변하는구나! 내 오늘에야 사람은 부귀해야 한다는 것을 더욱 절실히 느꼈도다!"

이에 소진은 일가친척을 모두 수레에 태우고 함께 고향 마을로 들어갔다.

고향에 들른 소진은 엄청나게 큰 집을 짓고, 일가친척과 동네 사람들에게 천금을 뿌려 선심을 썼다.

오늘날도 하남부河南府 성안에는 그 당시에 소진이 지었던 큰 집터가 남아 있다. 그 지방 사람들이 전하는 말로는, 예전에 어떤 사람이 그 집터를 파다가 황금 100정錠을 얻었다고 한다. 그 황금은 소진이 집을 지을 때 묻은 것이라고 전해진다.

소대와 소여는 형이 부귀해진 것을 부러워하여『태공음부편』을 부지런히 익히며 유세술遊說術을 열심히 공부했다.

소진은 다시 고향을 떠나 조나라로 돌아갔다.

조나라 조숙후는 큰 성과를 거두고 돌아온 소진을 성대히 영접했다. 그리고 소진을 무안군武安君으로 봉했다.

연후에 조숙후는 제齊·초楚·위魏·한韓·연燕 다섯 나라에 사신을 보내어 그 나라 임금들을 원수洹水 땅으로 초청했다. 동시에 소진과 조숙후는 미리 원수 땅에 가서 단壇을 쌓고 대회를 위한 준비에 착수했다.

맨 먼저 원수 땅에 도착한 임금은 연나라 연문공燕文公이었고, 그 다음으론 한나라 한선혜공이 도착했다. 그리고 며칠 안에 위혜왕·제선왕·초위왕이 잇따라 당도했다.

소진은 우선 각국의 대부와 회의를 열고, 석차席次(자리의 순서)에 대해서 상의했다. 문제는 노대국老大國인 연·초 두 나라와 임금의 성씨姓氏가 바뀐 제·한·조·위 네 신생국新生國을 어떻게 취급하느냐였다.

서로 의논하다가 결국,

"지금은 전국戰國 시대이니 만큼 연조年條로 따지지 말고 국가의 크기에 따라서 순서를 정합시다."

하고 의견이 일치되었다.

그래서 초·제·위·조·연·한의 차례로 석차가 정해졌다. 그런데 문제는 그것만으로 끝나지 않았다. 그들 중에서 초·제· 위는 이미 왕이라 칭호하고, 조·연·한은 아직도 제후라 일컫고 있었다. 그러니 작위爵位로 따질지라도 왕과 후의 차이는 현격했기 때문에, 비록 모두가 한 나라의 임금이긴 하지만 그들 간에는 불편한 점이 있었다.

소진이 의견을 말한다.

"이렇게 따지다가는 한이 없으니 여섯 나라 임금을 다 왕이라 칭하기로 합시다."

이리하여 여섯 나라 임금은 다 같이 왕이 되었다. 이에 이번 대회의 주최측인 조왕趙王이 주인 자리에 서기로 하고, 그 다음은 초왕楚王 등의 순서로 손님의 자리를 정했다.

대회날이었다. 여섯 나라 왕은 각기 단 위로 올라가서 미리 정해진 자리에 늘어섰다. 이윽고 소진이 계단 위에 올라가서 여섯 나라 왕에게 고한다.

"이 자리에 모이신 모든 임금은 다 천하 대국大國의 주인으로 그 위位는 왕이며, 다스리는 땅은 넓고 거느리는 군사도 많은지라 족히 영웅英雄으로 자처하는 바입니다. 그런데 저 진나라는 원래 말〔馬〕 기르던 천인賤人 출신으로 험한 함양咸陽 땅의 지리를 이용하여 차츰 천하 모든 나라를 침략하려 하고 있습니다. 모든 왕께서는 진나라 임금을 천자天子로 섬길 수 있습니까?"

여섯 나라 왕이 일제히 대답한다.

"우리는 진나라를 섬길 수 없소. 선생은 우리를 지도하오!"

소진이 다시 고한다.

"우리가 합종하여 진나라 세력을 꺾어 눌러야 한다는 것은 신이 지난날에 이미 다 말씀드린 바라. 오늘 이 대회에선 다만 희생犧牲의 피를 입술에 바르고, 서로 천지신명에게 맹세하고, 결의형제를 맺고, 서로 원조하고 돕자는 것뿐입니다."

여섯 나라 왕이 공경하는 마음으로 두 손을 포개고 일제히 대답한다.

"삼가 선생의 가르침을 받고자 하오!"

소진이 희생의 피를 담은 반盤●을 들고 여섯 나라 왕 앞을 돌았다. 여섯 나라 왕은 차례로 희생의 피를 입술에 바르고, 천지天地와 육국 조종祖宗에 대해서 일제히 꿇어엎드려 절하고 맹세했다.

그 맹서盟書에 쓰였으되,

만일 어떤 한 나라가 이 맹세를 배반할 경우엔
나머지 다섯 나라는 그 나라를 치리라.
一國背盟
五國共擊

여섯 나라 왕은 각기 맹서 한 통씩을 나누어 가졌다. 그리고 잔치 자리에 나아가서 오늘의 동맹을 축하했다.

조왕이 모든 왕에게 말한다.

"소진이 이번에 백년대계를 세우고 우리 여섯 나라의 화평을 이루어주었소. 소진에게 마땅히 높은 벼슬을 주어 여섯 나라를 두루 돌아다닌 수고에 보답하는 것이 어떻겠소?"

다섯 나라 왕이 대답한다.

"조왕의 말씀이 지당하오."

이에 여섯 나라 왕은 소진을 종약從約(이 소진에 의한 동맹을 종약이라고도 한다)의 장長으로 추대했다. 뿐만 아니라 각기 소진에게 정승의 인印과 금패金牌와 보검寶劍을 주었다.

이에 소진은 여섯 나라 신민臣民을 통솔하는 모든 권력을 차지했다. 여섯 나라 왕은 다시 소진에게 각기 황금 100일과 좋은 말 10승을 주었다. 이에 육국의 정승이 된 소진은 여섯 나라 왕에게 정중히 사은謝恩했다.

이튿날 여섯 나라 왕은 서로 작별하고 각기 본국으로 떠났다. 소진도 조숙후를 따라 조나라로 돌아갔다.

이때가 바로 주현왕 36년이었다.

사관史官이 시로써 이 일을 읊은 것이 있다.

여섯 나라 임금이 원수 땅에 모여 맹세했으니
서로서로 의지하여 형제나 다름없었도다.
비록 그들의 동맹이 언제까지 계속될지 모르나
힘만 합쳤다면 진나라 하나쯤을 없애기는 쉬웠으리라.
相要洹水誓明神
唇齒相依骨肉親
假使合從終不解
何難協力滅孤秦

그해에 위나라 위혜왕과 연나라 연문왕이 잇따라 세상을 떠났다. 이에 위나라에선 위양왕魏襄王이 왕위를 계승했고, 연나라에선 연역왕燕易王이 왕위를 이어받았다.

장의, 초楚를 속이다

육국六國을 합종하는 데 성공한 소진蘇秦은 육국 맹서盟書 한 통을 진秦나라 관문關門으로 보냈다.

진나라 관리關吏가 그 맹서를 진혜문왕秦惠文王에게 갖다바쳤다. 진혜문왕은 그제야 여섯 나라가 동맹한 사실을 알고 매우 놀랐다.

진혜문왕이 정승 공손연公孫衍에게 묻는다.

"여섯 나라가 동맹했다면 우리 나라는 진출할 길이 없소. 반드시 그들을 분리시켜야만 큰일을 도모할 수 있을지라. 장차 이 일을 어찌하면 좋겠소?"

정승 공손연이 대답한다.

"그들의 동맹에 앞장선 것은 조趙나라입니다. 그러니 대왕께선 우선 군사를 일으켜 조나라부터 치십시오. 그리고 조나라를 구원하는 나라가 있거든 즉시 군사를 옮겨 그 나라를 치십시오. 그러면 다른 나라 제후는 자연 겁을 먹고 서로 분리될 것입니다."

이때 그 자리에 장의張儀도 앉아 있었다.

장의는 지난날 소진에게서 입은 은혜를 갚아야만 했다. 그러기 위해서는 조나라를 치지 못하도록 해야 했다.

장의가 앞으로 나아가 아뢴다.

"이번에 여섯 나라가 새로이 동맹한 만큼 그들을 갑자기 분리시킬 순 없습니다. 우리가 만일 조나라를 친다면 한나라 군사는 의양宜陽 땅에서 올 것이며, 초나라 군사는 무관武關 땅에서 올 것이며, 위나라 군사는 하외河外 땅에서 올 것이며, 제나라 군사는 청하淸河를 건너올 것이며, 연나라 군사는 정예 부대를 이끌고 구원하러 올 것입니다. 다섯 나라가 조나라를 도우려고 한꺼번에 내달아올 텐데 어느 여가에 다른 나라까지 친단 말입니까? 그건 도저히 안 될 말입니다. 대저 우리 진나라와 가깝기로 말하면 위나라가 가장 가까우며, 멀기로 말하면 북쪽에 있는 연나라가 가장 멉니다. 대왕께선 우선 위나라에 많은 뇌물을 보내어 화친하십시오. 그러면 모든 나라가 위나라를 의심하게 됩니다. 연후에 연나라 세자와 혼인을 맺도록 하십시오. 그러면 그들 여섯 나라의 동맹은 저절로 무너지고 맙니다."

진혜문왕이 거듭 머리를 끄덕인다.

"그거 참 좋은 생각이오!"

이에 진나라는 지난날 위나라에서 뺏은 양릉襄陵 등 일곱 고을의 성을 돌려주기로 하고, 위양왕魏襄王에게 우호를 청했다.

잃었던 옛 땅을 돌려준다는 말에 위왕魏王은 귀가 솔깃해져서 곧 진나라로 사신을 보내어 우호를 맺었다.

그후 진혜문왕은 다시 연燕나라로 사신을 보내어 자기 딸과 연나라 세자를 혼인시키는 데 성공했다

한편, 조나라에선 조숙왕趙肅王이 이 소문을 듣고 소진을 불러 책망한다.

"그대가 진나라를 배척하기로 하고 여섯 나라의 종약從約을 주장해서 서로 동맹했는데, 이제 1년도 지나지 않아 벌써 위·연 두 나라가 진나라와 우호를 맺었다고 하니 이게 어찌된 일이오? 이래서야 어찌 그 종약이란 걸 믿고 살 수 있으리오. 만일 내일이라도 진나라 군사가 우리 조나라로 쳐들어온다면 그대는 어찌할 테요? 그래도 위·연 두 나라가 우리를 도우러 오겠소?"

소진이 황공해서 몸을 굽히며 청한다.

"청컨대 신이 대왕을 위해서 곧 연나라로 가겠습니다. 그리하여 연나라와 위나라의 사과를 반드시 받고야 말겠습니다."

조숙왕이 허락한다.

"어찌된 일인지 가서 알아보고 다시는 그런 일이 없도록 단단히 다짐을 받고 오오."

이에 소진은 조나라를 떠나 연나라로 갔다.

연역왕燕易王은 조나라에서 온 소진을 정승으로 대우했다. 이때 연역왕은 왕위에 즉위한 지도 얼마 되지 않았다.

그동안에 제나라 제선왕齊宣王은 연나라 연문왕燕文王이 죽었다는 소식을 듣고 즉시 군사를 일으켜 연나라 성 열 곳을 빼앗은 일이 있었다. 그러니까 따지고 보면 여섯 나라가 동맹한 후에 가장 먼저 맹세를 배반한 것은 위·연 두 나라가 아니라 실은 제나라였다.

소진은 연역왕에게 진나라와 혼사를 맺은 일을 책망할 여가도 없었다. 도리어 연역왕이 소진을 책망한다.

"세상을 떠나신 우리 선왕께선 생전에 그대의 말만 믿고서 동맹에 가입했던 것이오. 그런데 선왕의 뼈가 채 식기도 전에 동맹국인 제나라 군사가 쳐들어와서 우리 나라 성 열 곳을 **빼앗아갔**소. 자, 이래서야 원수洹水에서 서로 맹세하고 동맹한 보람이 무엇이오? 우리 나라가 제나라에 성을 **빼앗긴** 데 대해서 그대는 아무 책임도 느끼지 않는다고는 못하겠지요?"

결국 소진은 연나라를 책망하러 갔다가 오히려 자신이 꾸짖음을 당했다.

소진이 당황하여 연역왕에게 아뢴다.

"대왕께서는 조금도 염려하지 마십시오. 신이 곧 제나라에 가서 **빼앗긴** 그 성들을 대왕께 돌려드리도록 하겠습니다."

연역왕이 고개를 끄덕인다.

"그렇다면 나는 선생만 믿겠소."

이에 소진은 제나라로 갔다.

소진이 제선왕에게 아뢴다.

"지금 연왕燕王으로 말할 것 같으면 대왕과 동맹한 사이이며, 진왕秦王과는 사돈 간입니다. 한데 대왕께선 어쩌자고 연나라 성 열 곳을 **빼앗았습니까**? 지금 제나라를 미워하는 것은 연나라뿐만이 아니라 진왕 또한 자기 사위〔婿〕를 위해서 대왕을 미워하고 있습니다. 성 열 곳을 탐해서 연·진 두 나라와 원수를 산다는 것은 결코 현명한 계책이 아닙니다. 그러니 대왕께선 신이 시키는 대로만 하십시오. 연나라에 성을 도로 돌려주셔서 연나라와 진나라의 환심을 사십시오. 대왕께서 연·진 두 나라와 손을 잡기만 하면 쉽사리 천하를 호령할 수 있습니다."

제선왕은 무릎을 치고는, 즉시 연나라에 성 열 곳을 돌려주기로 흔쾌히 허락했다.

이에 연역왕은 소진의 공로를 치하하고, 연나라에 그냥 머물러 있도록 권했다.

이때 연역왕의 어머니 문부인文夫人은 오래 전부터 소진의 재주를 사모하고 있던 차였다.

어느 날 문부인은 측근을 보내어 소진을 내궁內宮으로 불러들였다.

이날 내궁에서 문부인은 소진과 담소를 나누며 계속 추파를 던졌다. 소진은 마침내 문부인에게 덤벼들어 서로 정을 나누었다.

그후 연역왕은 자기 어머니와 소진이 정을 나눈 사실을 알았지만 전혀 내색하지 않았다. 소진은 알고도 한마디하지 않는 연역왕의 침묵이 더 무서웠다.

이에 소진은 연나라 정승 자지子之와 자기 딸을 혼인시켰다. 그리고 소대, 소여 두 동생을 연나라로 불러들여 정승 자지와 의형제를 맺게 했다. 이는 모두가 연나라에서의 자기 위치를 어느 정도 확고히 해둘 필요가 있다고 생각했기 때문이었다.

그후에도 문부인은 심심하면 사람을 보내어 소진을 초청했다. 그럴수록 소진은 후환이 두려워서 내궁 출입을 전혀 하지 않았다.

어느 날 소진이 연역왕에게 아뢴다.

"장차 우리 연나라와 제나라는 지리상으로 보더라도 결코 공존하지 못할 것입니다. 그러니 일찌감치 제나라를 억압해야겠습니다."

연역왕이 묻는다.

"제나라를 어떻게 억압한단 말이오?"

소진이 대답한다.

"신은 연나라에서 큰 죄를 지은 것처럼 가장하고서 제나라로 달아나겠습니다. 그러면 제왕齊王은 반드시 신에게 중임을 맡길 것입니다. 그때부터 신은 제나라가 발전하지 못하도록 정책을 쓰겠습니다. 그러면 제나라 땅은 자연히 대왕의 것이 되고 맙니다."

연역왕이 쾌히 승낙한다.

"그럼 나는 선생만 믿겠소."

이에 소진은 일부러 죄를 짓고 제나라로 달아났다. 제선왕은 도망온 소진을 영접해서 객경客卿으로 삼았다.

그후로 소진은 제선왕에게 주로 사냥과 음악만 권했다. 또한 제선왕이 재물을 좋아하는 걸 알고서 세금을 대폭 올리게 했고, 여색을 좋아하니 되도록 궁녀를 많이 뽑게 했다.

어쨌든 소진은 제나라를 망친 연후에 뒤로 연나라 군사를 끌어들일 작정이었다. 물론 제선왕은 소진이 연나라의 앞잡이라는 사실을 전혀 눈치채지 못했다.

이에 제나라 정승 전영田嬰과 객경 맹가孟軻(맹자)는 제선왕에게 열심히 간諫했다. 그러나 제선왕은 그들의 말은 들으려 하지 않고 소진의 말만 귀담아들었다.

그러다가 제선왕은 죽고, 그 아들 제민왕齊湣王이 왕위를 계승했다. 왕위에 오른 제민왕은 진秦나라 여자를 데려다가 왕후王后로 삼았다. 그리고 처음엔 정승 전영을 설공薛公으로 삼아 정곽군靖郭君이란 칭호까지 주고 나라 정사에 힘썼다. 그러나 그후 제민왕도 소진의 능란한 언변에 점점 매혹되었다.

한편, 연나라 연역왕은 소진의 힘을 빌려 제나라 국력이 기울어지기만을 기다렸다.

이때 진秦나라에 있는 장의張儀는 소진이 마침내 조숙왕의 책망을 받고 조나라를 떠났다는 소문을 들었다.

장의가 진혜문왕에게 아뢴다.

"소진이 조나라를 떠났다 하니 머지않아 육국의 종약從約도 무너질 단계에 이르렀습니다. 그러니 이젠 위나라에 양릉襄陵 등 일곱 고을을 돌려줄 필요가 없습니다."

진혜문왕은 마침내 지난날 위나라와 약속까지 한 바 있는 양릉등 일곱 고을을 돌려주지 않았다.

한편 위양왕魏襄王은 진나라의 태도에 격분했다. 위양왕은 즉시 진나라로 사람을 보내어 반환한다던 옛 땅을 왜 돌려주지 않느냐고 따졌다.

진나라는 대답 대신 공자 화華를 대장으로 삼고, 장의를 부장으로 삼아 군사를 일으켜 위나라를 쳤다. 진나라 군사는 물밀듯 위나라를 쳐서 단숨에 포양蒲陽 땅을 함몰했다.

장의가 진혜문왕에게 아뢴다.

"이 이상 위나라를 칠 필요는 없습니다. 대왕께서는 이 포양 땅만 위나라에 그냥 돌려주십시오. 그리고 공자 유繇를 볼모로 위나라에 보내어 우호를 맺으십시오."

진혜문왕이 머리를 끄덕인다.

"과인은 그대가 시키는 대로 하겠소."

이에 장의는 공자 유를 데리고 위나라로 갔다. 그래서 위양왕은 진혜문왕의 뜻에 도리어 감사해야 할 처지가 되어버렸다.

장의가 위양왕에게 슬며시 권한다.

"우리 진왕秦王께서는 위나라를 끔찍이 생각하시기 때문에 이번에 함몰한 포양 땅도 차지하지 않고, 더구나 공자까지 볼모로 보내셨습니다. 이런 고마운 일이 또 어디 있겠습니까? 그러니 대왕께서는 진나라에 고맙다는 뜻을 충분히 표하십시오."

위양왕이 묻는다.

"무엇으로 감사의 뜻을 표하란 말이오?"

장의가 대답한다.

"우리 진왕께서는 땅 이외엔 좋아하시는 것이 없습니다. 대왕께서는 진나라에 땅을 베어주고 감사하십시오. 그러면 진나라는 반드시 위나라를 깊이 사랑할 것입니다. 만일 진나라와 위나라가 연합하여 모든 나라 제후를 이끌기만 하면, 장차 대왕께서는 오늘날 진나라에 바친 땅보다 몇십 배나 더 많은 땅을 차지할 수 있습니다."

앞으로 더 많은 땅을 차지할 수 있다는 장의의 말에 위양왕은 귀가 솔깃해져서 즉시 소량少梁 땅을 진나라에 바쳤다.

그리고 위양왕은,

"내 어찌 공자를 볼모로 받아둘 수 있으리오."

하고 공자 유를 돌려보냈다.

이에 장의는 공자 유와 함께 진나라로 돌아가서 그간 경과를 보고했다. 진혜문왕은 그 공로를 치하하여 공손연을 파면시키고 장의를 진나라 정승으로 삼았다.

한편, 초나라에선 초위왕이 죽고, 그 아들 웅괴熊槐가 등극한 후였다. 그가 바로 초회왕楚懷王이다.

이에 진나라 정승이 된 장의는 초나라 초회왕에게 서신을 보냈다. 그 내용은, 지난날 자기가 초나라에 있었을 때 화씨和氏의 옥玉을 훔친 도적이란 누명을 쓰고 어찌나 혹독하게 매를 맞았던지 거의 죽다가 살아났지만 진정 그 옥을 훔친 일이 없다는 변명이었다.

초회왕은 장의의 서신을 다 읽고서 즉시 정승 소양昭陽을 불러들였다.

"그대는 지난날에 어째서 선왕께 장의 같은 훌륭한 인물을 천거하지 않고 도리어 그에게 도적이란 누명까지 씌웠소? 자, 그 결과가 어찌되었나 보오. 지금 장의는 진나라를 위해 활약하고 있잖소! 그래, 일국의 정승 자리에 있다는 사람이 어찌 그다지도 지각이 없단 말이오!"

소양은 아무 소리도 못하고 그저 꾸중만 들었다. 그는 자기 집으로 돌아가서 부끄러움을 참지 못해 결국 병이 나고 말았다. 그러다가 마침내 소양은 회복하지 못하고 죽었다.

초회왕은 진나라 정승 장의가 장차 초나라에 무슨 보복이라도 하지 않을까 해서 께름칙했다. 그래서 초회왕은 소진이 이루어놓은 육국 종약에만 더욱 기대를 걸었다.

그러나 이때 소진은 이미 조나라를 떠났고, 다시 연나라에서 제나라로 간 후였다. 동시에 진나라 장의는 육국의 종약이 장차 무너질 걸 확신하고 있었다.

장의가 진혜문왕에게 정승의 인印을 내놓으면서 청한다.

"신은 위나라로 가겠습니다."

진혜문왕이 묻는다.

"그대는 어찌하여 우리 진나라를 버리고 위나라로 가려 하오?"

장의가 대답한다.

"지금 여섯 나라는 소진만 믿고 아직도 동맹에서 탈퇴하려 하지 않고 있습니다. 그러나 때가 왔습니다. 이 참에 신이 위나라에 가서 정권만 잡게 된다면 어떻게 해서라도 우리 진나라를 섬기도록 하겠습니다. 만일 여섯 나라 중에서 한 나라만이라도 진나라를 섬기게 되면 그들의 동맹은 자연히 무너지기 시작할 것입니다."

진혜문왕이 머리를 끄덕이며 쾌락한다.

"과인은 그대가 하는 대로 따르겠소."

장의는 마침내 진나라를 떠나 위나라로 갔다. 과연 위나라 위양왕은 귀화해온 장의를 반가이 영접했다. 그리고 장의를 위나라 정승으로 삼았다.

장의가 위양왕에게 말한다.

"우리 위나라 지형地形으로 말할 것 같으면 남쪽엔 초나라가 있고, 북쪽엔 조나라가 있고, 동쪽엔 제나라가 있고, 서쪽엔 한나라가 있습니다. 그런데 우리 위나라는 가히 믿을 만한 험한 산도 강도 없이 그저 평탄한 평지뿐입니다. 이런 지리적 조건 때문에 이웃 나라들이 침입해오면 언제고 사분오열四分五裂될 위험이 있습니다. 그러니 대왕께선 강대국인 진나라를 섬기십시오. 강한 진나라의 보호를 받는 것만이 위나라를 유지할 수 있는 유일한 길입니다."

그러나 위양왕은 주저할 뿐 장의의 말을 들으려 하지 않았다.

이에 장의는 심복 부하 한 사람을 비밀히 진나라로 보내어,

"시각을 지체 말고 즉시 위나라를 치십시오."

하고 진혜문왕에게 통지했다.

장의의 전갈을 받은 진혜문왕은 즉시 군사를 일으켜 물밀듯 위나라로 쳐들어가서 마침내 곡옥曲沃 땅을 함몰했다.

염옹髥翁이 시로써 소진과 장의를 평한 것이 있다.

소진은 제나라에서 벼슬을 살면서도 실은 연나라를 위해서 일하고

장의는 위나라 정승이면서도 실은 진나라를 위해서 일했다.

비록 이 두 사람이 하나는 동맹이니 하나는 분리니 하고 천하

세력을 둘로 나눠왔지만

　　결국 둘 다 반복무상反覆無常(배반했다가 복종했다가 하는 등
그 태도가 한결같지 않음)한 소인들이었다.

　　仕齊却爲燕邦去

　　相魏翻因秦國來

　　雖則從橫分兩路

　　一般反覆小人才

　　진나라 군사의 침입을 받자 위나라 위양왕은 분노했다. 그래서
위양왕의 결심은 더욱 굳어졌다.

　　"내 망하면 망했지 결코 진나라를 섬기지 않으리라!"

　　이에 위양왕은 육국의 종약만을 신뢰하고, 자기 처지와 비슷한
초나라 초회왕楚懷王을 종약의 장長으로 추대했다.

　　한편, 육국 종약을 성취시킨 장본인인 소진은 제나라에서 신임
을 받고 있었다. 이때 제나라 정승 전영田嬰은 병으로 죽고, 아들
전문田文이 부친의 작호인 설공薛公을 이어받아 맹상군孟嘗君이
되었다.

　　맹상군은 후세에 이름을 남긴 사람이다. 그러므로 그의 본명인
전문 대신 여기에선 맹상군으로 통용하겠다.

　　원래 제나라 정승 전영에겐 아들이 40여 명이나 있었다. 그러므
로 맹상군도 천한 첩의 몸에서 태어난 아들 중 하나였다. 더구나
맹상군이 출생한 날짜는 5월 5일이었다.

　　아이가 태어났을 때 전영은 이맛살을 찌푸렸다.

　　"여러 말 할 것 없이 이번에 낳은 아이는 기를 것 없다. 어디에

고 내다버려라!"

그러나 그 첩은 자기 소생인 갓난아기를 차마 버릴 수 없었다. 그래서 전영 몰래 비밀히 아기를 길렀다.

그후 5년이란 세월이 지났다. 그 첩은 다섯 살 된 맹상군을 전영에게 데리고 갔다.

전영이 자기 아들을 보자 발끈 화를 낸다.

"내 일찍이 내다버리라고 했거늘 어째서 이렇듯 키웠느냐!"

첩은 아무 대답도 하지 않고 그저 흐느껴 울기만 했다.

그때 다섯 살 난 맹상군이 아버지에게 머리를 조아리며 묻는다.

"아버지께선 어째서 소자를 버리라고 하셨습니까?"

전영이 대답한다.

"자고로 전하는 말에 따르면 5월 5일에 태어난 자식은 흉凶하다고 한다. 그런 아이는 집안에 해로울 뿐만 아니라 그 부모에게도 이롭지 못하다."

어린 맹상군이 다시 묻는다.

"사람의 목숨은 하늘로부터 받은 것인데, 어찌 집안에서 그 생명을 뺏을 수 있습니까?"

이 말에 전영은 아무 대답도 하지 못했다. 그러나 전영은 속으로,

'다섯 살 된 놈이 어찌 저런 소리를 할꼬? 이 아이는 필시 보통 아이가 아니로구나!'

하고 감탄했다.

그후 맹상군은 열 살 무렵부터 손님들을 접대했다. 손님들은 맹상군만 보면 금세 좋아하고 함께 이야기하기를 즐기며 자랑스레 여기었다. 마침내 다른 나라에서 제나라로 온 사신들도 맹상군을 찾아보는 이가 많았다.

그러자 전영은 아들 전문이 어진 사람이란 걸 알고서 서출이었지만 적자嫡子로 삼고, 설공薛公이란 작호를 이어받게 했으며, 맹상군이란 칭호를 주었던 것이다.

맹상군은 죽은 아버지의 뒤를 이은 후로 큰 관사館舍를 지어 천하의 모든 선비를 초청했다. 맹상군은 무릇 자기를 찾아오는 자가 있으면 그 사람이 잘났든 못났든 다 받아들였다.

이리하여 천하의 모든 망명객들과 죄를 짓고 떠돌아다니던 사람들이 제나라 맹상군의 문하門下로 모여들었다.

맹상군은 비록 귀한 몸이었지만 그가 먹는 음식은 모든 손님들과 똑같았다.

어느 날이었다.

그날 맹상군은 손님들과 함께 저녁 식사를 했다. 그런데 어쩌다가 맹상군의 밥상이 불빛에 가려 잘 보이지 않았다.

이때 한 손님이 젓가락을 던지면서 한탄한다.

"주인과 손님 밥상에 차별이 있구나! 그렇지 않고서야 왜 주인이 어두운 곳에서 밥상을 받을 리 있으리오. 나는 맹상군이 어진 분인 줄 믿었더니 알고 본즉 허무한 사람이구나! 우리를 걸객乞客으로 취급하지 마라. 나는 밥 얻어먹으려고 이곳에 와 있는 사람이 아니다."

그러자 맹상군이 황급히 일어나 그 손님을 데리고 와서 자기 밥상 앞에 불을 밝혔다. 과연 맹상군의 밥상은 다른 손님의 밥상과 다름이 없었다.

그 손님이 탄식한다.

"맹상군은 이렇듯 모든 선비를 대우하건만, 나는 주인을 의심했으니 참으로 소인이로다! 내 이제 무슨 면목으로 맹상군 문하에

서리오!"

그 손님은 즉시 칼을 뽑아 자기 목을 찌르고 그 자리에서 죽었다. 맹상군은 그 손님의 초상을 다 치를 때까지 몹시 슬퍼했다. 이에 모든 손님은 감동했다.

그후로 맹상군 문하에 모여드는 손님은 더욱 많아져 식객食客들만 해도 3,000명이나 되었다.

맹상군에 관한 소문은 모든 나라에 널리 퍼졌다. 모든 나라 제후는 맹상군이 어진 사람이며 그 문하에 많은 손님이 몰려든다는 소문을 듣고서 마침내 그의 고국인 제나라까지 존경하기에 이르렀다. 그래서 감히 제나라 경계를 넘겨다보는 나라가 없었다.

옛 시에 맹상군을 찬탄한 것이 있다.

범이 산에 있으니 다른 짐승들은 멀리 사라지고
용이 물 속에 있으니 괴상한 고기들은 자취를 감추었도다.
침식을 함께하는 손님만도 3,000명이라
천하 모든 사람이 다 맹상군을 두려워하고 존경했도다.
虎豹居山禽獸遠
蛟龍在水怪魚藏
堂中有客三千輩
天下人人畏孟嘗

한편, 장의張儀가 위나라 정승이 된 지도 3년이 지났다. 그동안에 위양왕魏襄王은 죽고, 그 아들 위애왕魏哀王이 왕위에 올랐다.

초나라 초회왕楚懷王은 위나라로 사신을 보내어 죽은 위양왕을 조상弔喪하는 봉시에 새로 등극한 위애왕에게 진나라를 치자고 제의했다.

위애왕은 초나라 사신에게,

"우리 나라는 전부터 진나라를 칠 생각이었소. 우리 함께 거사
擧事합시다."

하고 쾌락했다.

이에 한나라 한선혜왕韓宣惠王과 조나라 조무령왕趙武靈王과
연왕燕王 쾌噲(연역왕燕易王의 아들)가 모두 진나라를 치려고 초나
라에 호응했다.

이제 제나라만 응하면 여섯 나라 연합군이 일제히 일어나는 판
이었다. 그래서 초나라 사신은 제나라에 가서 군사를 일으켜달라
고 교섭했다.

제민왕齊湣王이 모든 신하와 함께 상의한다.

"우리 제나라는 장차 어떤 태도를 취해야겠소?"

좌우에서 신하들이 이구동성으로 아린다.

"왕께선 진나라와 혼인한 사이십니다. 더구나 우리 제나라는
진나라와 원수질 만한 일도 없습니다. 그러므로 진나라를 칠 필요
가 없다고 생각합니다."

그러나 소진蘇秦만은 자기가 육국 종약을 이루어놓았기 때문에
이 기회에 진나라를 쳐야 한다고 주장했다.

맹상군孟嘗君이 제민왕에게 아린다.

"지금 우리 나라는 진나라를 칠 수도 안 칠 수도 없는 형편입니
다. 만일 진나라를 친다면 우리는 진나라와 원수간이 됩니다. 그
렇다고 진나라를 치지 않는다면 동맹한 다섯 나라가 우리 제나라
에 격분할 것입니다. 그러므로 신의 어리석은 생각으로는 우선 군
사를 일으키되 진나라를 치러 가는 것만은 되도록 천천히 가자는

것입니다. 곧 우리가 군사만 일으켜도 동맹을 맺은 다섯 나라에 신용을 지키는 것이 되며, 되도록 천천히 행군하면 대세를 관망하면서 나아갈 수도 물러설 수도 있게 됩니다."

제민왕이 머리를 끄덕이며 분부한다.

"그럼 이번 일은 맹상군이 맡아서 적절히 하오."

이에 맹상군은 군사 2만 명을 거느리고 제나라 도읍을 떠났다. 맹상군은 겨우 교외까지 가서는 갑자기 병이 났다면서 자리에 드러누웠다. 그래서 제나라 군사들은 맹상군을 와거臥車에 태우고 천천히 행군했다.

한편, 한韓 · 조趙 · 위魏 · 연燕 네 나라 왕은 진秦나라 함곡관函谷關 밖에서 초회왕과 회합했다. 그들은 장차 진나라로 쳐들어갈 작정이었다. 그런데 초회왕이 비록 연합군의 맹주로 추대되었지만 나머지 네 나라 왕은 각기 자기 나라 군사를 거느리고 왔기 때문에 서로 통일이 잘되지 않았다.

이에 함곡관을 지키던 진나라 수장守將 저이질樗里疾은 다섯 나라 군사가 몰려온 걸 보고서 관문關門을 활짝 열었다. 진나라 군사도 싸울 준비가 다 되어 있었던 것이다.

저이질이 관문 위에 올라서서 목청껏 외친다.

"싸울 생각이 있거든 즉시 한꺼번에 쳐들어오너라. 너희들의 군사를 모조리 하늘로 보내주마!"

다섯 나라 임금은 서로 권할 뿐 선봉이 되어 먼저 쳐들어가려고는 하지 않았다.

이리하여 진나라 군사와 연합군이 서로 대치하고 있는 가운데 며칠이 지났다. 그 며칠 사이에 진나라 장수 저이질은 군사를 뒤로 빼돌려 초나라 쪽으로 향한 도로를 기습하여 초나라에서 올라

오는 치중輜重과 군량軍糧을 몽땅 불질러버렸다.

식량이 부족해지자 초나라 군사가 먼저 당황하기 시작했다. 그 기회를 놓치지 않고 진나라 장수 저이질은 군사를 거느리고 나가서 초나라 군사를 쳤다. 이에 초나라 군사는 사기를 잃고 패하여 달아났다. 그러자 네 나라 왕도 군사를 거느리고 각기 본국으로 슬금슬금 돌아가버렸다.

한편 맹상군은 진나라 경계에 당도하기도 전에 다섯 나라 군사가 이미 흩어졌다는 정보를 받았다. 이야말로 그의 계책이 바로 들어맞은 셈이었다. 맹상군은 도중에서 즉시 군사를 돌려 유유히 제나라로 돌아갔다.

제민왕이 맹상군을 영접하고서 탄식한다.

"내가 소진의 말만 듣고 진나라를 쳤더라면 참으로 망신만 당할 뻔했도다!"

그러고서 맹상군에게 황금 100근斤을 주면서,

"그대가 많은 객客을 부양하고 있다 하니 그 비용에 보태쓰도록 하오."

하고 말했다.

그후로 제민왕은 맹상군을 더욱 사랑하고 신임했다. 이와 반대로 소진은 고독하고 우울해졌다.

한편, 진나라 군사에게 패하고 돌아간 초회왕은 여러모로 걱정이 되었다. 장차 진나라와 제나라가 서로 친해진다면 천하대세는 뒤집어지고 말지 않겠는가. 그래서 초회왕은 제나라로 사람을 보내어 특히 맹상군과 친선을 도모했다.

이리하여 맹상군의 알선으로 초나라는 제나라와 단독으로 동맹을 맺기에 이르렀다. 그후로 제·초 두 나라는 서로 초빙하면서 사신이 오고 갔기 때문에 연락이 끊어지지 않았다.

따라서 맹상군의 세력은 갈수록 커가고, 반면 소진의 위세는 나날이 줄어들었다. 그러니까 소진은 제선왕齊宣王 때에 가장 많은 총애와 신임을 받은 셈이었다. 그래서 제나라의 귀족과 고관들 중에는 일찍부터 소진을 시기하고 미워하는 자가 많았다.

그러던 것이 제민왕이 등극한 이후는 어떠했던가? 소진의 세력이 완전히 꺾인 것은 아니었지만 역시 전만 못했다. 전번에 출군出軍할 때만 해도 제민왕은 소진의 계책을 받아들이지 않고 오로지 맹상군의 계책을 썼던 것이다. 그후 과연 맹상군의 계책으로 제나라는 어려운 고비를 무사히 넘겼다. 제민왕은 맹상군에게 많은 황금을 주는 한편, 소진을 대하는 태도는 전 같지가 않았다.

이에 지금까지 소진을 시기하고 미워하던 자들이 서로 모여,

"이제야 소진은 왕의 신임을 잃었다. 그럼 그렇지, 제놈이 세도를 누리면 얼마나 누릴 줄 알았더냐!"

하고 각기 돈을 내어 힘센 장사를 모집했다.

어느 날이었다.

소진이 제민왕을 뵈오러 궁으로 가면서 막 복도를 지나가던 참이었다. 맞은편에서 시위군侍衛軍 비슷한 자가 가까이 오면서 소진에게 허리를 굽히고 인사를 하는 체하더니 어느새 번개같이 비수를 뽑아들었다.

순간 소진은 피할 틈도 없었다. 그자는 비수로 소진의 배를 냅다 찌르고는 나는 듯이 달아나버렸다.

소진은 비수가 꽂힌 배를 움켜쥐고 쓰러질 듯이 제민왕에게 갔다.

"대왕이여! 이제 신은 죽습니다!"

제민왕이 깜짝 놀라 벌떡 일어섰다.

"이게 웬일이오? 여봐라! 속히 범인을 잡아라!"

소진이 겨우 아뢴다.

"범인은 이미 멀리 달아났을 것입니다. 신이 죽거들랑 대왕께선 즉시 신의 목을 끊어서 시정市井에 내다걸게 하고, 다음과 같은 글을 게시하십시오. '알고 보니 소진은 연나라를 위해 우리 제나라를 이간시키려고 온 자였다. 그렇지 않아도 소진을 잡아죽이려던 참이었는데 누가 이렇듯 죄인을 죽였으니 천만다행스런 일이다. 소진을 죽인 사람은 즉시 자진 출두하여라. 상금으로 1,000금金을 주리라.' 이렇게 해야만 가히 그 범인을 잡을 수 있습니다……"

소진은 말을 마치자 마지막 힘을 기울여 자기 배에 꽂힌 비수를 뽑았다. 상처에서 치솟는 피가 마룻바닥에 쏟아진다. 소진은 몸을 뒤틀다가 허공을 부여안고 쓰러지더니 이내 숨을 거두었다.

제민왕은 소진의 유언대로 그의 머리를 끊어 시정에 내다걸게 하고 상금을 게시했다.

이튿날이었다.

어떤 자가 소진의 머리 옆에 세운 게시판을 보더니 기쁨을 감추지 못하면서 사람들에게 자랑한다.

"소진을 죽인 사람은 나다!"

시리市吏는 그 자리에서 그자를 붙들어 궁으로 끌고 갔다.

제민왕은 형리刑吏에게 그자를 엄격히 다스리도록 했다. 그자는 혹독한 매에 못 이겨 소진을 죽이라고 사주한 배후 인물들을 낱낱이 고했다.

이에 소진을 죽이는 데 관여한 자들은 모두 다 참형을 당했다.

사관史官이 소진을 논평한 것이 있다.

소진은 죽으면서도 계책을 써서 자기 원수를 갚게 했으니 가히 지혜 있는 사람이다. 그러나 그만큼 지혜로운 소진이었건만 결국은 칼에 찔려 죽었다. 어찌 반복무상하고 충성 없는 자의 말로末路라고 하지 않을 수 있으리오.

소진이 죽자 일찍이 그의 문하에 있었던 사람들의 입에서 비밀이 누설되기 시작했다.

"소진이 죽을 때 한 말만은 사실입니다. 실은 그는 연나라를 위해서 제나라를 망치려고 와 있었던 사람이었지요."

그제야 제민왕은 지금까지 소진에게 속은 걸 알았다. 이때부터 제나라와 연나라 사이에 금이 가기 시작했다. 마침내 제나라 맹상군은 군사를 거느리고 연나라를 쳤다.

제나라 군사가 쳐들어오자 연나라에 있었던 소진의 동생 소대蘇代가 연왕 쾌噲에게 아뢴다.

"우리는 아직 강한 제나라 군사를 막을 만한 힘이 없습니다. 공자公子를 제나라에 볼모로 보내고 화평을 청하십시오."

연왕 쾌가 대답한다.

"어쩔 도리가 없으니 그렇게라도 하오."

이에 소진의 둘째동생 소여蘇厲가 공자를 데리고 제나라에 가서 제민왕에게 화평을 청했다.

제민왕이 소여를 굽어보고 버럭 화를 낸다.

"과인이 소진에게 속은 걸 생각하면 분해서 견딜 수가 없다. 네가 바로 그 소진의 동생이라지? 여봐라, 저놈을 잡아다가 옥에 가두어라!"

소여가 앙연히 머리를 쳐들고 제민왕에게 말한다.

"대왕께선 우선 고정하시고 신의 말을 들어보십시오! 원래 우리 연왕燕王께선 진秦나라를 섬기려고 했습니다. 그때 저희 삼형제는 연왕에게 진나라를 섬기느니 차라리 제나라를 섬겨야 한다고 누누이 강조했습니다. 저의 형님 소진이 제나라에 온 것도 그 때문이었습니다. 이번에도 우리 연왕께선 진나라에 구원을 청할 작정이었습니다. 그러나 저희 형제가 대왕의 위엄과 덕망을 강조하여 마침내 신이 화평을 청하기 위해 볼모까지 데리고 왔습니다. 그런데 어쩌서 대왕께서는 죽은 저의 형님을 의심하시고 살아 있는 사람에게까지 죄를 뒤집어씌우려 하십니까?"

이 말을 듣자 제민왕은 매우 흡족해했다. 제민왕은 소여를 융숭히 대접하고 제나라 대부 벼슬을 주었다.

이에 소여는 연나라 공자를 볼모로 바치고, 자기는 대부가 되어 제나라에 머물렀다.

이리하여 소진 삼형제 중에서 소대만이 연나라에 남게 되었다.

사관이 시로써 소진을 읊은 것이 있다.

소진은 원래 주나라 사람으로
귀곡 선생 밑에서 공부했도다.
그는 학업을 마치고 산을 내려온 후에도
문을 닫고 『태공음부편』을 열심히 연구했도다.
드디어 그는 육국六國을 합종하고 진秦나라와 분리시켜
한 몸으로 여섯 나라의 정승이 되었도다.
그러나 충절로 일생을 마치지 못하고
만년엔 연나라와 제나라로 돌아다니며 지조 없이 굴었도다.
李子周人

師事鬼谷
揣摩旣就
陰符伏讀
合縱離橫
佩印者六
晚節不終
燕齊反覆

　한편, 위나라 정승으로 있는 장의張儀는 여섯 나라가 진나라를 쳤으나 결국 성공하지 못한 걸 보고서 마음속으로 매우 반겼다. 더구나 소진이 죽었다는 소문을 듣고 기뻐했다.

　"이제야 내 혀를 내두를 때가 왔다!"

　장의가 기회를 보아 위애왕魏哀王에게 아뢴다.

　"전번에 다섯 나라가 진나라를 쳤건만 진나라는 끄떡도 하지 않았습니다. 어떤 나라도 진나라에 대항할 수는 없습니다. 그런가 하면 여섯 나라를 동맹시킨 소진은 그후 과연 어찌되었습니까? 그는 자기 몸 하나도 보호하지 못하고 결국 남의 손에 피살당했습니다. 대저 부모 형제 간에도 재물 때문에 원수가 되어 서로 싸울 때가 있는데 하물며 나라 간에야 더 말할 것 있습니까. 대왕께선 아직도 소진의 말만 믿으시고서 진나라를 적대시하지만, 만일 여섯 나라 중에서 어느 한 나라가 먼저 진나라를 섬기게 되어 진나라 군사와 함께 우리 위나라로 쳐들어온다면 그때 대왕께선 어찌하시겠습니까? 위나라는 별수 없이 망하고 말 것입니다."

　위애왕이 그 말에 겁을 먹고 말한다.

　"과인은 그대가 시키는 대로 진나라를 섬기고 싶지만, 진나라가 과인을 용납하지 않을까 두렵소."

장의가 자신 있게 청한다.

"신이 대왕을 위해 진나라에 가서 지난 모든 일을 사죄하고 반드시 우호를 맺고야 말겠습니다."

이에 위애왕은 장의에게 특별히 좋은 수레를 내주었다. 마침내 장의는 그 호화로운 수레를 타고 진나라로 갔다.

진나라로 돌아간 장의는 즉시 진秦·위魏 양국 간의 우호를 맺었다. 이제 목적을 달성한 장의는 위나라로 돌아갈 필요가 없었기 때문에 다시 진나라 정승이 되어 부귀를 누렸다.

한편, 연나라 정승 자지子之는 키가 8척에다, 허리가 열 아름쯤이나 되는 뚱뚱한 몸에 얼굴은 넓적하고 입도 컸다. 그는 손으로 나는 새도 잡고, 달리는 말도 붙드는 장사였다. 자지는 연역왕燕易王 때부터 정승이 되어 연나라의 정권을 잡고 있었다.

그럼 연역왕의 뒤를 이어 왕위에 오른 연왕 쾌는 어떤 인물이었던가? 그는 주색을 좋아하여 나랏일에는 몹시 게을렀을 뿐만 아니라 아침 조회에도 잘 나오지 않았다.

이에 정승 자지는 마침내 연나라 왕위를 빼앗아 자기가 연왕이 될 생각을 품게 되었다.

원래부터 소대, 소여 두 형제는 다 자지의 일당이었다. 지난날에 소진이 자기 두 동생을 불러올려 정승 자지와 의형제를 맺게 하고서 제나라로 갔던 것이다.

소대와 소여는 예전부터 다른 나라에서 사신이 오기만 하면 그들에게 정승 자지를 어진 사람이라고 극구 칭송했다.

어느 날 연왕 쾌가 소대에게 분부한다.

"소여가 제나라로 공자公子를 데리고 가서 볼모로 바친 지도 오래되었소. 그대는 제나라에 가서 공자가 잘 있는지 한번 보고 오구려."

이에 소대가 제나라에 가서 공자와 소여를 만나보고 돌아와서 연왕 쾌에게 경과를 보고한다.

"공자께선 그간 별일 없이 잘 계시더이다."

연왕 쾌가 묻는다.

"내가 듣기로 제나라 맹상군孟嘗君이 매우 큰 인물이라던데 그대는 이번에 가서 그를 만나보았소? 과연 맹상군은 제왕齊王을 잘 도와 천하 패업霸業을 성취할 만한 인물입디까?"

소대가 대답한다.

"맹상군은 천하 패업을 성취하진 못할 것입니다."

"그대가 그걸 어떻게 아오?"

"물론 맹상군은 훌륭한 인물입니다. 그러나 제왕이 맹상군에게 전권專權을 맡기지 않는데야 어쩌겠습니까?"

연왕 쾌가 탄식한다.

"만일 과인에게 맹상군이 있다면 서슴지 않고 전권을 맡기겠소. 제왕은 참으로 지혜가 부족한 사람이구려."

소대가 아뢴다.

"우리 나라에 어찌 맹상군만한 큰 인물이 없다고 하십니까? 우리 나라 정승 자지 또한 천하에 짝이 없는 큰 인물입니다. 대왕께서는 정승 자지에게 모든 권한을 맡기십시오."

이에 연왕 쾌는 아무 대답도 하지 않았다.

그런 지 수일 후였다.

연왕 쾌가 대부 녹모수鹿毛壽에게 묻는다.

"예로부터 많은 임금이 있었는데 세상에선 어찌하여 요堯임금 과 순舜임금만 칭송하오?"

녹모수도 정승 자지의 일당이었다. 그가 대답한다.

"세상에서 특히 요임금과 순임금을 성군聖君이라고 칭송하는 것은, 요임금이 순임금에게 천하를 전했고 순임금 또한 우禹임금 에게 천하를 전했기 때문입니다."

"그렇다면 우임금은 어째서 다른 사람이 아닌 자기 아들에게 나라를 전했소?"

녹모수가 기다렸다는 듯 대답한다.

"그래서 세상에선 요임금과 순임금만 칭송할 뿐 우임금은 높이 평가하지 않습니다. 그만큼 우임금은 덕이 부족했습니다."

어리석은 연왕 쾌가 머리를 끄덕이면서 다시 묻는다.

"그럼 과인이 정승 자지에게 이 나라를 내주면 어떻겠소?"

녹모수가 높이 칭송한다.

"만일 대왕께서 그렇게 하신다면 어찌 요임금이나 순임금과 다 를 바가 있겠습니까?"

연왕 쾌는 자기가 성군 요순堯舜과 같다는 칭송을 듣자 흐뭇했 다. 마침내 연왕 쾌는 모든 신하를 궁으로 불러들여 세자 평平을 폐廢하고 정승 자지에게 연나라를 양도했다.

정승 자지는 체면상 일부러 세 번 사양한 연후에야 연나라를 양 도받았다.

이에 자지는 하늘과 땅에 제사를 지낸 후, 곤복袞服으로 바꿔입 고 면류관冕旒冠을 쓰고 규圭를 잡고서 높이 왕위에 올랐다. 그러 나 자지는 조금도 미안해하는 기색이 없었다.

왕위를 내놓은 쾌는 도리어 신하의 반열班列에 내려섰다. 그후 쾌는 별궁別宮으로 물러가서 살았다. 그리고 소대와 녹모수는 일등 공신으로 모두 상경上卿이 되었다.

연나라 장군 시피市被는 하루아침에 세상이 뒤바뀌자 분노를 참지 못해 마침내 본부군本部軍을 거느리고 자지를 쳤다. 이때 많은 백성들도 장군 시피를 도와 연나라 궁을 쳤다.

이리하여 전투는 10여 일 동안이나 계속되었다. 양편의 사상자만 해도 수만 명에 달했다. 그러나 참으로 애석한 일이었다. 결국 장군 시피는 이기지 못하고 자지에게 붙들려 죽음을 당했다.

녹모수가 자지에게 아뢴다.

"이번에 시피가 난을 일으킨 것은 세자 평이 있었기 때문입니다. 대왕께서는 세자를 처치하십시오."

자지는 즉시 세자 평을 잡아들이라고 분부를 내렸다.

그러나 태부太傅 곽외郭隗가 이 소식을 미리 알고 세자 평과 함께 백성 옷으로 갈아입은 채 무종산無終山으로 달아났다. 동시에 세자 평의 서庶동생인 공자 직職도 한韓나라로 달아났다. 사태가 이 지경이 되자 격분한 연나라 백성들은 모두 다 자지를 저주했다.

한편, 제나라 제민왕은 연나라에 내란이 일어났다는 보고를 받자 즉시 연나라를 치도록 분부했다. 이에 제나라 대장 광장匡章은 군사 10만 명을 거느리고 발해渤海로부터 연나라로 쳐들어갔다.

자지를 미워하는 연나라 백성들은 모두 음식을 들고 나가서 제나라 군사를 환영했다. 이리하여 제나라 대장 광장은 연나라 백성들의 환영을 받으면서 무인지경을 가듯 50일 만에 곧장 연나라 도읍에 당도했다.

연나라 도읍에서도 백성들은 성문을 열어젖히고 제나라 군사를 열렬히 환영했다.

제나라 군사가 물밀듯 들이닥치자 자지의 일당은 뒷구멍으로 달아났다. 단지 자지만이 자기 용기만 믿고 녹모수와 함께 군사를 거느리고 거리로 나가서 제나라 군사를 맞이해 싸웠다.

그러나 연나라 군사는 점점 흩어져 달아났다. 녹모수는 싸우다가 제나라 군사의 칼에 맞아 전사했다.

자지는 싸우고 싸워 혼자서 제나라 군사 100여 명을 죽였으나, 중상을 입고 결국 제나라 군사에게 사로잡히고 말았다.

시정市井이 한창 싸움으로 발칵 뒤집혔을 때 연왕 쾌는 별궁에서 목을 매고 자살했다. 전세가 불리해지자 소대는 자기 고국인 주周나라로 달아났다.

이에 제나라 대장 광장은 연나라의 종묘를 뜯어서 헐어버리고, 부고에 있는 보물을 몽땅 노략질했다. 제나라 군사는 자지를 수거囚車에 싣고서 개가를 부르며 제나라 도읍 임치臨淄로 돌아갔다. 이리하여 제나라는 연나라 땅 3,000여 리 중 그 태반을 차지했다.

그후 제나라 대장 광장은 본국으로 돌아가지 않고 연나라에 머물면서 제나라의 속읍屬邑으로 연나라 도읍을 통치했다. 이때가 바로 주난왕周赧王 원년元年이었다.

한편 제나라 제민왕은 자지를 능지처참하여 그 시체에 소금을 뿌려 모든 신하에게 나누어주었다. 그러니까 자지는 연나라 왕이 된 지 불과 1년 남짓 만에 죽음을 당한 셈이다. 공연히 욕심을 부리다가 목숨마저 잃었으니 참으로 어리석은 일이었다.

원래 연나라 백성들은 자지를 미워했지만 제나라가 연나라를 아주 없애버리려 하자 격분했다. 그래서 연나라 백성들은 무종산에 숨어 있는 세자 평을 받들어 왕으로 삼았다. 그가 바로 연소왕燕昭王이다. 이와 동시에 곽외郭隗는 연나라 정승이 되었다.

한편, 조나라 조무령왕趙武靈王은 제나라가 연나라의 종묘를 헐어 없앴다는 보고를 받고 분노가 하늘까지 뻗쳤다.

"흠, 제나라가 연나라를 자기들 소유로 만들겠단 말이지? 천하에 이런 무도한 법이 있을 수 없다. 내 들으니 연왕燕王의 서자庶子 공자 직職이 지금 한韓나라에서 망명 생활을 하고 있다더라. 대장 악지樂池는 공자 직을 연나라로 데리고 가서 왕위에 세우도록 하오."

이에 대장 악지가 연나라 공자 직을 데리러 한나라로 가려던 참인데, 이미 연나라에선 백성들이 세자 평을 데려다가 왕으로 삼았다는 보고가 들어왔다. 그래서 조무령왕은 다시 정세를 관망하기로 했다.

한편 연나라 정승이 된 곽외는 모든 고을에 격문檄文을 보내어 나라를 회복하자고 선포했다. 드디어 연나라 모든 백성들은 일제히 들고일어나 제나라 군정軍政에 반항했다.

제나라 대장 광장은 연나라 백성들을 다 막을 수 없어 마침내 군사를 거느리고 제나라로 돌아갔다.

이에 연소왕은 도읍으로 돌아왔다. 그는 새로이 종묘를 짓고 나서 역대 신위神位 앞에 굳게 맹세했다.

"반드시 제나라를 쳐서 원수를 갚겠습니다."

연소왕은 원수를 갚기 위해서는 무슨 짓을 해서라도 우선 훌륭한 인물을 많이 등용해야겠다고 생각했다.

연소왕이 정승 곽외에게 청한다.

"과인은 자나깨나 원수 갚을 일만 생각하고 있소. 만일 제나라를 쳐서 이 원수를 갚을 수 있는 인물만 있다면 과인은 몸을 아끼지 않고 그문을 심기겠소. 그대는 과인을 위해서 그런 훌륭한 인물을 구해주오."

곽외가 연소왕에게 대답한다.

"옛날에 어떤 임금이 연인涓人(임금의 좌우에서 소제掃除를 맡아보는 사람, 또는 내시內侍)에게 1,000금을 주고 천리마千里馬를 구해오라고 분부했습니다. 그 연인이 천리마를 구하러 어느 시골에 이르렀을 때였습니다. 많은 사람들이 죽은 말 주위에 모여서서 길게 탄식을 하고 있었습니다. 연인이 시골 사람들에게 그 까닭을 물었습니다. 그러자 시골 사람들이, '이 말은 살았을 때 하루에 천리를 달렸소. 그래서 우리는 이 천리마의 죽음을 탄식하고 있소이다' 하고 대답하더랍니다. 이에 연인은 흥정할 것도 없이 500금을 주고 그 죽은 말의 뼈다귀를 사서 짊어지고 도성으로 돌아가서 임금에게 바쳤습니다. 이에 임금이 노하여, '이런 죽은 말 뼈다귀를 무엇에 쓰겠다고 그 많은 돈을 주고서 사왔느냐!' 하고 크게 꾸짖었습니다. 그때 연인이 대답하기를, '500금이나 주고서 천리마의 뼈를 샀다는 것은 보통 일이 아닙니다. 조만간에 이 소문은 천하 방방곡곡에 퍼질 것입니다. 그러면 소문을 들은 자들은 임금께서 천리마의 뼈다귀도 500금이나 주고 사셨으니 살아 있는 천리마를 바치면 굉장히 많은 돈을 주실 것이라고 서로 말할 것입니다. 상감께선 진정하십시오. 머지않아 살아 있는 천리마를 끌고올 사람이 있을 것입니다' 했습니다. 과연 연인의 말은 들어맞았습니다. 불과 1년도 지나기 전에 그 임금은 천리마를 세 필이나 구했다고 합니다. 이제부터 신은 대왕을 위해서 죽은 말 뼈다귀 노릇을 하겠습니다. 대왕께서 성의만 있으시다면 신보다 더 훌륭한 인물을 구하시는 데 무슨 어려움이 있겠습니까?"

이에 연소왕은 새로이 궁실을 지어 그곳에다 정승 곽외를 모셨다. 그는 비록 왕이건만 제자의 예로써 곽외를 섬기고, 친히 대청에 꿇어앉아 가르침을 받았다. 뿐만 아니라 식사 때면 손수 정승 곽외에게 밥상을 갖다 바치고 아침저녁으로 문안을 게을리하지 않았다.

연소왕은 역수易水 가에다 높은 대를 세우고 그 위에 많은 황금을 쌓아두었다. 곧 천하의 어진 인물을 구하기 위해서라면 그 황금을 아끼지 않겠다는 뜻이었다. 그래서 그 대를 초현대招賢臺라고도 하고, 황금대黃金臺라고도 했다.

연소왕이 어진 선비를 구한다는 소문은 천하에 두루 퍼졌다. 이리하여 조나라에서는 극신劇辛이, 주나라에서는 소대蘇代가, 제나라에서는 추연鄒衍이, 위나라에서는 굴경屈景이 연나라로 속속 모여들었다.

연소왕은 그들에게 모두 객경客卿 벼슬을 주고 함께 나랏일을 의논했다.

원元나라 때 유인劉因이 지은 「황금대黃金臺」라는 시가 있다.

연나라 산은 옛날과 다름없고
역수易水의 물소리도 그대로일세.
그 누가 알랴! 저 대에
자고로 변하지 않는 뜻이 있음을!
그런데 구구한 후세 사람들은
황금이란 그 명칭 때문에 오히려 구미를 느끼는 모양이다.
도대체 황금이 무엇이관데
그것으로 위대한 인물을 따질 수 있겠는가!
주周나라가 일어나던 때를 돌이켜보라
백이伯夷와 숙제叔齊는 부귀를 마다하고 떠나갔도다.

그러므로 다시 어진 사람을 모셔다가 백성을 다스렸으니
그때부터 왕업王業이 저절로 이루어진 것이다.

燕山不改色
易水無剩聲
誰知數尺臺
中有萬古情
區區後世人
猶愛黃金名
黃金亦何物
能爲賢重輕
周道日東漸
二老皆西行
養民以致賢
王業自此成

　　제나라 제민왕齊湣王은 연왕 쾌噲와 자지子之를 없애버린 후로
그 위엄을 천하에 떨쳤다.
　　한편, 초나라 초회왕楚懷王이 육국六國 종약從約의 장長으로서
제나라와 두터운 친교를 맺고 있었다는 것은 이미 앞에서 말한 바
와 같다.
　　이때 진秦나라 진혜문왕秦惠文王은 점점 천하에 위세를 떨치는
제나라와 남방南方의 강국인 초나라 사이를 어떻게 해서든지 떼
어놓아야겠다고 결심했다.
　　진혜문왕이 정승 장의張儀에게 상의한다.
　　"제나라와 초나라가 우호를 맺고 있는 한 우리 진나라는 잠시

도 안심할 수 없소. 이 일을 장차 어찌하면 좋겠소?"

장의가 대답한다.

"신이 남쪽 초나라에 가서 이 세 치 혀를 놀려 어떻게든 초나라와 제나라 사이를 떼어놓겠습니다."

"과인은 그대만 믿겠소."

이에 장의는 진나라 정승의 인印을 내놓고 즉시 초나라를 향해 떠났다.

그런데 초나라에는 초회왕의 총애를 받고 있는 신하 한 사람이 있었다. 그 사람의 성은 근靳이며 이름은 상尙이었다. 초회왕은 근상靳尙의 말이라면 무슨 말이든 다 따랐다.

초나라에 당도한 장의는 우선 근상을 찾아가서 뇌물을 듬뿍 바치고 앞날에 관한 일을 부탁했다. 그런 후에 장의는 궁으로 들어가서 초회왕을 뵈었다.

초회왕은 장의의 명성을 익히 들은지라 친히 계단 아래까지 내려가서 장의를 영접했다.

"선생이 이렇듯 우리 초나라에 오셨으니 과인을 잘 지도해주기 바라오."

장의가 아뢴다.

"신이 이번에 온 이유는 진·초 두 나라의 우호를 맺기 위해서입니다."

"과인도 진나라와 친선하고 싶은 생각이 어찌 없겠소. 다만 진나라가 늘 침략을 일삼고 있기 때문에 우호를 청하지 못하고 있는 중이오."

장의가 대답한다.

"오늘날 천하에 일곱 나리가 있다지만 강대국은 초·제·진 세

나라뿐입니다. 우리 진나라는 지금이라도 동쪽 제나라와 손을 잡으려면 잡을 수 있고, 남쪽 초나라와도 손을 잡을 수 있습니다. 그러하건만 우리 나라 왕께선 제나라보다 초나라와 친선하고 싶은 생각이 더 많습니다. 제나라는 우리 진나라와 혼인한 사이건만 늘 우리 나라를 배신하곤 했습니다. 그래서 우리 왕께서는 초나라와 친선하려 하시는 것입니다. 만일 대왕께서 제나라와 단교斷交하시고 우리 진나라와 손만 잡아주신다면 우리는 옛날에 상군商君 (위앙衛鞅)이 빼앗은 위나라 상어商於 땅 600리를 모두 대왕께 드리겠습니다. 뿐만 아니라 우리 나라 왕녀王女를 보내어 대왕을 모시도록 하겠습니다. 이리하여 진·초 두 나라가 혼인을 맺고, 모든 근심을 함께 막는다면 얼마나 좋은 일이겠습니까?"

이 말을 듣자 초회왕은,

"진나라가 우리 초나라에 상어 땅을 준다면야 과인은 즉시 제나라와 손을 끊겠소."

하고 반색을 감추지 못했다.

그날 모든 신하는 상어 땅을 얻게 된 데 대해 이구동성으로 초회왕을 칭송했다.

이때 한 신하가 앞으로 나아가 초회왕에게 아뢴다.

"진나라와 우호를 맺는 것은 옳지 못한 일입니다. 신이 보건대 이 일은 기뻐할 일이 아니라 도리어 슬퍼할 일입니다."

초회왕이 본즉 그는 바로 객경 벼슬에 있는 진진陳軫이었다.

초회왕이 묻는다.

"과인은 군사를 쓰지 않고 땅 600리를 거저 얻게 되었소. 모든 신하가 다 기뻐하는데 어째서 그대만 그런 말을 하오?"

진진이 되묻는다.

"왕께선 장의를 믿을 만한 사람이라고 생각하십니까?"

초회왕이 웃으며 대답한다.

"어째서 믿지 않으리오."

"진나라가 우리 초나라를 중요시하는 이유는 우리가 제나라와 우호를 맺고 있기 때문입니다. 한데 이제 제나라와 단교하면 우리는 고립 상태에 빠집니다. 일단 우리 나라가 고립 상태에 놓이기만 하면 지금까지의 진나라의 태도는 표변豹變할 것입니다. 다시 말해 진나라가 우리 초나라를 중요시할 필요가 없기 때문입니다. 두고 보십시오. 그때가 되면 그들은 대왕께 약속한 600리 땅을 결코 바치지 않을 것입니다. 대왕께서는 지금 장의의 속임수에 속고 있다는 걸 아셔야 합니다. 제나라와 단교하면 여러 가지 낭패가 생깁니다. 첫째는 장의가 대왕을 속이고 땅을 주지 않을 것이며, 둘째는 제나라가 우리를 원망하여 도리어 진나라와 손을 잡을 것이며, 셋째는 오래지 않아 제나라와 진나라가 힘을 합쳐 우리 초나라를 칠 것입니다. 그러기에 신은 이 일을 슬퍼하는 것입니다. 대왕께서는 장의가 진나라로 돌아갈 때 사신을 딸려보내십시오. 사신이 진나라에 가서 과연 상어 땅 600리를 받아오거든 그때에 제나라와 단교해도 늦지 않습니다."

곁에서 대부 굴평屈平이 아뢴다.

"진진의 말이 옳습니다. 장의는 모든 일에 신의가 없는 사람입니다. 대왕께선 결코 그를 믿지 마십시오."

간신 근상이 아뢴다.

"우리가 제나라와 단교하지 않는다면 진나라가 무엇 때문에 우리에게 땅을 주겠습니까? 그러니 대왕께선 진나라를 믿으십시오."

초회왕이 머리를 끄덕이며 말한다

"장의는 결코 과인을 저버릴 사람이 아니다. 진진은 더 이상 아무 말 마오. 이번 기회에 반드시 상어 땅을 받아낼 테니 두고 보오."

이튿날 초회왕은 장의에게 초나라 정승의 인과 황금 100일과 네 마리 말이 이끄는 수레 10승을 하사했다.

그러고서 초회왕이 분부한다.

"북관北關을 지키는 장수에게 사람을 보내어 이후 제나라에서 오는 사신이 있거든 일체 받아들이지 말라고 하여라. 그리고 봉후축逢侯丑은 장의를 따라 진나라에 가서 상어 땅을 받아오오."

이에 장의는 봉후축과 함께 초나라를 떠났다. 진나라로 가는 동안 장의는 시종 봉후축과 허심탄회하게 술을 마시며 마치 형제간처럼 친절히 굴었다.

진나라 도읍 함양咸陽에 가까워졌을 때였다. 장의는 일부러 대취한 체하고 수레 밑으로 굴러떨어졌다. 좌우 시종배들이 황급히 장의를 부축해 일으켰다. 장의가 상을 찌푸리며 봉후축에게 엄살을 떤다.

"이거 다리가 부러졌나 보오. 급히 가서 우선 의원에게 치료를 받아야겠으니 그대는 천천히 오시오. 나는 먼저 실례하오."

장의는 와거臥車를 타고 먼저 함양성으로 들어갔다. 그러고는 자기 부중으로 가서 즉시 진혜문왕에게 서신 한 통을 보냈다. 그 내용인즉, 봉후축을 역관에 머물게 하고 절대 만나주지 말라는 것과, 자기는 병이 나서 궁으로 들어가지 못한다는 사연이었다.

수일 후 뒤늦게 함양성에 당도한 봉후축은 진혜문왕을 뵈오러 궁으로 갔다. 그런데 수문장들이 봉후축을 궁 안으로 들여보내지 않았다.

이에 봉후축은 장의를 찾아갔으나 장의 역시 병이 대단하다면서 만나주지 않았다. 그러는 동안에 봉후축은 함양에서 3개월을 허송했다.

마침내 봉후축은 진혜문왕에게 글을 올렸다. 그 내용은 장의가 초나라에 상어 땅 600리를 되돌려준다고 했으니 속히 달라는 것이었다.

이튿날 궁에서 시신侍臣이 진혜문왕의 답장을 가지고 역관을 찾아왔다. 그 답장에 하였으되,

만일 장의가 초나라에 그런 약속을 했다면 과인은 반드시 그 약속을 실행하겠소. 그러나 과인은 아직 초나라가 제나라와 단교했다는 정보를 받지 못했다. 초나라가 약속을 실행하지 않는데 과인만 약속을 실행할 수는 없는 노릇이오. 좌우간 과인은 장의의 병이 속히 완쾌되어 그간의 보고를 직접 듣기 전에는 그대 말을 믿을 수 없소.

이에 봉후축은 다시 장의를 찾아갔다. 그러나 장의는 여전히 몸을 움직일 수 없다면서 만나주지 않았다. 난처해진 봉후축은 초나라로 사람을 보내어 초회왕에게 그간 경과를 보고했다.

초회왕이 진나라에서 보낸 봉후축의 보고를 받고 말한다.

"그러니까 진나라는 우리에게 속히 제나라와 단교하라는 것이구나! 그래야만 땅을 주겠다는 게로군!"

드디어 초회왕이 용사勇士 송유宋遺를 불러들여 분부한다.

"그대는 송宋나라에 가서 길을 빌려 제나라 경계境界로 가거라. 그곳에 가거든 경계를 지키고 있는 제나라 관리들을 향해 제나라 왕을 실컷 욕하고 돌아오너라."

이에 용사 송유는 송나라를 지나 제나라 경계로 가서 관리들을 향해 한바탕 제민왕을 욕해대고는 도망쳐 돌아왔다.

한편 제나라 제민왕은 초나라 장수가 경계에 와서 자기를 욕하고 갔다는 보고를 받고 노발대발했다.

"과인은 초나라의 무례한 욕설을 가만히 듣고만 있을 수 없다. 즉시 진나라로 사신을 보내어 함께 초나라를 치자고 교섭하여라!"

이리하여 제나라 사신은 진나라로 갔다.

진나라 정승 장의는 제나라에서 사신이 왔다는 보고를 받고서야,

"이제 병이 다 나았으니 궁에 들어가봐야겠다. 즉시 준비를 하여라."

하고 아랫사람들에게 분부했다.

장의는 속으로 여간 기쁘지 않았다.

'이제 내 계책대로 일이 맞아들어가는구나!'

장의는 궁으로 들어가다가 조문朝門 앞에서 서성거리고 있는 봉후축을 보았다. 장의가 일부러 의아한 표정을 지으면서 봉후축에게 묻는다.

"장군은 어째서 땅을 받아가지 않고 지금까지 우리 나라에 머무르고 계시오?"

봉후축이 반가이 장의 앞으로 달려와서 사정한다.

"진왕秦王께서 장정승張政丞의 말을 직접 들어보지 않고는 땅을 줄 수 없다고 하시오. 이제 장정승께서 다친 데도 다 낫고 매우 건강해 보이니 참 반갑소. 어서 들어가서 왕께 아뢰어 상어 땅의 경계를 정해주오. 나는 속히 우리 나라에 돌아가서 보고해야 하오."

장의가 대뜸 능청을 부린다.

"그건 우리 대왕께까지 아뢸 필요가 없소. 전날 초나라에 준다

고 한 것은 내 국록으로 받고 있는 사방 6리 가량의 고을이오. 그러니 내가 직접 초나라에 바치면 그만인 것이오."

이 뜻밖의 말에 봉후축이 몹시 놀라 따진다.

"나는 우리 나라 대왕으로부터 상어 땅 600리를 받아오라는 분부를 받고 온 것이오. 6리 땅이란 듣느니 난생처음이오!"

장의가 뻔뻔스레 대답한다.

"그럴 리가 있소? 아마 초왕께서 잘못 들으셨겠지요. 우리 진나라 땅은 전부 백전고투百戰苦鬪해서 얻은 땅이오. 무수한 군사의 피로 얻은 땅을 어찌 촌토寸土나마 다른 나라에 그냥 내줄 리 있으리오. 더구나 600리라니 상상도 못할 일이오."

이에 봉후축은 기가 막혔다. 그날로 그는 진나라를 떠나 급히 초나라로 돌아가서 초회왕에게 그간 경과를 사실대로 보고했다.

마침내 초회왕이 불같이 화를 낸다.

"장의는 과연 반복무상反覆無常한 소인놈이로구나! 내 반드시 그놈을 산 채로 잡아 그 살을 뜯어먹으리라! 이제부터 진나라를 칠 터이니 즉시 군사를 일으켜라!"

객경 진진陳軫이 앞으로 나아가 아뢴다.

"오늘날 신이 다시 대왕께 말씀을 드려도 되겠습니까?"

초회왕이 묻는다.

"과인은 지난날에 그대의 말을 듣지 않았다가 이제 그 간특한 사기꾼에게 속았소. 묘한 계책이 있거든 과인을 도와주오."

진진이 아뢴다.

"이미 제나라와 단교까지 한 우리의 처지로선 이제 진나라를 친다고 해보았자 이기기 어렵습니다. 그보다는 진나라에 성을 두 곳쯤 내주고 잘 교섭해서 차라리 함께 제나라를 치도록 하십시오.

그러면 진나라에 땅을 내주는 게 당장은 손해인 것 같지만 나중엔 그만큼 제나라 땅을 차지할 수 있습니다."

초회왕이 소리를 지른다.

"이번에 우리 초나라를 속인 것은 바로 진나라요! 그런데 제나라에 무슨 죄가 있다고 원수인 진나라와 힘을 합쳐 제나라를 친단 말이오? 만일 그대 말대로 한다면 천하 사람들이 다 과인을 비웃을 것이오!"

마침내 초나라에선 굴개屈勾가 대장이 되고, 봉후축이 부장이 되었다. 그들은 군사 10만 명을 거느리고 천주산天柱山 서북쪽으로 나아가 곧장 진나라 남전藍田 땅으로 쳐들어갔다.

이에 진혜문왕은 위장魏章을 대장으로 삼고, 감무甘茂를 부장으로 삼아 군사 10만 명을 거느리고 초나라 군사를 막게 했다.

동시에 진나라는 제나라로 사신을 보내어 함께 초나라 군사를 치자고 기별했다. 이에 제민왕은 대장 광장匡章에게 군사를 주어 진나라를 돕게 했다.

드디어 진秦·제齊 연합군은 쳐들어오는 초나라 군사를 맞이해서 싸웠다.

초나라 대장 굴개가 제아무리 용맹하다지만 어찌 두 나라 군사를 당적할 수 있겠는가. 초나라 군사는 싸울 때마다 연달아 패했다. 제나라 군사는 달아나는 초나라 군사를 단양丹陽 땅까지 추격했다.

달아나던 초나라 대장 굴개는 단양 땅에 이르러 패잔병들을 모으로 사생결단死生決斷을 낼 작정으로 진·제 연합군과 일대 결전을 벌였다.

그러나 이 싸움에서 굴개는 진나라 장수 감무의 칼에 맞아 전사하고 말았다. 그외에도 봉후축 등 70여 명이 전사하고, 초나라 군사 8만여 명이 목숨을 잃었다.

이렇게 초나라 군사는 거의 전멸을 당했다. 이리하여 진·제 연합군은 한중漢中의 600리 땅을 얻었다. 이 소식을 듣고 초나라는 조정이나 민간 가릴 것 없이 모두가 아연실색했다.

한편, 한韓나라와 위魏나라는 초나라가 진·제 연합군에게 여지없이 대패했다는 정보를 들었다. 이에 한·위 두 나라도 개미 떼가 죽어가는 호랑이에게 덤벼들듯 초나라를 치려고 군사를 일으켰다.

이때 초회왕은 날마다 이런 이롭지 못한 보고가 들어오자 겁이 났다. 마침내 초회왕은 굴평屈平을 제나라로 보내어 지난 일을 사죄하고, 동시에 진진陳軫을 진나라 군사에게 보내어 성 두 곳을 바치고 화평을 청했다.

진나라 장수 위장은 진혜문왕에게 사람을 보내어 초나라의 청을 보고했다.

진혜문왕이 그 보고를 받고 분부한다.

"속히 가서 위장에게 과인의 말을 전하여라. '초나라 검중黔中 땅과 우리 진나라 상어 땅을 바꾸겠다는 조건으로 화평을 허락하라'고 일러라."

이에 위장은 초회왕에게 곧 사람을 보내어 진혜문왕의 조건을 전했다.

물론 상어 땅은 검중 땅과는 비교도 안 될 만큼 작은 곳이었다.

초회왕이 화가 나서 부르짖는다.

"과인은 상어 땅 같은 것은 필요 없다. 필요한 것은 오직 장의 뿐이다! 만일 신나라기 장의만 보내준다면 과인은 우리 나라 검중 땅을 그냥 내주겠다."

격노한 초회왕은 장의를 산 채로 뜯어먹고 싶은 생각뿐이었다.

구룡신정九龍神鼎을 들다

장의張儀에게 속은 초회왕楚懷王이 얼마나 격분했던가는 검중黔中 땅과 장의를 바꾸자고 한 것만 보아도 알 수 있는 일이었다.

한편 평소부터 장의를 시기하던 진나라 신하들이 진혜문왕秦惠文王에게 권한다.

"막대한 땅을 사람 하나와 바꾸자고 하니 이런 좋은 조건이 어디 있습니까? 대왕께서는 이런 큰 이익을 버리지 마십시오."

진혜문왕이 대답한다.

"장의는 내 수족手足 같은 신하라. 내 차라리 땅을 얻지 못할지언정 어찌 그를 초나라로 보낼 수 있으리오."

장의가 앞으로 나아가 청한다.

"신을 초나라로 보내주십시오."

진혜문왕이 적이 놀라며 묻는다.

"지금 초왕楚王은 그대에게 몹시 격분하고 있소. 그러니 초나라로 가기만 하면 그대를 죽일 것이오."

장의가 태연히 아뢴다.

"신 한 몸이 죽음으로써 우리 진나라가 검중 땅을 얻을 수만 있다면 신은 죽는 것이 오히려 영광입니다. 더구나 신은 결코 죽지 않을 자신이 있으니 염려하지 마십시오."

진혜문왕이 몸을 앞으로 내밀며 묻는다.

"초나라에 가서 어떻게 목숨을 부지한단 말이오? 과인에게 그 계책을 들려주오."

장의가 아뢴다.

"지금 초부인楚夫人 정수鄭袖는 자색이 아름답고도 지혜가 있기에 초왕의 사랑을 독차지하고 있습니다. 지난날에 신이 초나라에 머무를 때 이런 일이 있었습니다. 그때 초왕은 미인 하나를 새로 맞아들였습니다. 총애를 빼앗긴 정수는 새로 들어온 그 미인에게 이런 말을 했습니다. '그대는 아직 모르겠지만 대왕의 몸에선 노린내가 몹시 나네. 그러니 대왕을 가까이 모실 때는 나처럼 언제든지 코를 막게.' 미인은 그 말을 그대로 믿고 정수가 시키는 대로 했습니다. 그러던 어느 날 초왕이 정수에게 물었습니다. '미인이 나만 보면 솜으로 코를 틀어막으니 어찌된 까닭일까?' 정수가 대답했습니다. '대왕의 몸에서 노린내가 어찌나 심하게 나는지 코를 틀어막아야 견디겠다고 합디다.' 이 말을 듣고 몹시 노한 초왕은 그날로 그 미인의 코를 잘라버렸습니다. 이리하여 정수는 다시 초왕의 사랑을 독차지하게 되었습니다. 또 초왕이 사랑하는 신하 중에 근상이란 자가 있는데, 그는 초부인 정수에게 곧잘 아첨해서 그녀의 두터운 신임을 받고 있습니다. 그런데 신은 그 근상靳尙과 매우 친합니다. 신이 초나라에 갈지라도 근상의 도움만 받으면 죽지 않을 자신이 있습니다. 그 대신 대왕께서는 대장 위장魏章에게 명령을 내리사 군사를 한중漢中 땅에 총집결시켜 항상 초나라를 칠 듯이 만반의 태세를 취하십시오. 그러면 초나라는 감히 신을 죽이지 못할 것입니다."

이에 진혜문왕은 장의가 초나라로 가는 것을 허락했다. 장의는 마침내 진나라를 떠나 유유히 초나라로 들어갔다.

초회왕은 즉시 장의를 잡아들여 옥에 가두었다. 초회왕은 장차 택일하여 태묘에 고한 연후에 장의를 죽일 작정이었다. 이때 장의는 이미 근상에게 사람을 보내어 모든 부탁을 해둔 뒤였다.

근상이 내궁으로 들어가서 초부인 정수에게 아뢴다.

"장차 부인께서 대왕의 사랑을 잃게 되었으니 어찌하리이까?"

초부인 정수가 적이 놀라며 묻는다.

"어째서 내가 대왕의 사랑을 잃는단 말이오?"

근상이 속삭인다.

"진秦나라는 대왕께서 장의 때문에 얼마나 격분하셨는지 모르고서 그를 우리 나라로 보냈습니다. 이제야 진나라는 우리 대왕께서 장의를 죽일 작정이란 걸 알고서 며칠 전에 사신을 보내어 다음과 같은 조건을 제시해왔습니다. 곧 장의만 살려주면 전번에 빼앗은 초나라 땅을 다 돌려주겠다는 것이며, 진나라 왕녀를 우리 대왕께 시집보낼 뿐만 아니라 노래 잘하는 미인을 뽑아 대왕의 잉첩媵妾으로 보내겠다는 것입니다. 만일 진나라 여자들이 우리 나라로 온다면 부인의 입장이 난처해질 것입니다."

초부인 정수가 몹시 놀란다.

"이 일을 어찌하면 좋겠소? 좋은 계책이 있거든 알려주오."

근상이 대답한다.

"부인께선 이 일에 대해선 전혀 모르는 체하시고, 이해利害로써 대왕을 잘 타일러 하루 속히 장의를 진나라로 돌려보내게 하십시오. 아시다시피 진나라는 원래 신의가 없는 나라입니다. 그들은 일단 장의가 돌아오기만 하면 자기네 목적을 달성했기 때문에 우리 나라로 여자들을 보내지 않을 것입니다. 그러나 만일 우리 나라가 장의를 오랫동안 붙들어두는 날이면 진나라는 우리 대왕의 환심을 사기 위해서 여자들을 보낼 것입니다."

그날 밤이었다.

초부인 정수가 흐느껴 울면서 초회왕에게 호소한다.

"대왕께선 우리 나라의 검중 땅과 장의를 바꾸자고 진나라에 제의하셨습니다. 그런데 우리 쪽에서 땅을 주기도 전에 장의가 먼저 왔습니다. 이것은 진나라가 우리 나라를 믿고 예의로써 대왕을 대하는 태도입니다. 그러면서도 지금 진나라 군사는 일단 무슨 일이 일어나기만 하면 우리 나라를 치려고 한중 땅에 총집결해 있습니다. 만일 대왕께서 장의를 죽이시면 진나라는 노여움으로 일제히 우리 나라를 칠 것입니다. 그럼 우리 부부는 장차 어찌되겠습니까? 첩은 요즘 너무나 걱정이 되어서 음식도 제대로 넘어가지 않습니다. 그리고 신하란 것은 각기 자기 나라 임금을 위해서 노심초사하는 법입니다. 천하 지사智士인 장의는 오랫동안 진나라의 정승으로 있으면서 자기 나라를 위해 지금까지 노력해온 것뿐입니다. 그러니 대왕께서 장의를 잘 대접해서 우리 초나라를 섬기도록 한다면 얼마나 좋은 일이겠습니까?"

초회왕이 대답한다.

"그대는 과도히 염려 마오. 과인이 잘 알아서 처리하겠소."

이튿날 근상이 초회왕에게 아뢴다.

"우리가 장의 하나쯤 죽인다고 해서 진나라에 무슨 큰 손해가 되겠습니까? 더구나 장의 때문에 진나라에 검중 땅까지 내준다는 것은 확실히 우리 나라의 손실입니다. 그러느니 차라리 장의를 살려주고 진나라와 화친하는 것이 좋을 줄로 아옵니다.”

초회왕도 가만히 생각해보니 무엇보다도 진나라에 검중 땅을 내주기가 싫었다. 마침내 초회왕은 장의를 옥에서 석방하여 후대厚待했다.

이에 장의는 초회왕에게 진나라를 섬기는 것이 여러모로 유리하다고 타일렀다. 드디어 초회왕은 장의를 돌려보내어 진나라와 우호를 맺었다.

한편, 굴평이 제나라에 가서 우호를 맺고 돌아왔을 때는 장의가 이미 진나라로 돌아간 후였다.

굴평이 거친 목소리로 초회왕에게 아뢴다.

“장의는 지난날 대왕을 속이고도 뻔뻔스럽게 또 우리 나라에 왔습니다. 신은 대왕께서 이번엔 장의를 끓는 가마솥에 넣어서 죽이실 줄 알았습니다. 그런데 이제 돌아와서 본즉, 대왕께서는 그 새 장의의 수단에 또 속아 그놈을 죽이지 않고 돌려보냈을 뿐만 아니라 솔선해서 진나라를 섬기기로 하셨다니 이게 웬일입니까? 한낱 백성들도 원수를 잊지 않는 법인데, 더구나 한 나라 왕으로서 어찌 원수에게 이다지도 관대하십니까? 대왕께서 진나라의 환심을 얻기도 전에 동맹국인 천하의 다섯 나라가 먼저 대왕을 규탄할 것입니다. 어쩌자고 이런 일을 저지르셨습니까?”

이 말을 듣자 초회왕은 후회하고 급히 사람을 보내어 장의를 잡아오게 했다. 그러나 이땐 장의가 밤낮없이 말을 달려 초나라 국경을 벗어난 지도 이틀이 지난 후였다.

장의가 무사히 진나라로 돌아간 후에야 위장魏章도 지금까지 한중 땅에 총집결하고 있던 군사를 거느리고 본국으로 돌아갔다.

사신史臣이 시로써 이 일을 평한 것이 있다.

　　장의는 진나라를 위해서 반복무상했기 때문에
　　한때는 초나라 옥에 갇혔다가 귀빈 대접을 받았도다.
　　우습구나! 초회왕은 나무로 만든 등신이었던가
　　충신의 말은 듣지 않고 아첨하는 자의 말만 들었도다.
　　張儀反覆爲嬴秦
　　朝作俘囚暮上賓
　　堪笑懷王如木偶
　　不從忠計聽讒人

　진나라로 돌아간 장의가 진혜문왕에게 아뢴다.

　"신은 구사일생으로 돌아와 다시 대왕을 뵙게 되었습니다. 지금 초왕은 진실로 대왕을 두려워하고 있습니다. 그러나 더 이상 신은 초나라에 신용을 잃을 수 없습니다. 대왕께선 초나라에 한중漢中 땅 반을 떼어주시어 그들에게 덕德을 보이십시오. 그리고 이참에 초나라와 통혼通婚하십시오. 그래야만 초나라가 우리 진나라를 깊이 섬기게 됩니다. 대왕께서 초나라와 우호만 트시면 신은 그것을 미끼로 육국의 동맹을 분리시키고, 동시에 여섯 나라가 다 우리 진나라를 섬기도록 하겠습니다."

　진혜문왕은 장의의 청을 허락하여 마침내 한중 땅에서 큰 고을〔縣〕 다섯 군데를 떼어 초나라에 주고, 초회왕의 딸을 며느리로 맞이하여 세자 탕蕩의 비妃로 삼았다. 동시에 진혜문왕은 자기 딸을 보내어 초회왕의 아들 공자 난蘭과 혼인시켰다.

이에 초회왕은,

"과연 장의는 과인을 속이지 않았다!"

하고 기뻐했다.

한편 진혜문왕은 진秦·초楚 두 나라의 우호를 맺게 한 장의의 공로를 높이 치하하여 다섯 고을[邑]을 하사하고 무신군武信君이란 칭호까지 내렸다.

진혜문왕이 다시 장의에게 많은 황금과 백옥[白璧]과 네 마리 말이 이끄는 높은 수레를 주고서 부탁한다.

"그대는 모든 나라를 두루 돌아다니면서 전날 소진蘇秦이 이루어놓은 육국의 합종을 모조리 분리시켜주오."

이에 장의는 첫번째로 제齊나라에 갔다.

장의가 제민왕을 뵈옵고 아뢴다.

"대왕께선 제나라와 진나라 중 어느 쪽 땅이 더 크다고 생각하십니까? 또 군사는 어느 쪽이 더 강하다고 생각하십니까? 아마 제나라 신하들은 모두 '진나라는 너무나 멀리 떨어져 있으므로 머나먼 제나라까지 쳐들어오지 못합니다' 하고 대왕께 아뢸 것입니다. 그러나 이런 말은 눈앞의 일만 알았을 뿐이지 앞날을 내다볼 줄 모르고 하는 말입니다. 이번에 진·초 두 나라는 서로 상대국 딸을 며느리로 삼아 인척 관계를 맺었고, 동시에 형제간이나 진배없는 두터운 우호를 체결했습니다. 이에 조趙·위魏·한韓 등 삼진三晉이 잔뜩 겁을 먹고 서로 앞다투어 우리 진나라에 땅을 바치고 화친을 청해왔습니다. 천하대세가 이렇듯 변했는데 대왕께선 혼자서 진나라를 원수로 대하시렵니까? 이제 진나라가 일단 명령만 내리면 한·위 두 나라는 즉시 제나라 남쪽 경계를 공격할 것이며, 그 틈을 이용해서 조나라는 황하黃河를 건너 바로 제나라 도읍인 이곳 임치臨淄와 즉묵卽墨 땅으로 밀고 들어올 것입니다. 그제야 비로소 대왕께선 진나라를 섬기려고 애쓰시겠지만, 그때는 진나라 쪽에서 대왕의 청을 잘 들어주지 않을 것입니다. 대왕께선 오늘날 천하대세를 자세히 보십시오. 진나라를 섬기는 나라는 평화를 누릴 수 있지만, 배반하는 나라는 큰 위기에 빠질 것입니다."

이에 제민왕은 한참 만에,

"과인은 선생의 가르침을 받고자 하오."

하고 진나라와 우호를 맺기로 승낙했다.

이에 장의는 제나라와 우호를 맺고 많은 선물을 받고서 다시 서쪽 조나라로 갔다.

장의가 조왕趙王을 뵈옵고 아뢴다.

"우리 진왕秦王께선 장차 한단邯鄲 땅에서 대왕과 회견하시겠답니다. 그래서 신은 대왕께 이 뜻을 전하려고 왔습니다. 대왕께선 아직도 지난날에 소진이 이루어놓은 육국의 동맹을 전적으로 믿으시는지요? 그러나 소진은 그후 연燕나라를 배반하고 제나라로 달아났다가 마침내 그곳에서 칼에 맞아 죽었습니다. 그런데도 대왕께선 자기 한 몸도 보존하지 못한 소진의 말을 믿고 계십니까? 그런 걸 믿었다가는 머지않아 큰일을 당하시리이다. 이제 초나라는 진나라와 서로 혼인한 사이이며, 제나라는 이미 생선과 소금의 특산지인 좋은 땅을 진나라에 바쳤으며, 한나라와 위나라는 동쪽 외신外臣으로서 자처하며 진나라를 섬기는 중입니다. 이렇듯 옛 동맹국들이 지금은 다 진나라를 섬기고 있는 실정인데, 대왕께서는 그들 다섯 나라에 외로이 대항하시렵니까? 만일 대항하신다면 조나라는 결코 종묘사직을 보존하지 못할 것입니다. 대왕께서는 신의 말을 통촉하시고 진나라를 섬기십시오."

마침내 조왕도 진나라를 섬기기로 승낙했다. 이에 장의는 북쪽으로 방향을 돌려 연나라로 갔다.

장의가 연소왕을 뵈옵고 아뢴다.

"대왕과 가장 친한 나라는 조나라입니다. 그러나 옛날에 조나라 조양자趙襄子는 친누이를 대代나라 왕에게 출가시켰습니다. 조양자는 그것을 미끼로 대나라를 집어삼킬 작정이었습니다. 그후 조양자는 대왕代王과 회견하기를 청하는 한편, 공인工人을 시켜 쇠로 자루가 긴 금두金斗(쇠붙이로 된 술을 푸는 구기)를 만들게 했습니다. 마침내 조양자는 대왕과 회견하고 잔치 자리에서 술을 마시다가 주인廚人(요리사)이 국을 담아온 그 자루 긴 금두로 대왕을 쳤습니다. 이에 대왕은 가슴을 맞고 그 자리에서 즉사했습니다. 이리하여 마침내 조나라는 대나라를 쳐서 멸망시키고 그 땅을 송두리째 차지했습니다. 그때 조양자의 누이인 대왕의 부인은 하늘을 우러러 통곡하고 마계摩筓(비녀의 일종)로 목을 찌르고서 자살했습니다. 그래서 후세 사람들은 그녀가 자살한 곳인 그 산을 마계산이라고 하지 않습니까? 조나라는 혹독한 짓을 했습니다. 자기 친누이를 이용해서 이익을 취했으니 다른 사람에게야 무슨 짓을 못하겠습니까. 그러한 조나라도 이젠 우리 진나라에 땅을 베어 바치고 사죄했습니다. 장차 진나라가 조나라를 앞세우고 함께 연나라를 치기만 하면 역수易水 가의 장성長城은 대왕의 것이 아니라 진나라 것이 되고 맙니다."

마침내 연소왕은 장의의 말에 겁을 먹고 항산恒山 동쪽에 있는 다섯 성을 진나라에 바치기로 승낙했다.

이리하여 장의는 지난날에 소진이 이루어놓았던 육국의 합종을 일일이 분리시켰다.

장의는 일단 성공을 거두고 진나라로 돌아가던 도중에 진혜문왕이 병으로 세상을 떠났다는 소식을 들었다. 이리하여 진혜문왕이 죽고 세자 탕蕩이 진나라 왕위를 계승했으니, 그가 바로 진무왕秦武王이다.

한편, 제나라 제민왕齊湣王은 노발대발했다.

"전번에 장의란 놈이 와서 과인에게 말하기를 조·한·위 등 삼진三晉이 이미 땅을 바치고 진나라를 섬긴다기에 우리도 하는 수 없이 진나라와 우호를 맺기로 했다. 그런데 이제 알고 보니 장의란 놈은 우리 나라를 다녀간 후에야 조나라로 갔다는구나! 여기 와선 이렇게 거짓말을 하고, 저기 가선 형편 따라 또 다른 거짓말만 하고 돌아다니는 놈을 어찌 믿을 수 있으리오. 내 반드시 그놈에게 속은 분풀이를 하고야 말리라."

이때 마침 제민왕은 진나라 진혜문왕이 죽었다는 소식을 받았다. 드디어 제민왕은 맹상군孟嘗君을 시켜 서신을 쓰게 하여 모든 나라로 보냈다.

그 내용은 거짓말만 하고 돌아다니는 장의에게 속지 말고 모든 나라가 더욱 단결해서 진나라를 배격하자는 것이었다.

제민왕은 진나라와 혼인한 초나라가 말을 듣지 않을 줄 알고 군사를 일으켜 우선 초나라부터 쳤다.

결국 초회왕은 세자 횡橫을 제나라에 볼모로 보내고 화평을 청했다. 이에 제나라는 군사를 본국으로 소환하고 일단락을 지었다. 이때부터 제나라는 육국 종약의 우두머리[長] 노릇을 하면서 모든 나라를 거느리고 진나라에 대항했다.

제민왕은 천하 모든 나라에 다음과 같이 선포했다.

장의를 잡아서 보내는 나라가 있으면 우리 제나라는 그 나라에 성城 열 곳을 주겠다.

한편, 진나라 진무왕秦武王은 성미가 강직하고 거칠었다. 그는 세자 때부터 신용 없는 장의를 미워했다. 게다가 진나라에는 장의를 시기하는 신하가 많았다. 그래서 모두가 장의를 없애버리려고 기회만 노리고 있었다.

이에 눈치 빠르고 꾀 많은 장의는 자기 신변이 위험하다는 걸 깨닫고 슬며시 겁이 났다.

어느 날 장의가 진무왕에게 아뢴다.

"신에게 한 가지 계책이 있습니다. 장차 우리 진나라를 위해서 그 계책을 써볼까 합니다."

진무왕이 묻는다.

"그대의 계책이란 게 무엇이오?"

장의가 대답한다.

"지금 제나라 왕은 신을 몹시 미워하고 있습니다. 제나라는 언제고 신이 살고 있는 나라라면 무조건 칠 작정입니다. 그러니 신은 대왕 곁을 떠나 동쪽 위魏나라 대량大梁으로 가겠습니다. 제나라는 신이 대량에 가 있다는 사실을 알기만 하면 반드시 위나라를 칠 것입니다. 제나라와 위나라가 서로 싸우거든 그 기회에 대왕께선 한韓나라를 쳐서 삼천三川을 장악하고 주周 왕실을 엿보십시오. 그렇게 하면 우리 진나라는 장차 왕업의 터전을 마련할 수 있습니다."

진무왕은 거듭 머리를 끄덕이고 장의에게 혁거革車 30승을 주어 위나라로 떠나보냈다.

한편 위애왕魏哀王은 장의를 맞이하여 지금까지 정승으로 있던 공손연公孫衍을 추방하고 장의를 정승으로 삼았다. 이에 분격한 공손연은 위나라를 버리고 진나라로 갔다.

제나라 제민왕은 장의가 위나라 정승이 되었다는 소문을 듣고 분을 참지 못했다. 마침내 제민왕은 위나라를 치려고 군사를 일으켰다. 이에 위애왕은 겁을 먹고 장의와 상의했다.

장의가 웃으면서 아뢴다.

"대왕께선 조금도 염려하지 마십시오. 신이 제나라 군사를 저절로 물러가게 하겠습니다."

그날로 장의는 심복 부하 풍희馮喜를 불러들여 무엇인지 귓속말로 지시했다. 지시를 받은 풍희는 초나라 사신으로 가장하여 제나라에 갔다.

풍희가 제민왕에게 아뢴다.

"대왕께서 장의를 몹시 미워하신다니 그것이 참말입니까?"

제민왕이 대답한다.

"그러하노라!"

풍희가 속삭인다.

"대왕께서 진실로 장의를 미워하신다면 위나라를 치지 마십시오. 신은 이번에 진나라 함양咸陽에 갔다가 초나라로 돌아가는 길에 이곳 제나라에 들른 것입니다. 그런데 신이 함양에서 들은 바로는 장의가 진나라를 떠날 때 진왕秦王과 비밀히 약속이 되어 있었다고 합니다."

"약속이라니? 무슨 약속을 했다 하오?"

"장의가 진왕에게 말하기를, '지금 제나라 왕이 신을 몹시 미워하고 있으니, 신이 위나라에 가 있으면 제나라 군사가 반드시 치러 올 것입니다. 이리하여 제나라와 위나라가 싸우게 되거든 그때에 대왕께선 군사를 일으켜 북쪽을 도모하십시오' 라고 했답니다. 그러니 대왕께서는 또다시 장의의 계책에 걸려든 셈입니다. 대왕께서 지금이라도 위나라를 치는 것을 중지하시면 우선 진왕은 장의를 믿지 않게 됩니다. 그리 되면 장의는 진나라에 돌아가지도 못하고 그냥 위나라에 머무르면서 점점 무능해질 것입니다."

이에 제민왕은 군사를 본국으로 소환했다.

위애왕은 제나라 군사가 물러갔다는 보고를 받고 장의를 더욱 끔찍이 대접했다.

그럼 꾀 많고 신의 없는 장의는 그후 어찌되었는가? 그는 위나라에 머무른 지 불과 1년 만에 병이 나서 앓다가 죽었다. 그해에 현부인賢夫人으로서 이름 높던 제나라 무염왕후無鹽王后도 세상을 떠났음을 아울러 말해둔다.

원래 진나라 진무왕秦武王은 키가 크고 힘이 셌다. 특히 용사들과 씨름하기를 좋아했다. 그 당시 진나라엔 오획烏獲과 임비任鄙라는 무서운 두 용사가 있었다. 두 사람은 선왕 때부터 진나라 장수였다. 진무왕은 특별히 그들을 총애하여 더욱 많은 국록을 주었다.

한편, 제齊나라에도 맹분孟賁이란 무서운 용사가 있었다. 그는 물 속에서 교룡蛟龍을 때려잡은 일도 있었다. 그가 산속에 나타나면 호랑이도 피해 달아났다. 그가 한번 노하여 소리를 지르면 마른하늘에 뇌성벽력이 일어나는 듯했다.

언젠가 맹분은 들에서 소 두 마리가 싸우는 걸 보았다. 그는 맨손으로 그 소 두 마리를 떼어놓았다. 그러자 한 마리는 땅바닥에 엎드려 꼼짝을 못하는데, 다른 한 마리는 맹분에게 덤벼들었다.

맹분은 왼손으로 그 소의 머리를 틀어쥐고 오른손으로 뿔을 뽑아 버렸다. 소는 당장에 죽어자빠졌다. 사람들은 그 용력勇力을 보고 모두 혀를 내두르며 맹분을 무서워했다.

그후 맹분은 진나라 진무왕이 천하의 용력 있는 사람을 널리 모집한다는 소문을 듣고 제나라를 떠났다. 그가 진나라로 들어가려고 황하 가에 이르렀을 때 나루터에는 사람들이 몹시 북적거렸다.

사공이 외친다.

"더 태울 수가 없으니 손님들은 다음 배를 이용하십시오."

그런데 맹분은 맨 나중에 왔건만 사람들을 떼밀고 배에 오르려고 했다.

사공이 화가 나서 삿대로 맹분의 머리를 치며 욕설을 퍼붓는다.

"네가 힘이 세면 얼마나 세냐! 이 맹분 같은 놈아!"

화가 난 맹분은 즉시 찢어질 듯 눈이 치켜올라갔다. 맹분이 한 번 소리를 지르자 갑자기 큰 물결이 일어나면서 금세 배가 뒤집힐 듯 뒤흔들렸다. 배에 탄 사람들은 정신없이 자빠지고 쓰러졌으며 강물로 떨어진 자도 있었다.

맹분은 사공의 삿대를 뺏어들고 이리저리 발을 구르며 배를 진정시켰다. 이어 맹분이 삿대질을 하자 배는 나는 듯이 달렸다. 잠깐 사이에 황하를 건넌 맹분은 마침내 진나라 도읍 함양으로 들어갔다.

맹분은 궁으로 들어가 진무왕을 뵈었다. 진무왕은 맹분의 용기를 알아보고 즉시 높은 벼슬을 주었다. 이리하여 맹분은 오획烏獲, 임비任鄙와 함께 진무왕의 총애를 받았다. 이때가 바로 주난왕周赧王 6년이며, 진무왕 2년이었다.

원래 천하 여섯 나라는 모두 정승을 두고 있었다. 진나라는 여섯 나라와 마찬가지로 정승이라는 명칭을 쓰는 것이 싫었다. 그래서 진나라에서는 정승을 승상丞相이란 명칭으로 고치고, 좌승상左丞相과 우승상右丞相을 한 명씩 두기로 했다.

이에 감무甘茂가 좌승상이 되고, 저이질樗里疾이 우승상이 되었다. 좌우 승상 자리에 오르지 못한 위장魏章은 분노한 나머지 진나라를 버리고 위나라로 가버렸다.

한편 진무왕은 지난날 장의가 한 왕업王業이란 말이 잊혀지지가 않았다. 그래서 어느 날 우승상 저이질과 상의했다.

"과인은 원래 서융西戎에서 태어나고 자란지라, 중원中原의 문물文物이 굉장하다는 말만 들었지 한번도 보질 못했소. 만일 삼천三川을 무찌르고 주周나라 낙양洛陽 땅을 구경할 수 있다면 곧 죽어도 한이 없겠소. 누가 과인을 위해서 한韓나라를 쳐주려오?"

저이질이 대답한다.

"왕께서 삼천을 지나 주 왕실로 가시려면 반드시 한나라 의양宜陽 땅을 공격해야 합니다. 그러나 의양 땅까지는 너무나 멀고 지세도 험준하기 때문에 군사를 힘들게 할 뿐만 아니라 막대한 비용을 써야 합니다. 그뿐만이 아닙니다. 우리가 한나라를 치기만 하면 위 · 조 두 나라가 군사를 일으켜 한나라를 도우러 올 것입니다. 그러니 이 일은 성공할 가능성이 없습니다."

진무왕은 다시 좌승상 감무와 이 일을 상의했다.

감무가 대답한다.

"왕께서 정 그런 생각이 있으시다면 신이 위나라에 가서 우리 진나라와 함께 한나라를 치자고 교섭해보겠습니다."

이 말을 듣고 진무왕은 기뻐했다.

좌승상 감무는 미침내 위나라에 가서 위애왕魏哀王에게 이 일을 교섭했다. 나약한 위애왕은 진나라를 돕겠다고 승낙했다.

　그런데 좌승상 감무는 평소부터 자기를 시기하는 자가 우승상 저이질이라는 걸 잘 알고 있었다.

　감무가 부사副使 격으로 데리고 온 상수向壽를 먼저 진나라로 돌려보내면서 분부한다.

　"그대는 돌아가서 대왕께 내 말을 전하오. '위나라는 우리를 돕겠다고 승낙했으나 대왕께선 한나라를 치지 마십시오. 그러는 것이 좋을 줄로 생각합니다' 하고만 아뢰오."

　상수는 진나라에 돌아가서 진무왕에게 감무의 말을 그대로 고했다. 진무왕은 이 말을 듣고 그 뜻을 알 수 없어서 여러모로 의심했다. 이에 진무왕은 위나라에서 돌아오는 감무를 직접 영접하려고 식양息壤 땅까지 갔다. 식양 땅에서 진무왕은 감무를 만났다.

　진무왕이 묻는다.

　"좌승상은 나에게 위나라가 우리를 돕는다면 함께 한나라를 치자고 약속하지 않았소? 이에 위나라가 우리를 돕겠다는데 한나라를 치지 말라는 것은 무슨 뜻이오?"

　감무가 대답한다.

　"우리는 험준한 천릿길을 가서 한나라를 무찌르고 나아가야 합니다. 그러니 이런 일은 경솔히 서둘러서는 안 됩니다. 옛날에 말을 모는 어인御人이 하나 있었습니다. 그런데 그 어인의 이름은 공자孔子의 제자 증삼曾參과 글자 한 자 틀리지 않은 증삼이었습니다. 어느 날 어인 증삼이 살인을 했습니다. 어떤 사람이 공자의 제자인 증삼의 어머니에게 달려가서 '증삼이 살인을 했다오!' 하고 알렸습니다. 이때 그 어머니는 베를 짜고 있었는데 조금도 놀라지 않고 대답하기를, '내 아들 증삼은 효자라 결코 살인할 사람이 아니오' 하고 여전히 베만 짜더랍니다. 조금 지나자 또 어떤 사람이 달려와서 '증삼이 사람을 죽였소' 하고 전했습니다. 그 어머니는 잠시 베 짜던 손을 멈추고 생각하더니, '세상 사람이 다 살인을 한다 해도 우리 아들은 살인할 사람이 아니오' 하고 다시 베를 짜더랍니다. 조금 지나자 또 어떤 사람이 달려와서 '그 살인 자의 이름이 틀림없는 증삼이라고 하던데요' 하고 알렸습니다. 그제야 그 어머니는 베틀에서 내려와 관가官家로 달려갔다고 합니다. 가본즉 물론 그 살인자는 이름만 같을 뿐 다른 사람이었습니다. 대저 공자의 제자 증삼은 어질기로 유명한 분입니다. 한데 그러한 분의 어머니도 '아들이 살인했다'는 말을 세 번 만엔 곧이 들었다고 합니다. 지금 신은 증삼만큼 어질지 못합니다. 대왕 또한 증삼의 어머니가 아들을 믿었던 것만큼 신을 믿지 못하실 것입니다. 만일 어떤 자가 와서 '감무가 사람을 죽였다'고 고하는 날이면 아마 대왕께선 세 번 만에 곧이듣기는커녕 단번에 그 말을 믿고 베틀에서 내려오지 않으시리라고 누가 보장하겠습니까? 신이 지금 두려워하는 것도 바로 그 점입니다."

진무왕이 머리를 끄덕이면서 대답한다.

"만일 누가 그대를 중상모략할지라도 과인은 결코 그 말을 곧이듣지 않겠소. 무슨 일이 있을지라도 그대를 믿겠다는 걸 여기서 맹세하오."

이에 임금과 신하는 서로 입술에 피를 바르고 굳게 맹세했다. 그리고 식양息壤 땅 지명까지 기입한 서약서를 써서 한 통씩 나눠 가졌다.

이리하여 마침내 감무는 대장이 되고, 상수는 부장이 되어 군사를 거느리고 한나라 의양宜陽 땅으로 쳐들어갔다.

진나라 군사가 의양성宜陽城을 포위한 지도 5개월이 지났다. 그러나 진나라 군사는 의양성을 함락하지 못했다.

한편, 진나라에선 우승상 저이질이 진무왕에게 아뢴다.

"한나라를 치러 간 우리 군사를 속히 소환하십시오. 그들은 노련한 정예 부대입니다. 외방에 오래 두면 혹 변란을 일으킬지도 모릅니다."

이에 진무왕은 감무에게 사람을 보내어 즉시 회군하도록 분부했다. 그런데 감무와 군사는 돌아오지 않고, 의양으로 갔던 사람이 봉함封函 하나만 가지고 돌아왔다.

"감무 장군이 이 봉함을 대왕께 올리라고 하더이다."

진무왕이 즉시 그 봉함을 뜯어보니 거기엔 '식양息壤'이란 두 글자만 적혀 있었다.

진무왕은 그제야 깨달았다.

"그렇다! 나는 지난날 식양 땅에서 감무와 맹세한 일이 있었다. 내 하마터면 저이질의 말을 믿고 그를 의심할 뻔했구나!"

이에 진무왕은 오획烏獲에게 군사 5만 명을 주고 속히 의양 땅에 가서 감무를 돕도록 분부했다.

한편, 한나라 한왕韓王 또한 대장 공숙영公叔嬰에게 군사를 더 내주어 속히 가서 의양성을 돕도록 분부했다. 이리하여 의양성 아래에서 진나라와 한나라 군사 사이에 일대 접전이 벌어졌다.

진나라 용사 오획은 원래 철극鐵戟 한 쌍을 가지고 있었는데 그 무게가 180근이나 되었다. 그는 철극을 휘두르며 한나라 군사 속으로 뛰어들어가서 닥치는 대로 쳐죽였다. 감무와 상수도 각기 일군一軍을 거느리고 쳐들어가서 한나라 군사를 마구 무찔렀다. 한나라 군사는 참패하여 7만여 명이나 죽었다.

오획의 용력은 참으로 놀라웠다. 오획은 발을 구르면서 크게 외마디 소리를 지르는가 싶더니 순식간에 공중으로 솟아 의양성 위로 뛰어올라갔다. 그러고는 성루城樓의 기둥을 끌어안고 흔들었다. 삽시에 기둥이 흔들리면서 육중한 성루가 무너진다. 그러나 오획은 미처 몸을 피할 틈이 없었다.

오획은 무너지는 성루와 함께 성 아래로 떨어졌다. 천하장사 오획도 별수 없이 돌 위에 부딪쳐 늑골이 부러져서 죽고 말았다. 이 기회를 놓치지 않고 진나라 군사는 물밀듯이 쳐들어가서 마침내 의양성을 함몰했다.

한편 한왕은 의양성이 함몰되었다는 보고를 받고 잔뜩 겁을 먹었다. 그는 정승 공중치公仲侈를 진나라로 보내어 진무왕에게 많은 보물을 바치고 화평을 청했다. 진무왕은 흐뭇해하고 화평을 승낙했다.

이리하여 진무왕은 감무를 소환하고, 상수로 하여금 의양 땅을 다스리게 했다. 그리고 우승상 저이질을 삼천三川으로 보내어 길을 열게 했다. 그런 후에 진무왕은 천하장사 임비任鄙와 맹분孟賁 등 일반一班 용사들을 친히 거느리고 길을 떠나 의양 땅과 삼천을 지나서 바로 주나라 낙양洛陽으로 들어갔다.

이에 주나라 주난왕周赧王은 진무왕을 영접하려고 친히 교외까지 나왔다. 그러나 진무왕은 주 천자天子와 만나볼 필요가 없다고 거절했다. 참으로 주 왕실은 명색뿐이고 아무 권위가 없었다.

진무왕은 곧장 주나라 태묘太廟로 들어갔다. 진무왕은 태묘 옆에 천자를 상징하는 이른바 구정九鼎이란 아홉 개의 솥이 있다는 사실을 알고 있었다. 천하에 둘도 없는 보배이며, 자고로 영웅들이 제각기 욕심을 냈던 그 아홉 개의 솥이 과연 태묘 옆에 나란히 놓여 있었다. 진무왕 일행은 그 구정 앞에서 연신 찬탄해 마지않았다.

전에도 말한 바이지만, 구정은 옛날에 우왕禹王이 중국中國 구주九州의 지방관地方官들로부터 받은 금金으로 만들어놓은 아홉 개의 솥이다. 그러므로 그 아홉 개의 솥엔 각기 그 고을〔州〕의 산 이름과 강 이름, 그리고 그 고을 출신인 유명한 사람들의 이름, 조정朝廷에 바치는 공물貢物과 부세賦稅의 수량, 전답田畓과 지역의 넓이 등이 새겨져 있었다. 그리고 솥발과 솥귀마다에는 용龍이 정교하게 새겨져 있었다. 그래서 세상 사람들은 이 아홉 개의 솥을 구룡신정九龍神鼎이라고도 한다.

옛날에 하夏나라가 천하를 상징하는 보물로 구정九鼎을 상商나라에 전했고, 주무왕周武王이 상나라를 없애고 주나라를 세웠을 때 무수한 군사를 동원시켜 구정을 배와 수레에 나누어 싣고서 이곳 낙양으로 옮겨놓았던 것이다. 이 아홉 개의 솥은 마치 조그만 철산鐵山과 같아서 무게가 얼마나 되는지 아는 사람이 없었다.

진무왕은 구정을 일일이 둘러보고 거듭 찬탄해 마지않았다. 아홉 개의 솥 한가운데엔 각기 형荊·양梁·옹雍·예豫·서徐·양揚·청靑·연兗·기冀 등 그 당시 천하 구주九州의 명칭이 또렷이 새겨져 있었다.

진무왕이 손으로 옹雍자가 새겨져 있는 솥을 가리키며 탄식한다.

"이 솥이 바로 오늘날 우리 진나라를 상징하는 당시 옹주雍州로구나! 과인은 우리 나라 함양으로 이 솥을 가지고 가야겠다."

진무왕이 솥을 지키는 주나라 관리에게 묻는다.

"지난날에 이 솥을 들어올린 사람이 있었느냐?"

주나라 관리가 머리를 조아리며 대답한다.

"자고로 혼자서 솥을 들어올린 사람은 없었다고 합니다. 전하는 말에 의하면 솥 하나의 무게가 1,000균鈞이라는데 누가 능히 들어올렸겠습니까?"

진무왕이 용사 임비와 맹분을 돌아보고 묻는다.

"그대들은 능히 이 솥을 들어올릴 수 있겠소?"

임비는 진무왕이 원래 힘도 세지만 무슨 수를 써서라도 이기려고 기를 쓰는 성질이 대단하다는 걸 잘 알기 때문에 사양한다.

"한 100균쯤 된다면 신의 힘으로 들어올릴 수 있습니다. 그러나 이 솥은 무게가 1,000균이나 된다고 하니 도저히 들어올리지 못하겠습니다."

곁에 있던 맹분이 팔을 걷고 뽐내면서 아뢴다.

"청컨대 신이 한번 들어올리겠습니다. 만일 실패하더라도 벌은 내리지 마십시오."

좌우 사람들이 솥 양쪽 귀에다 청사青絲로 엮은 큰 줄을 걸었다. 이에 맹분은 허리띠[腰帶]를 졸라매고, 소매를 쓱 걷어붙인 후 쇠 같은 팔을 뻗어 그 큰 줄을 휘감아 잡았다. 맹분은 허리를 굽히고 눈을 딱 부릅뜨더니 매섭게 외마디 소리를 지르면서 두 팔을 치켜올렸다. 순간 솥은 땅바닥에서 약 반 자[尺] 가량 떴다. 그러나 즉시 쿵 하고 도로 내려앉았다.

맹분은 너무나 힘을 과하게 쓴 바람에 튀어나온 눈알이 들어가지 않았다. 더욱이 눈초리가 찢어져서 피까지 흘러내렸다.

진무왕이 껄껄 웃으며 말한다.

"그대는 과도히 힘을 써서 겨우 솥을 들긴 했다. 비록 과인이 힘은 없지만 아마 그대보다는 높이 들어올리리라."

곁에서 임비가 간한다.

"대왕께서는 만승萬乘의 고귀하신 몸입니다. 경솔한 행동은 삼가십시오."

그러나 진무왕은 그 말을 들으려 하지 않고 금포錦袍를 벗어부친 후 옥대玉帶를 끄르고 튼튼한 가죽떠로 허리를 단단히 매었다. 그러고는 다시 소매를 걷어올려 명주로 매고 나서 솥 앞으로 나아갔다.

임비가 진무왕 앞을 가로막으면서 굳이 간한다.

"대왕께선 어쩌자고 친히 이러십니까?"

진무왕이 호령한다.

"너는 솥도 들어올리지 못하는 주제에 과인을 시기하느냐!"

임비는 기가 막혀서 더 할말이 없었다. 진무왕은 허리를 크게 한번 펴더니 유유히 두 팔을 뻗어 솥 양쪽 귀에 걸려 있는 큰 줄을 틀어잡았다.

진무왕은 속으로 생각했다.

'맹분은 솥을 약간밖에 들어올리지 못했다. 나는 솥을 들어올린 다음에 몇 걸음 걷기로 하자. 그래야만 나의 힘을 자랑할 수 있다.'

진무왕은 순간 외마디 소리를 지르면서 평생의 힘을 다 내어 솥을 쳐들었다. 솥은 전처럼 땅에서 약 반 자 가량 떴다. 진무왕은 솥이 더 이상 들리지 않자 순간 걸어야 한다고 생각했다.

진무왕이 한걸음 내디뎠을 때였다. 갑자기 두 팔에 힘이 쭉 빠지면서 하늘이 노래졌다. 진무왕은 자기도 모르는 사이에 손을 놓으며 날카롭게 외마디 소리를 지르면서 나가자빠졌다. 솥이 그만 진무왕의 오른발에 떨어졌던 것이다.

사람들은 솥을 치울 필요도 없었다. 진무왕의 오른쪽 발목은 완전히 떨어져나가고 없었다. 좌우 신하들은 기절해버린 진무왕을 황급히 수레에 싣고 공관公館으로 모셨다. 순식간에 진무왕의 침상은 흐르는 피로 벌겋게 물들었다. 진무왕은 아픔을 참을 수 없어 구슬땀을 줄줄 흘리면서 몹시 괴로워했다.

그날 밤중이었다. 진무왕은 마침내 숨을 거두고 말았다.

지난날에 진무왕은, '내 주나라 낙양 땅을 구경할 수 있다면 죽어도 한이 없겠소' 하고 말한 일이 있었다. 그런데 진무왕은 오늘날에 이르러 과연 주나라 낙양 땅에서 죽었다. 살아생전에 한 말이 어찌 징조였다고 아니 할 수 있으리오. 그러기에 사람은 말을 함부로 해서는 안 되는 것이다.

주나라 주난왕은 진무왕이 갑자기 죽었다는 보고를 받고 놀랐다. 주난왕은 급히 좋은 관을 장만해 친히 공관에 가서 염殮하는 것을 보고 곡哭으로써 조상弔喪까지 했다.

이에 진나라 우승상 저이질과 그 일행은 진무왕의 관을 받들어 모시고 진나라로 돌아갔다.

원래 진무왕에겐 아들이 없었다. 그래서 진무왕의 서庶동생인 공자 직稷이 진나라 왕위를 계승했다. 그가 바로 진소양왕秦昭襄王이다.

우승상 저이질은 진무왕이 솥을 들어올리게 된 동기가 맹분 때문이었다고 해서 맹분과 그 일족을 모조리 죽였다. 그리고 당시 임비가 진무왕에게 간했다고 해서 그를 한중漢中 땅 태수太守로 옮기도록 했다.

우승상 저이질은 다시,

"삼천을 지나 선왕을 낙양으로 가시게 한 것은 누구의 책임인가! 이 일은 좌승상 감무가 꾸며낸 것이다. 감무를 속히 잡아들여라!"

하고 추상같이 호령했다.

그러나 감무는 미리 이 소문을 듣고 진나라를 떠나 위나라로 달아났다. 그후 감무는 위나라에서 일생을 마쳤다.

진소양왕은 초나라가 세자 횡橫을 제나라에 볼모로 보내고 화평한 데 대해 매우 마땅치 않게 생각했다. 초나라가 진나라를 배반하고 제나라와 손을 잡았기 때문이었다. 그래서 진나라는 저이질을 대장으로 삼아 초나라를 쳤다.

이에 초나라에선 대장 경양景央이 진나라 군사를 맞이해 싸웠다. 그러나 마침내 대장 경양은 전사하고 초나라 군사는 대패했다. 싸움에 대패했다는 보고를 받은 초회왕은 겁을 먹고 어쩔 줄을 몰라 했다.

이때 진소양왕으로부터 밀봉 서신이 왔다. 초회왕이 급히 봉서封書를 뜯어본즉 그 내용에 하였으되,

지난날에 우리 나라는 왕과 형제의 의義를 맺고 서로 혼인한 후로 오랫동안 친선을 도모해왔습니다. 그런데 왕께선 우리 진나라를 배반하고, 세자를 제나라에 볼모로 바쳤습니다. 이에 과인은 진실로 분노를 참을 수 없어 귀국 변경邊境을 친 것입니다. 어찌 귀국을 치고 싶어서 쳤겠습니까. 이제 천하의 대국大國이라면 다만 우리 진나라와 초나라가 있을 뿐입니다. 우리 두 나라가 서로 손을 잡지 않으면 어찌 모든 다른 나라를 호령할 수 있겠습니까? 과인은 장차 무관武關 땅에서 왕과 회견하고 새로이 동맹을 맺고자 합니다. 그런 후에 과인은 왕께 이번에 빼앗은 땅을 돌려드릴 작정입니다. 왕께선 과인과 회견할 것을 즉시 허락하십시오. 만일 왕께서 과인의 청을 거절하신다면 이는

분명코 우리 진나라를 배반한 것으로 간주하겠습니다. 동시에 우리 진나라 군사는 나아가면 나아갔지 결코 물러서지는 않을 것입니다.

초회왕은 진소양왕의 서신을 읽고 나서 즉시 모든 신하와 함께 의논했다.

"과인은 무관 땅으로 가기 싫다. 그러나 아니 가면 진왕秦王의 노여움을 살 것이며, 만일 간다면 혹 진왕의 속임수에 걸려드는 것은 아닐지? 장차 이 일을 어찌하면 좋겠소?"

굴원屈原(『초사楚辭』의 저자)이 앞으로 나아가 아뢴다.

"원래 진나라는 범과 이리같이 탐욕스럽고 포악한 나라입니다. 우리 초나라가 그들에게 한두 번 속았습니까? 왕께선 무관으로 가시기만 하면 결코 돌아오지 못하십니다."

정승 소저昭雎가 역시 아뢴다.

"굴원의 말이 지당한 줄로 아뢰오. 왕께선 진왕을 만나러 가지 마십시오. 그 대신 다시 군사를 보내어 진나라 군사를 막도록 하십시오."

이에 근상靳尙이 아뢴다.

"그 말씀은 옳지 못하오. 우리 초나라 군사는 진나라 군사를 당적할 수 없기 때문에 이미 싸움에 패했고, 대장마저 죽었습니다. 공연히 항거하다가 결국 항복하고 땅까지 베어주느니 차라리 그들과 동맹을 맺어 잃은 땅이나 되찾는 것이 현명합니다."

공자 난蘭은 자기 아내가 진나라 왕녀王女인지라 역시 근상과 같은 의견이었다.

"우리 초나라와 진나라는 서로 딸을 출가시켜 혼인한 사이입니

다. 그러니 인척 간만큼 더 친한 사이가 또 어디 있습니까? 진나라
는 비록 군사를 보내어 우리 나라를 치는 중이지만 오히려 우리에
게 화평을 청하고 우리의 환심을 사려고 동맹을 청해왔습니다. 이
러한 진나라의 호의를 우리가 어찌 무시할 수 있겠습니까? 왕께선
무관 땅에 가셔서 진왕과 우호를 맺으십시오."

초회왕은 싸움에 패했기 때문에 내심 진나라를 두려워했다. 그
래서 그는 근상과 자기 아들인 공자 난의 권고에 귀가 솔깃해져서
진나라 사신을 불러들여 무관 땅에 가겠다고 승낙했다. 초나라를
출발할 때 초회왕은 대신이라곤 근상 하나만을 데리고 떠났다.

한편 진소양왕은 자기 동생 경양군涇陽君을 왕으로 가장시켰
다. 이리하여 가짜 진왕이 된 경양군은 왕의 수레를 타고서 앞뒤
로 우모羽旄를 든 시위侍衛들을 거느리고 무관 땅으로 갔다.

경양군은 장군 백기白起에게 군사 1만 명을 주어 무관 땅 관내
關內에 매복시키고, 장군 몽오蒙驁에게도 군사 1만 명을 주어 관
외關外에 매복시켰다. 그리고 초회왕을 영접하도록 계속해서 사
신들을 내보냈다.

이리하여 초회왕은 이르는 곳마다 끊임없이 진나라 사신의 영
접을 받았다. 그래서 초회왕은 조금도 의심하지 않고 무관 가까이
까지 갔다.

활짝 열린 관문關門에서 또 진나라 사자가 나와서 초회왕을 영
접하며 고한다.

"우리 왕께선 관내에서 대왕을 기다리신 지 벌써 사흘째입니
다. 신에게 빈주賓主의 예를 다하여 대왕을 공관으로 모시라고 하
셨습니다."

초회왕은 이미 진나라 땅에 발을 들여놓았으니 이제 와서 돌이

킬 수도 없는 처지였다. 초회왕은 사자를 따라 관문 안으로 들어 갔다. 이때 어디선지 포성砲聲이 크게 진동했다. 초회왕은 깜짝 놀라 사방을 두리번거렸다. 어느새 관문은 굳게 닫혀 있었다.

초회왕은 그제야 의심이 벌컥 났다.

"어째서 급히 관문을 닫아버리시오?"

진나라 신하가 대답한다.

"그러는 것이 우리 진나라의 법法입니다. 더구나 전시戰時엔 그리할 수밖에 없습니다."

초회왕이 묻는다.

"진왕은 지금 어디에 계시오?"

"조금 전에 공관에 계셨습니다. 그래서 신이 지금 대왕을 모시고 그리로 가는 길입니다. 어자御者는 무엇을 꾸물대는가? 속히 수레를 몰아라!"

한 2마장쯤 갔을 때 공관이 바라보였다. 그 공관 앞에 시위侍衛들이 나와 있었다.

초회왕의 수레가 당도하자 공관 안에서 한 사람이 나왔다. 그 사람은 비록 금포錦袍를 입고 허리엔 옥대玉帶를 둘렀으나 어딘지 진소양왕 같지가 않았다. 초회왕은 그저 주저할 뿐 수레에서 내리려 하지 않았다.

그 사람이 수레 앞까지 와서 허리를 굽히며 말한다.

"대왕께선 의심하지 마십시오. 신은 진왕이 아니오라 바로 동생 경양군이올시다. 청컨대 대왕께선 공관 안으로 들어가시이다. 대왕께 말씀드릴 것이 있습니다."

초회왕은 하는 수 없이 공관 안으로 따라들어갔다. 그가 경양군이 권하는 자리에 막 앉으려는 순간, 갑자기 바깥에서 산천이 떠

나갈 듯한 함성이 일어났다. 그러더니 순식간에 진나라 군사 1만
여 명이 나타나 공관을 첩첩이 포위하는 것이었다.

초회왕이 당황하여 묻는다.

"과인은 귀국 왕과 회견하려고 왔소. 그런데 어째서 군사들이
나를 포위하오?"

경양군이 웃으면서 대답한다.

"대왕께선 조금도 염려하지 마십시오. 지금 저희 왕께선 몸이
편치 못하사 함양성에서 바깥출입을 못하십니다. 이제부터 신이
대왕을 받들어모시고 함양으로 가겠습니다. 그러니 대왕께서는
신과 함께 함양까지 가셔서 저희 왕과 회견하십시오. 저 바깥의
군사들도 실은 대왕을 시위하고 가기 위해 모여든 것입니다."

그러나 그것은 시위라기보다는 분명한 협박이요 강제 납치였
다. 초회왕은 군사들에게 끌려나가다시피 해서 수레에 올랐다.
진나라 장수 몽오蒙驁가 거느린 군사들은 사방 산마다 늘어서서
파수를 보고 있었다.

경양군은 초회왕과 나란히 수레를 타고 함양으로 떠났다. 진나
라 장수 백기白起는 자기 소속 군사를 거느리고 초회왕이 탄 수레
를 전후좌우로 호위했다. 아니 호위라기보다는 잡아간다는 쪽이
옳을 것이다.

초회왕을 따라왔던 근상은 그날 밤 도중에서 달아났다.

이튿날도 초회왕은 진나라 함양으로 끌려가면서 길이 탄식했다.

"내 일찍이 정승 소저와 굴원의 말을 듣지 않았다가 이 꼴을 당
하는구나!"

초회왕은 흐르는 눈물을 주체하지 못했다. 수일 후에 초회왕은
진나라 도읍 함양에 당도했다. 이에 진소양왕은 모든 신하와 다른

나라에서 온 사신들을 전부 장대章臺 위로 들게 했다. 그러고서 진소양왕은 남향으로 놓인 왕좌王座에 높이 앉았다.

안내하는 시신侍臣이 초회왕에게 속삭인다.

"왕께선 이 계단 아래에서 우리 대왕을 배알하십시오."

그것은 자기 나라 속국의 제후에게도 차마 시키지 못할 모독이었다.

초회왕이 마침내 부아통이 터져 큰소리로 항의한다.

"과인은 진나라와 인척 간이기 때문에 안심하고 무관에 온 것이오. 그런데 진왕은 병들었다 거짓말을 하여 이곳 함양까지 과인을 유인해들였구려. 그러고도 예로써 대우하지 않으니 이 무슨 뜻이오!"

진소양왕이 천연스레 대답한다.

"지난날 왕은 우리 나라에 검중黔中 땅을 주겠다고 약속까지 하고서 아직도 실행하지 않았소. 그래서 오늘날 왕을 이곳까지 오게 한 것이오. 우리 나라에 검중 땅만 내준다면 우리는 당장이라도 왕을 초나라로 보내드리겠소."

초회왕은 더욱 화가 났다.

"그 검중 땅을 원한다면 얼마든지 좋은 말로 요구할 수도 있지 않소? 그런데 어째서 이런 속임수를 쓰는 거요?"

진소양왕이 비웃듯이 대답한다.

"이렇게라도 아니하면 우리는 그 땅을 받아낼 수 없기 때문이오!"

초회왕이 말한다.

"좌우간 과인은 이 자리에서 진나라에 검중 땅을 드리기로 맹세하겠소. 과인이 돌아갈 때 장군 한 사람만 딸려보내시오. 그러면 과인이 초나라에 가서 그 장군 편에 검중 땅 지도와 문서를 모두 보내드리겠소."

진소양왕이 대답한다.

"오늘날 같은 세상에서 누가 맹세란 걸 믿는단 말이오? 왕은 초나라로 사람을 보내어 검중 땅 지도와 문서를 가지고 오게 하시오. 그리고 새로 경계만 분명히 정하면 과인은 즉시 왕을 전송해 드리겠소."

진나라 신하들이 좌우에서 초회왕에게 은근히 권한다.

"그렇게 하시는 것이 좋을 것입니다."

초회왕이 더욱 화가 치밀어 그렇게 권하는 진나라 신하들을 둘러보며 꾸짖는다.

"너희들은 나를 이곳까지 유인해서 데리고 오고서도 다시 땅을 내놓으라고 강요하느냐! 나는 죽으면 죽었지 너희들의 무도한 협박엔 굴할 수 없다!"

그날로 진소양왕은 초회왕을 함양성 안에 연금했다.

한편, 도중에서 도망친 근상은 거지꼴이 되어 겨우 초나라로 돌아갔다. 근상은 초나라 정승 소저에게 진소양왕이 검중 땅을 얻기 위해서 초회왕을 함양에 연금했다는 소문을 듣고 온 대로 보고했다.

소저가 심각한 얼굴로 걱정한다.

"이거 야단났구려. 왕께선 진나라에 붙들려 계시고 세자 횡橫은 제나라에 볼모로 가 있으니 어찌할꼬! 만일 제나라가 장차 진나라와 공모하여 세자 횡까지 돌려보내지 않는다면 우리 초나라는 왕위가 비고 마오."

근상이 말한다.

"공자 난蘭을 세우면 되는데 어째서 왕위가 빈다고 하오?"

소저가 조용히 머리를 흔든다.

"횡은 세자가 된 지도 오래되었소. 더구나 왕께선 지금 진나라에 붙들려 계실 뿐이지 세상을 떠나신 건 아니오. 아직 왕의 분부도 받지 않은 때에 우리 마음대로 적자인 세자 횡을 버리고 서자인 공자 난을 왕위에 세울 순 없소. 다음날 왕께서 돌아오실지라도 우리는 변명할 말이 있어야 하지 않겠소? 나는 우리 왕께서 세상을 떠나셨다고 제나라에 거짓 부고訃告를 내고 즉시 세자 횡을 보내달라고 청할 작정이오. 그러면 제나라는 반드시 세자를 돌려보내줄 것이오."

근상이 머리를 끄덕이며 청한다.

"나는 왕을 버리고 혼자 이 꼴이 되어 돌아왔소. 그러니 나를 제나라로 보내주오. 이번에 가면 우리 초나라를 위해 힘껏 주선하겠소."

이에 정승 소저는 근상을 제나라로 보냈다. 제나라에 당도한 근상은 초회왕이 죽었다고 거짓말을 하고, 세자 횡을 데리고 돌아가서 왕위를 계승시켜야겠다고 청했다.

제민왕齊湣王이 정승 맹상군孟嘗君과 상의한다.

"지금 초나라의 왕위가 비었다는구려. 이 참에 우리가 초나라 세자를 돌려보내지 말고 대신 초나라 회북淮北 땅을 달라고 교섭하면 어떻겠소?"

맹상군이 대답한다.

"그건 안 될 말씀입니다. 초왕의 아들은 우리 나라에 볼모로 와 있는 세자 횡 하나만이 아닙니다. 초나라가 우리의 요구대로 회북 땅을 바치고 세자 횡을 데려간다면 문제될 것이 없지만, 그렇지 않고 그들이 다른 공자를 왕위에 세운다면 어찌되겠습니까? 우리 제나라는 초나라 땅 한 조각도 얻지 못하고 공연히 천하 모든 나라들로부터 의롭지 못하다는 욕만 먹게 됩니다. 왕께선 그런 위험한 계책일랑 쓰지 마십시오."

제민왕이 머리를 끄덕이며 대답한다.

"경의 말이 옳소."

드디어 제나라는 정중한 예의로써 세자 횡을 초나라로 돌려보냈다. 세자 횡은 초나라에 돌아간 즉시 왕위에 올랐다. 그가 바로 초경양왕楚頃襄王이다. 그리하여 초나라는 곧 진나라로 사신을 보냈다.

초나라 사신이 함양에 이르러 진소양왕에게 아뢴다.

"우리 초나라는 종묘사직과 천지신령天地神靈의 도우심을 받아 이미 새로운 왕이 등극하셨습니다."

결국 진나라는 초나라 땅을 한 조각도 얻지 못하고 그간 꾸며온 일이 모두 수포로 돌아가고 말았다.

이에 진소양왕은 부끄러움과 분노를 참을 수 없어,

"즉시 군사를 일으켜 초나라를 쳐라!"

하고 외쳤다.

마침내 진나라는 백기가 대장이 되고, 몽오가 부장이 되어 군사 10만 명을 거느리고 초나라로 쳐들어갔다. 진나라 군사는 초나라 군사와 악전고투惡戰苦鬪한 끝에 초나라 성 열다섯 곳을 빼앗고서 돌아갔다.

그후 초회왕이 진나라 함양에 붙들려 있은 지도 1년이 지났다. 어느 날 초회왕은 다른 옷으로 갈아입고 감시하는 자들이 쓰러져 자는 틈을 타서 몰래 함양성을 탈출했다.

초회왕은 초나라를 향해 동쪽으로 달아나려 했으나 어느새 진

나라 군사가 뒤쫓아왔다. 초회왕은 잠시 몸을 피했지만 도저히 초
나라로 달아날 수가 없었다. 그래서 초회왕은 북쪽 조趙나라를 향
해 샛길로 달아났다.

〔11권에서 계속〕

주周 왕실과 주요 제후국 계보도

* — 부자 관계, └ 형제 관계.
* 네모 안 숫자(①, ②…)는 주나라 건국 이후와 각 제후국 분봉 이후의 왕위, 군위 대代 수.

동주東周 **왕실 계보 : 희성**姬姓

… —— ㉝ 안왕安王 교驕(B.C.401~376) —— ㉞ 열왕烈王 희喜(B.C.375~369)

└ ㉟ 현왕顯王 편扁(B.C.368~321) —

└ ㊱ 신정 왕愼靚王 정定(B.C.320~315) —— ㊲ 난왕赧王 연延(B.C.314~256)

제齊**나라 계보 : 강성**姜姓

… — ㉖ 간공簡公 임壬(B.C.484~481)

└ ㉗ 평공平公 오驁(B.C.480~456) —— ㉘ 선공宣公 적積(일명 취잡就匝 : B.C.455~405) —

└ ㉙ 강공康公 대貸(B.C.404~379)

• 강성姜姓의 제나라(강제姜齊)는 강공康公으로 끝남. B.C.386년에 전제田齊의 태공太公 전화田和가 강공을 겁박
해 해상海上으로 쫓아버리고 1개 성읍만을 영유하도록 했음. 이어 B.C.379년에 강공이 사망함으로써 태공망
여상의 후예인 강제의 제사는 완전히 단절됨.

전제田齊의 계보 : 전씨田氏

··· ── 진陳 ⑭여공厲公 약躍(B.C.706~700) ── 경중敬仲 완完[1] ─┐

┌─ 진치맹이陳穉孟夷 ── 진민맹장陳湣孟莊 ── 진수무陳須無(전문자田文子) ─┐

┌─ 진무우陳無宇(전환자田桓子) ─┬─ 진개陳開(전무자田武子)

│   └─ 진걸陳乞(전이자田釐子)[2] ─┐

┌─ 진항陳恒(전전상田常, 전성자田成子) ── 전반田盤(전양자田襄子) ─┐

┌─ 전백田白(전장자田莊子) ── ①태공太公 전화田和(B.C.386~385)[3] ─┐

┌─ ②후섬侯剡(B.C.384~375) ── ③환공桓公 오午(B.C.374~357) ─┐

┌─ ④위왕威王 인제因齊(B.C.356~320) ─┬─ ⑤선왕宣王 벽강辟彊(B.C.319~301) ─┐

│   ├─ ⑥민왕湣王 지地(B.C.300~284) ─┐

│   └─ 전영田嬰 ── 전문田文(맹상군孟嘗君)

└─ ⑦양왕襄王 법장法章(B.C.283~265) ── ⑧왕건王建(B.C.264~221)

1 진陳나라에서 (강姜)제齊나라로 망명한 경중敬仲 완完 가문이 점차 발전하여 전제田齊를 건국함. 제나라로 도망
  간 후 전田 땅을 하사받고 성을 전씨田氏로 고쳤으나 그후로도 상당 시간 전씨田氏, 진씨陳氏를 혼용했음.

2 진걸陳乞은 제경공齊景公을 섬겼는데, 백성들에게 곡식을 꿔줄 때는 두豆·구區·부釜·종鍾의 4급 도량형을
  사용하되, 제나라 공실이 사용하는 양(4진법)보다 많게 (5진법으로) 책정하여 후하게 주고, 꿔준 곡식을 환수
  할 때는 공실의 도량형대로 적게 거두는 인정을 베풂으로써 백성들의 칭송이 자자해짐. 이때부터 진씨(전씨)는
  제나라 공실을 능가하는 실력과 인망을 두루 갖추게 되어 숙향叔向·안영 등 당대의 현신賢臣들이 진씨(전씨)
  가 강제姜齊 공실을 대체할 것이라고 예상하게 됨.

3 전화田和가 B.C.386년에 강제姜齊 공실을 찬탈하여 강제의 마지막 군주 강공康公을 해상海上으로 쫓아버리고
  1개 성읍만을 식읍으로 준 뒤 제후를 자처하고 이해를 원년元年으로 삼았지만, B.C.404년(강공이 즉위한 연도)
  부터 전씨는 사실상 제나라를 지배해왔음.

• ①태공(B.C.386~385) ── ②환공(B.C.384~379) ── ③위왕(B.C.378~343) ── ④선왕(B.C.342~324)
  ⑤민왕(B.C.323~284) ── ⑥양왕(B.C.283~265)으로 보는 견해도 있음(그러나 이 견해는 의심스러운 점이 많음).

한韓나라 계보 : 한씨韓氏

곡옥환숙曲沃桓叔(B.C.745~733) ── 곡옥장백曲沃莊伯(B.C.732~716) ─┐
　　　　　　　　　　　　　　　└─ 곡옥백曲沃伯(B.C.715~678) = 18 무공武公
　　　　　　　　　└─ 한만韓萬(한무자韓武子) ── 구백賕伯 ─┐
┌─ 한간韓簡(정백定伯) ── 한천韓穿(자여子興) ─┐
└─ 한궐韓厥(한헌자韓獻子) ── 한무기韓無忌(공손목자公孫穆子) ── 한양韓襄 ── 한노韓魯
　　　　　　　└─ 한기韓起(한선자韓宣子) ─┐
　　　　　　　└─ 한수韓須(한정자韓貞子) ── 한불신韓不信(한간자韓簡子) ─┐
　　　　　　　├─ 한적韓籍
　　　　　　　├─ 숙금叔禽
　　　　　　　├─ 숙초叔椒
　　　　　　　├─ 자우子羽
　　　　　　　└─ ?── 한고韓固
┌─ 1 한호虎(한강자韓康子 : B.C.?~425) ── 2 한계장啓章(한무자韓武子 : B.C.424~409) ─┐
┌─ 3 경후景侯 한건韓虔(B.C.408~400) ── 4 열후烈侯(B.C.399~387) ── 5 문후文侯(B.C.386~377) ─┐
┌─ 6 애후哀侯(B.C.376~375)[1] ── 7 의후懿侯 약산若山(B.C.374~363) ── 8 소후昭侯(B.C.362~333) ─┐
└─ 9 선혜왕宣惠王(B.C.332~312) ── 10 양왕襄王(B.C.311~296) ── …

1 6 애후(B.C.376~371) ── 7 장후蔣侯(B.C.370~359) ── 8 소후(B.C.358~333)로 파악하는 견해도 있음.
• 한韓·위魏·조趙 3가가 자립한 B.C.453년(본 부록에서 전국 시대의 시작으로 보는 연도) 당시의 종주宗主부
　터를 1대 군주로 간주했다(이하 위魏, 조씨趙氏도 마찬가지).

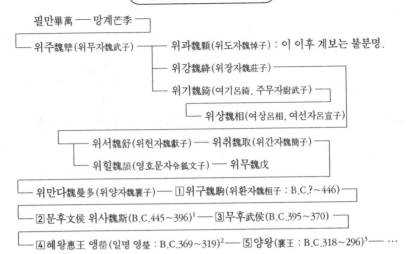

위魏나라 계보 : 위씨魏氏

필만畢萬 ── 망계芒季

위주魏犨(위무자魏武子) ── 위과魏顆(위도자魏悼子) : 이 이후 계보는 불분명.

위강魏絳(위장자魏莊子)

위기魏錡(여기呂錡, 주무자廚武子)

위상魏相(여상呂相, 여선자呂宣子)

위서魏舒(위헌자魏獻子) ── 위취魏取(위간자魏簡子)

위힐魏頡(영호문자令狐文子) ── 위무魏戊

위만다魏曼多(위양자魏襄子) ── ① 위구魏駒(위환자魏桓子 : B.C.?~446)

② 문후文侯 위사魏斯(B.C.445~396)[1] ── ③ 무후武侯(B.C.395~370)

④ 혜왕惠王 앵罃(일명 영嬰 : B.C.369~319)[2] ── ⑤ 양왕(襄王 : B.C.318~296)[3] ── …

1 ② 문후(B.C.424~387) ── ③ 무후(B.C.386~371)로 파악하는 견해도 있음.
2 혜왕은 B.C.334년에 다시 원년元年을 칭함. 그래서 이해부터 후원後元이 개시됨.
3 ④ 혜왕(B.C.370~335) ── ⑤ 양왕(B.C.334~319) ── ⑥ 애왕哀王(B.C.318~296)으로 보는 견해도 있음.

진晉나라 계보 : 희성姬姓

… ── ㊱ 열공烈公 지止(B.C.419~393) ── ㊲ 효공孝公 기頎(일명 경傾 : B.C.392~378)

㊳ 정공靜公 구주俱酒(B.C.377~376)

• ㉝ 출공 이후의 진나라 계보는 모호한 부분이 있어 의견이 엇갈림. ㉝ 출공(B. C. 474~452) ── ㉞ 경공敬公(B.C. 451~434) ── ㉟ 유공幽公(B.C. 433~416) ── ㊱ 열공烈公(B.C. 415~389) ── ㊲ 환공桓公(B.C. 388~369)으로 파악하는 견해도 있음. ㉟ 유공과 ㊱ 열공도 위의 계보처럼 부자 관계가 아니라 형제 관계로 보기도 함.

조趙나라 계보 : 조씨趙氏

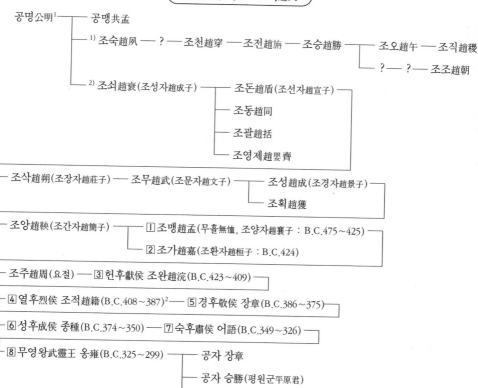

공명公明[1] ── 공맹共孟

1) 조숙趙夙 ─ ? ─ 조천趙穿 ─ 조전趙旃 ─ 조승趙勝 ─┬ 조오趙午 ─ 조직趙稷
　　　　　　　　　　　　　　　　　　　　　　　└ ? ─ ? ─ 조조趙朝

2) 조쇠趙衰(조성자趙成子) ─┬ 조돈趙盾(조선자趙宣子)
　　　　　　　　　　　　　├ 조동趙同
　　　　　　　　　　　　　├ 조괄趙括
　　　　　　　　　　　　　└ 조영제趙嬰齊

─ 조삭趙朔(조장자趙莊子) ─ 조무趙武(조문자趙文子) ─┬ 조성趙成(조경자趙景子)
　　　　　　　　　　　　　　　　　　　　　　　　　　└ 조획趙獲

─ 조앙趙鞅(조간자趙簡子) ─┬ ① 조맹趙孟(무휼無恤, 조양자趙襄子 : B.C.475~425)
　　　　　　　　　　　　　└ ② 조가趙嘉(조환자趙桓子 : B.C.424)

─ 조주趙周(요질) ─ ③ 헌후獻侯 조완趙浣(B.C.423~409)

─ ④ 열후烈侯 조적趙籍(B.C.408~387)[2] ─ ⑤ 경후敬侯 장章(B.C.386~375)

─ ⑥ 성후成侯 종種(B.C.374~350) ─ ⑦ 숙후肅侯 어語(B.C.349~326)

─ ⑧ 무영왕武靈王 옹雍(B.C.325~299) ─┬ 공자 장章
　　　　　　　　　　　　　　　　　　├ 공자 승勝(평원군平原君)
　　　　　　　　　　　　　　　　　　└ ⑨ 혜문왕惠文王 하何(B.C.298~266) ─ …

1 공명公明 이전의 상고 시대 조씨 계보는 9권 해당 부분을 참조할 것.

2 ④ 열후(B.C.408~400) ── ⑤ 무공武公(B.C.399~387) ── ⑥ 경후(B.C.386~375)로 파악하는 견해도 있음.

1) 은 한단조씨邯鄲趙氏(한단을 근거지로 삼은 일파).

2) 는 진양조씨晉陽趙氏(진양晉陽을 근거지로 삼은 일파로 조씨의 정통이자 종주宗主). 진양조씨가 한단조씨를 병
　합한 후 성장을 거듭해 조나라의 제후로 됨.

초楚나라 계보 : 웅성熊姓

··· ── ③1 성왕聲王 당當(B.C.407~402) ─┐

└─ ③2 도왕悼王 의疑(B.C.401~381) ── ③3 숙왕肅王 장臧(B.C.380~370)

└─ ③4 선왕宣王 양부良夫(B.C.369~340) ─┐

└─ ③5 위왕威王 상商(B.C.339~329) ── ③6 회왕懷王 괴槐(B.C.328~299) ── ···

진秦나라 계보 : 영성嬴姓

··· ── ㉔ 회공懷公(B.C.428~425) ──┬── 태자 소昭 ── ㉕ 영공靈公(B.C.424~415) ─┐

└── ㉖ 간공簡公 도자悼子(B.C.414~400) ─┐

└── ㉗ 혜공惠公(B.C.399~387) ─┐

└── ㉘ 출공出公(B.C.386~385)

└─ ㉙ 헌공獻公 연連(일명 사습師隰 : B.C.384~362) ── ㉚ 효공孝公(B.C.361~338) ─┐

└─ ㉛ 혜문왕惠文王(B.C.337~311)[1] ── ㉜ 무왕武王(B.C.310~307) ─┐

└─ ㉝ 소양왕昭襄王(B.C.306~251)[2] ── ···

1 혜문왕은 B.C.324년에 개원改元하였음.
2 소왕昭王이라고도 함.

노魯나라 계보 : 희성姬姓

··· ──┬── 공자 훼毀

├── ㉓ 소공昭公 주裯(일명 조稠, 소裯 : B.C.541~510)

└── ㉔ 정공定公 송宋(B.C.509~495) ── ㉕ 애공哀公[1] 장蔣(혹 將 : B.C.494~467) ─┐

└─ ㉖ 도공悼公 녕寧(B.C.466~429) ── ㉗ 원공元公 가嘉(B.C.428~408) ─┐

└─ ㉘ 목공穆公 현顯(B.C.407~377) ── ㉙ 공공共公 분奮(B.C.376~353) ─┐

└─ ㉚ 강공康公 둔屯(B.C.352~344) ── ㉛ 경공景公 언匽(B.C.343~315) ─┐

└─ ㉜ 평공平公 숙叔(B.C.314~296) ── ···

1 출공出公이라고도 함.

정鄭나라 계보 : 희성姬姓

```
··· ┬─ 15 성공聲公 승勝(B.C.500~463) ── 16 애공哀公 역易(B.C.462~455)
   │
   └─ 17 공공共公 축丑(B.C.454~424) ┬─ 18 유공幽公 이已(B.C.423)
                                  │
                                  ├─ 19 수공繻公 태駘(B.C.422~396)¹
                                  │
                                  └─ 20 정군鄭君 강공康公 을乙(B.C.397~375)
```

1 유공의 아들이라는 견해도 있음.

• B.C.375년에 한韓나라가 정鄭나라를 멸망시킴.

위衛나라 계보 : 희성姬姓

```
··· ── 34 신공愼公 퇴頹(B.C.414~373) ── 35 성공聲公 훈訓(B.C.372~362) ┐
┌──────────────────────────────────────────────────────────────┘
└─ 36 성후成侯¹ 속遫(B.C.361~333) ── 37 평후平侯(B.C.332~325) ┐
┌──────────────────────────────────────────────────────────────┘
└─ 38 사군嗣君² (B.C.324~283) ── ···
```

1 36 성후 16년(B.C.346)부터 공을 후侯라고 낮춰 칭하게 됨.

2 효양후孝襄侯라고도 함. 효양후 5년(B.C.320)에 위魏나라에 의해 '군君'으로 강등되고, 복양으로 강제 이주되었음.

• 31 경공敬公(B.C.450~432) 시기부터 한韓 · 위魏 · 조趙의 압박을 받아 사실상 주권을 상실한 것이나 다름없는 상황이 됨.

송宋나라 계보 : 자성子姓

```
··· ── 28 도공悼公 구전購田(B.C.403~396) ── 29 휴공休公 전田(B.C.395~373) ┐
┌──────────────────────────────────────────────────────────────────┘
└─ 30 벽공辟公 벽병辟兵(B.C.372~370) ┬─ 31 척성剔成(B.C.369~329)
                                  │
                                  └─ 32 강왕康王 언偃(B.C.328~286)
```

• B.C.286년에 초나라가 초 · 제 · 위 3국군을 이끌고 송宋나라를 멸망시킴.

기물器物

동경銅鏡　　구리 거울. 실제 거울로 상용했다기보다는 주술적 용도를 지닌 의식, 의례용 기물이었을 것으로 추정됨. 특히 전국 시대 초楚나라 남부 영역에 해당하는 호남성湖南省 지역에서 호화롭고 아름다운 동경들이 다량 출토되는데, 이로부터 동경을 남방의 태양 숭배를 상징하는 기물로 보기도 함. 호북성湖北省 강릉현江陵縣 출토의 용龍, 봉황鳳凰 문양을 투조透彫한 동경.

도성 내 수도관　　연燕나라 하도下都 도성 내 수도관의 출구 부분. 직경 36.5cm.

반盤 쟁반. 각종 예기禮器, 제기祭器를 받쳐 내오는 넓고 평평한 기물. 또는 가운데를 약간 우묵하게 만들어 손을 씻는 데 사용하기도 했음(하남성 박물관 소장으로 동주東周 왕실의 경사卿士였던 선백單伯 가문에서 제작한 것이라고 함).

상앙극商鞅戟 진秦의 상앙商鞅이 제작한 극戟(단창). '十三年大良造鞅之造戟'(진효공秦孝公 13년＝B.C.349년에 대량조大良造 상앙이 제작한 극戟)의 열세 글자가 새겨져 있음. 대량조大良造는 상국相國(재상) 겸 장군에 해당하던 진秦나라의 최고 직책이었음. 상해上海 박물관 소장.

무염추녀無鹽醜女 종리춘鍾離春이 제선왕齊先王을 알현하는 장면　　산동성山東省 가
상현嘉祥縣 출토 화상석畵像石.

주요 역사

전국戰國 **시대**(B.C.453~221) B.C.453년에는 진晉나라의 제후가 유명무실한 존재로 전락한 틈을 타 3경卿인 한호韓虎(한강자韓康子 : B.C.?~425), 위구魏駒(위환자魏桓子 : B.C.?~446), 조맹趙孟(조무휼趙無恤, 조양자趙襄子 : B.C.475~425)이 당시 진晉의 최대 실권자이자 최대의 영토를 보유한 지백知伯 요瑤(지양자知襄子)를 죽이고 지씨知氏 일문을 멸문시킨 다음 그 영토를 공평하게 나눔으로써 사실상 진晉나라를 삼분하고 단일 국가로 독립(진晉의 삼분, 삼진三晉의 성립)하는 대단히 획기적인 사건이 발생했음. 이때부터 3가는 각지의 영읍을 근거지로 삼아 각자 관료 제도와 통치 체제를 정비하면서 제후나 다름없이 행세했고 그로부터 50년 뒤인 B.C.403년에는 그 아들과 손자들인 한건韓虔(경후景侯 : B.C.408~400 재위), 위사魏斯(문후文侯 : B.C. 445~396 재위), 조적趙籍(열후烈侯 : B.C.408~387 재위)이 주위열왕周威烈王(B.C.425~402 재위)으로부터 제후 지위를 정식으로 승인받게 되었음. 이 사건은 주周 왕실에 의해 제정된 천자天子－제후諸侯－경대부卿大夫－사士의 봉건적 위계 질서와 종법宗法 · 예악禮樂 제도의 원리가 그런 대로 명목을 유지하는 가운데 각 지방 제후들이 계절존망繼絶存亡과 존왕양이尊王攘夷의 원칙 아래 인륜오상과 대의명분을 존중하면서 처신하던 춘추 시대 특유의 통치 질서가 이제 더 이상 관철되지 못하게 된 상황이 도래했음을 의미하는 것이었음. 곧 힘과 실력만 갖췄다면 하급자라도 자신의 상급자이자 주군主君을 제거하고 그 지위를 차지해도 상관없다는 하극상의 논리와, 강대국이 약소국을 거리낌없이 병탄하여 자국 영토의 일부(곧 군현郡縣)로 만들어버리는 약육강식弱肉强食의 치열한 힘겨루기가 보편화되는 단서를 열었다고 할 수 있음. 따라서 이처럼 획기적이고 상징적인 의미를 갖는 진晉의 삼분(B.C.453)을 기준으로 보통 그 이전을 춘추 시대, 그 이후를 전국 시대로 구분하고 있음(일부에서는 한 · 위 · 조가 주 천자에게 제후로서의 지위를 공식 승인받는 B.C.403년을 전국시대의 시작으로 보기도 하나 B.C.403

년 설은 다분히 명분을 중시하는 역사 인식 쪽에 가까우며, 역사 사실 자체를 중시하는 측면에서 본다면 B.C.453년이 춘추와 전국을 나누는 정확한 연도가 될 것이다). '전국'이라는 시대 용어는 한대漢代에 유향劉向이 편찬한『전국책戰國策』이라는 저서(이 시대의 유명 유세가遊說家와 외교가들의 활동을 중심으로 주요 열강들의 항쟁과 외교전 상황을 상세하게 정리한 책)의 제목에서 따온 것임.『전국책』이라는 저서가 해당 시대 각 열국들의 항쟁과 하극상 정변, 약육강식의 겸병 전쟁 등을 실감나게 잘 그리고 있듯이, '전국'이라는 시대 용어 역시 주요 열강들이 부국강병을 도모하면서 상호 각축하는 가운데 천하 통일을 추구해가는 과정을 매우 함축적이고도 적절하게 반영한다고 볼 수 있음. 실제로 약 230여 년 간의 전국 시대를 통해 정치·경제·문화·사회 등 다방면에서 역동적인 변혁들이 진행된 결과, 춘추 시대 이전의 분산적·분권적인 봉건 지배와 읍제 국가(각 지역에 점과 점으로 분산되어 존재하는 폐쇄적·고립적인 대소의 읍邑의 느슨한 연합체로 이루어진 국가 체제)의 영성한 구조는 자취를 감추고, 강력한 전제 군주의 일원적, 직할적 지배가 충분히 관철되는 집권화된 영역 국가와 군현郡縣 관료 지배가 새롭게 정착됨으로써 이후의 황제 제민齊民 지배 체제의 원형을 마련하게 되었음. 또한 제정祭政 일치와 씨족·부족 공동체적 원리 및 세습 귀족제 등도 형해화되면서 제정 분리, 5인 1가의 소농 경제 체제, 능력에 따른 인재 등용이라는 새로운 원칙들도 단계적으로 확립되었음. 그와 함께 경제 면에서는 철기鐵器가 보급되어 농공상업農工商業 전체의 생산력이 획기적으로 제고되고 사농공상士農工商 사민四民의 직업 구분도 뚜렷해지는 한편, 각 제후국 간의 국제 무역과 원거리 무역 등이 활성화되어 전체 경제 규모가 급속도로 확산되었음. 경제 발달과 잉여 생산의 확대 속에 문화와 학술도 꽃피게 되어 중국 사상의 요람이라고 칭해지는 제자백가諸子百家의 각 학파들이 차례로 출현하면서 이전의 주술적·신정적神政的 세계관을 대체하여 인문적·합리적 세계관이 자리잡게 되었음. 이처럼 본질적·획기적인 여러 변혁들이 동시 다발적으로 진행되었다는 점에서 전국 시대는 중국 사상 유례없는 중대 전환기라고 할 수 있음. 전국칠웅戰國七雄은 전국 시대에 천하의 패권을 다툰 7대 열강을 지칭하는 말로, 한韓·위魏·조趙·제齊·초楚·연

燕·진秦의 7국을 가리킴.

상앙변법商鞅變法　　상앙商鞅(B.C.?~338)이 진秦나라의 부국강병과 패업霸業을 신속하고 효과적으로 달성하기 위해 진효공秦孝公(B.C.361~338 재위)의 적극적인 지원과 비호 아래 추진한 대대적인 혁신 정책으로 1, 2차에 걸쳐 약 20여 년 간(B.C.359~338) 단행되었음. 추호의 예외나 사정私情을 두지 않는 지나치게 엄격하고 냉철한 개혁 정책을 쉴 새 없이 몰아친 결과, 상앙 자신은 민심을 잃고 각계각층의 원망을 사게 되어 효공孝公 사후 반대파들의 탄핵을 받아 거열형車裂刑에 처해지는 비참한 최후를 맞았지만, 그가 강행한 변법의 결과 진나라의 국력과 군사력은 이전 시기와 비교가 안 될 정도로 눈부시게 신장되었음. 그로 인해 춘추 중기 목공穆公(B.C.659~621 재위)의 서융칭패西戎稱覇 (B.C.624. 서융의 패자로 등극)를 제외하면 줄곧 서쪽 변경의 이류 국가에 불과했던 진나라가 전국 시대 중후기부터는 중원 국가들을 두렵게 만들 정도의 거대한 군사 강국으로 돌변하여 천하 통일을 주도하게 되었음. 전국 시대 7대 열강들은 내용과 정도의 차이는 있지만 모두 변법變法을 시행하여 부국강병과 천하통일을 지향했는데, 그중에서도 진의 상앙변법이 가장 성공적이고 철저했던 점에는 반박의 여지가 없음.

¹**1차 변법**變法**(B.C.359년 혹 356년 실시)**

⑴ **호적제**戶籍制 **정비, 십오제**什伍制 · **연좌제 수립** : 전국의 호적 제도를 대폭 정비한 후 각급 행정 편제에 따라 백성들을 5가, 10가 단위로 묶어 연좌連坐 처벌법을 적용함으로써 이웃간에 상호 감시하고 위법 행위를 고발하게 하는 극히 통제적인 대민對民 지배 체제를 확립함.

⑵ **군공수작제**軍功授爵制 : 군사 공적에 따라 작위爵位를 가감하는 제도를 도입해 전쟁에 나가 무공武功을 세우는 것을 적극 권장함. 이를 위해 20등급의 작제爵制를 정비하고 전쟁터에서 적병이 머리를 하나씩 끊어올 때마다 1등급을 승진시켜주는 기본 원칙을 마련. 이 결과 진나라의 전투력은 급속도로 제고되었지만, 타국으로부터는 격렬한 비난을 사게 되었음.

⑶ **중농억상**重農抑商 **강책** : 국가 생업의 기본인 농업과 양잠업을 적극 장려하

는 반면 상업商業은 말업末業이라 하여 철저히 감독하고 통제함.

²2차 변법變法(B.C.350년 실시)

⑴ **분가分家 정책** : 핵가족화를 촉진하기 위해 성년 남자 2인 이상, 또는 2세대 이상의 가족들이 한 집에 거주하는 것을 금지함(분가 정책의 실제 시행 여부에 대해서는 회의적인 견해들도 있으나 여기서는 원전 소설의 내용을 존중해 분가 정책을 시행한 것으로 정리했음).

⑵ **함양咸陽으로 천도.**

⑶ **현제縣制의 강행** : 전국을 31개 현縣으로 편성한 뒤 각지에 현령縣令·현승縣丞·현위縣尉들을 파견하여 군현제적郡縣制的인 직접 지배 체제를 강화함.

⑷ **토지 제도 개혁과 국가 수전授田 제도 확립** : 전국의 모든 토지와 임야를 국가에 귀속시키는 토지 국유 원칙을 수립한 후, 토지 국유제하에 사방 6자를 1보步로 하고 240보를 1무畝로 하는 새로운 토지 구획법을 정비. 그에 입각해 5인 1가당 100무畝(약 3,000평)의 토지를 공평하게 분급했다가 일정한 시기가 지나면 국가에 반환하게 하는 수전授田 제도를 확립.

⑸ **부세賦稅 제도 확립** : 수전授田 농민에게는 100무당 생산량의 10분의 1을 토지세로 납부하게 하고 기타 요역徭役, 인두세 등 각종 부세賦稅도 부담하도록 함.

등장 인물

방연龐涓

위魏나라의 장군. 손빈孫臏과 함께 귀곡鬼谷 선생의 문하에서 동문수학하다가 위나라로 출사出仕하여 장군 지위를 얻게 됨. 천성이 탐욕스럽고 음흉하여 동문수학할 때부터 자신보다 뛰어난 손빈을 은근히 시기하고 경원시했으며, 출세한 후에도 손빈을 천거하지 않고 멀리 했음. 자신의 방해 공작에도 불구하고 손빈이 묵자墨子의 천거로 위나라에 입사入仕하게 되자 간악한 계교를 써서 손빈을 제나라의 첩자로 몰아 월형刖刑(발목을 자르는 형벌)과 묵형墨刑(얼굴에 글자를 뜨고 먹을 넣어 죽을 때까지 지워지지 않도록 하는 형벌)을 당하게 하여 폐인처럼 만들었음. 우연히 방연의 간계를 알게 된 손빈이 정신병자 노릇을 하면서 하루하루 연명하다가 다시금 묵자의 도움으로 제나라 장군 전기田忌에게 구출되어 몰래 위나라를 탈출해 제나라로 가서 군사軍師가 되었으나 방연은 그 사실을 전혀 모르고 숙적 손빈을 죽였다고 안심하고 있었음. 그후 손빈의 활약으로 B.C.353년의 계릉桂陵 전투, B.C.341년의 마릉馬陵 전투에서 위나라가 제나라 군사에게 대패를 당하게 되고, 마릉 전투에서는 방연 자신도 손빈이 만든 함정에 빠져 죽음.

상앙商鞅(B.C.390~338)

본명은 위앙衛鞅으로 전국 시대 법가法家를 대표하는 인물. 위衛나라 공실의 후예로 위나라에서 관직을 구하다 받아들여지지 않자 진秦나라로 가 효공孝公에게 패업을 달성하는 방법을 유세하고 큰 신임을 얻어 좌서장左庶長에 임명되었음. 이후 내정 개혁의 전권을 부여받고 B.C.356년(359년이라는 설도 있음)과 B.C.350년 2차에 걸쳐 대대적인 변법變法을 추진하여 빠른 시기에 진나라의 부국강병을 달성했음. 그로써 서방에 치우친 관계로 춘추 중기의 목공穆公(B.C.659~621 재위) 시기 외에는 주도권을 잡은 적이 없는 이류 국가에 불가했던 진나라를 무서운 기세로 성장시켜 중원을 위협하는 최고 군사 강국으로 만들었음. 그러나 지나치

게 인정없고 가혹한 정책으로 말미암아 민심을 얻지 못했고 그로 인해 효공孝公
사후 반대파들의 탄핵을 받아 도주하던 중, 자신이 수립해놓은 빈틈없는 치안 체
제에 걸려 체포되어 능지처참을 당했음.

소진蘇秦

전국 시대를 대표하는 유세가遊說家로 주周나라 낙양洛陽 출신이고 손빈孫臏·방
연龐涓·장의張儀 등과 함께 귀곡鬼谷 선생 문하에 있었다고 함. 중국 서쪽 변방
에 치우쳐 춘추 중기 이래 중원 국가들의 경쟁에서 소외되어 있었던 진秦나라가
전국 중기에 상앙商鞅 변법變法(B.C.356년과 350년)을 시행하여 급속도로 부국강
병을 이룩하면서 중원 국가들을 충분히 위협할 정도의 군사 대국으로 강성해지
자, 진秦의 동방에 있는 한韓·위魏·조趙·제齊·초楚·연燕의 6국이 상호 연합
하여 진秦을 제압하자는 내용을 골자로 하는 합종책合縱策을 제시했음. 이로써
조趙나라의 숙후叔侯를 비롯한 6국 군주들의 열렬한 환영과 후원 아래 한동안 반
진反秦 연대를 이끌면서 영화를 누렸으나 동상이몽인 6국을 인위적으로 결합시
켰기 때문에 내부적인 결속력이나 안정성이 취약할 수밖에 없는 합종合縱의 본질
적인 특성으로 인해 오래 지속되지 못하였고, 그 결과 6국의 비난을 한 몸에 받은
채 비참한 말로를 맞았음.

손빈孫臏

본명은 손빈孫賓. 전설상의 천재 병법가인 귀곡 선생의 문하에서 가장 재능이 뛰
어났던 수제자. 오왕 부차의 군사軍師로 초나라를 정벌하는 데 큰 공을 세운 손무
의 후손이라고 알려져 있음. 귀곡 선생이 그 재능을 알아보고 손무가 지었으나 비
밀리에 전수되어 세간에는 알려지지 않던『손자병법孫子兵法』의 전체 내용을 전
수해주었다고 함(이 이야기는 전설이고 실제 그랬는지 여부는 불확실함). 묵자의 추천
으로 위魏나라에 출사出仕했으나 동문수학했던 방연龐涓이 그의 재주를 시기한
나머지 제나라의 첩자로 참소하는 바람에 억울하게 월형刖刑과 묵형墨刑을 당하
고 폐인이 되었음. 후에 우연히 방연의 간계를 알게 된 손빈은 정신병자 노릇을
하면서 가까스로 하루하루를 연명하다가 다시금 묵자의 도움으로 제나라 장군 전

기전忌에게 구출되어 사지를 무사히 탈출했음. 그후 제나라의 군사軍師로 활약하면서 B.C.354년의 계릉 전투, B.C.341년의 마릉 전투에서 위나라 군사를 대파했고, 특히 마릉 전투에서는 방연을 함정에 빠뜨려 죽임으로써 사원私怨까지 해소했음. 개인적인 목적을 이루고 제나라를 강성하게 만든 후에는 속세를 버리고 산야에 은둔했는데, 일설로는 귀곡 선생과 함께 선계仙界로 갔다고도 함. 1972년에 춘추 전국 시대의 제나라가 위치했던 산동성山東省 임기현臨沂縣 은작산銀雀山에서 발굴된 전한前漢 시대(B.C.206~A.D.8) 귀족묘에서는 손무가 지은 『손자병법孫子兵法』과는 전혀 별개의 저서인 『손빈병법』(손빈이 자찬自撰한 병법서로 추정)이 기록된 죽간竹簡들이 대량 출토됨으로써 전국 시대의 병가兵家 사상의 단계적 발전 과정을 이해하는 데 둘도 없는 획기적인 자료가 됨.

오기吳起

위衛나라 출신의 장군이자 정치가, 개혁가. 위나라에 출사出仕하여 위문후魏文侯(B.C.445~396 재위) 휘하에서 하서河西 땅의 태수를 역임하면서 서방 방어에 큰 공을 세웠으나 문후 사후 정적들의 참소로 B.C.390년 무렵 초楚나라로 도주했음. 이전부터 그의 명성을 흠모하던 초나라의 도왕悼王(B.C.401~381 재위)은 그를 영윤令尹(초나라의 재상)으로 삼고 전권을 주어 개혁 정책을 실시하도록 했음. 이에 공족公族·세족世族들의 권리와 지위를 대폭 축소할 것, 불필요한 관직과 작록爵祿을 과감하게 삭감하고 정리할 것, 관료·세족·봉군封君들의 작록爵祿 세습을 3대까지로 제한할 것, 군대를 강화할 것, 건축술을 비롯한 각종 신기술들을 외국으로부터 개방적으로 도입할 것 등등 각종 혁신적인 변법變法들을 반대파의 격렬한 반대에도 굴하지 않고 강력하게 추진했음. 그 결과 춘추 말기 이후 다소 정체 내지 쇠퇴의 기미를 보이던 초나라는 빠른 시일 내에 부국강병을 재달성함으로써 진秦을 제압하고 패권 국가로 부상할 새로운 기회를 (일시적이나마) 잡게 되었음. 그러나 열렬한 후원자였던 도왕이 서거하자 국상國喪을 틈타 대거 궁중으로 몰려온 초나라의 공족·세족·관료들이 오기를 암살함으로써 뜻을 더 이상 펴지 못했고, 초나라도 전국 초기에 패권 국가로 부상하여 천하통일을 쟁취할 가능성을 무산시켜버렸음.

전기田忌

제나라의 장군 겸 재상. 위나라에서 방연의 간악한 계략에 희생되어 월형刖刑과 묵형墨刑을 당하고 갖은 고초를 겪고 있는 손빈을 구출해와 군사軍師로 등용한 뒤, 손빈의 신출귀몰한 전술과 책략을 적극 수용하여 제나라 군사를 최고 정예 부대로 정련했음. 그로 인해 B.C.353년의 계릉 전투와 341년의 마릉 전투에서 위나라 군사를 두 차례나 대파하는 대공을 세웠음.

종리춘鍾離春

제나라 무염無鹽 출신의 추녀. 비록 추녀이긴 하지만 남자 못지않은 기상과 담대한 야망, 깊은 지혜 및 국가 통치술에 대한 남다른 식견을 지닌 당대의 여걸이었음. 그 무렵 제선왕齊宣王(B.C.319~301 재위)이 선대의 공업功業과 제나라의 부강에 도취되고 자만한 나머지 정사를 돌보지 않고 나태와 안일에 빠져 있는 것을 보고 그를 알현하여 패업의 도를 역설했음. 그래서 선왕이 크게 깨닫고 기뻐하여 종리춘을 왕후로 삼았다고 함. 한대漢代의 대유大儒 유향劉向이 지은 『열녀전烈女傳』에 그 상세한 행적이 실려 있음.

[기원전 404] 강성姜姓 제齊나라의 마지막 군주 강공康公(B.C.404~379) 즉위. **전화田和가 재상宰相이 되어 국정을 농단함.**

[기원전 403] **위문후魏文侯가 오기吳起를 서하西河 태수로 임명**하여 서쪽 변경 방어를 전담하게 함. 오기는 서하의 군사를 조련하여 방어 체제를 대폭 강화함.

[기원전 402] 초나라 성왕聲王(B.C.407~402 재위)이 적도賊盜에게 피살당함.

[기원전 401] 진간공秦簡公(B.C.414~400 재위)이 위魏를 공격해 양호陽狐까지 진격함.

[기원전 400] 한韓·위魏·조趙 3진晉이 초를 공격하여 상구桑丘까지 진격했다가 회군함. 정나라가 한나라의 양책陽翟을 포위 공격함.

[기원전 398] 정나라 사람들이 상국相國(재상의 다른 말) 자양子陽을 죽임. 이에 자양의 측근 일파들이 반란을 일으킴. 이 내란을 틈타 초나라가 정나라를 포위 공격함.

[기원전 397] 한韓의 재상 협누俠累(한괴韓傀)가 이전에 많은 신세를 진 엄수嚴遂를 배은망덕하게 푸대접함. 이에 앙심을 품은 엄수는 제나라에서 천하장사 섭정聶政을 알게 되어 그를 후대해 심복으로 만든 뒤 원수를 갚아주도록 요청. 이에 **섭정이 협누를 암살.** 정나라의 자양 일파들이 수공繻公(B.C.422~396 재위)을 시해.

[기원전 396] 위문후 위독, 중산군中山君인 세자 격擊을 급히 소환. 이 틈에 조나라는 중산 땅을 차지, 이로 인해 위, 조 양국 관계 악화. 위나라 3대 군주 무후武侯(B.C.395~370) 즉위, 전문田文을 재상宰相으로 임명. 오기는 전문을 재상으로 삼은 데 대해 불만을 품음. 이를 눈치챈 위무후魏武侯는 오기를 미워하게 됨.

[기원전 394] 정나라가 점유하던 소읍 부서負黍가 정나라를 배반하고 다시 한나라에 귀부함. 세니리기 노른 정벅하여 최읍最邑을 취함. 이에 한나라가

노나라를 구원함.

[기원전 393] **초나라가 한韓을 공격하여 부서 땅을 점령**함. 위나라가 정나라를 공격하여 산조酸棗에 성을 건축함. **위나라가 진秦나라를 왕汪 땅에서 패배시킴.**

[기원전 392] 제나라의 재상 **전화田和가 주군 강공康公을 해상海上으로 쫓아버리고** 1개 성읍城邑만을 보유하도록 함.

[기원전 391] 한韓 · 위魏 · 조趙 3진晉 군사가 초나라를 정벌해 대량大梁, 유관榆關에서 초군을 대패시킴. 진秦나라가 한韓의 의양宜陽을 정벌하여 6개 읍을 탈취함.

[기원전 390] **오기가 초나라로 도망.** 초도왕楚悼王(B.C.401~381)은 **오기를 영윤令尹으로 삼아** 전권을 주어 **개혁 정책을 실시하도록 함.** 이에 오기는 공족公族 · 세족世族들의 권리와 지위를 대폭 축소할 것, 불필요한 관직과 작록爵祿을 과감하게 삭감하고 정리할 것, 관료 · 세족 · 봉군封君들의 작록 세습을 3대까지로 제한할 것, 군대를 강화할 것, 건축술을 비롯한 각종 신기술들을 외국으로부터 개방적으로 도입할 것 등등 각종 **혁신적인 변법變法을 추진(오기변법吳起變法).** 공족 · 세족 · 봉군들의 격렬한 반대에도 불구하고 변법은 강행되어 초나라는 재차 부국강병을 달성하게 됨. 진秦나라와 위魏나라가 무성武城에서 교전交戰함. **제나라가 위나라를 양릉襄陵 전투에서 격파.**

[기원전 389] 진秦나라가 위魏의 음진陰晉 땅을 공격. 제齊나라의 전화가 위무후와 탁택濁澤에서 만나 제후 지위를 구함. 위무후는 주 천자에게 전화의 제후 지위를 요청해볼 것을 약속.

[기원전 387] 진이 촉蜀나라를 공격하여 남정南鄭 땅을 점령함.

[기원전 386] **제의 전화가** 주안왕周安王(B.C.401~376 재위)의 승인을 받아 제강공齊康公(B.C. 404~379 재위)을 대신해 제나라의 제후가 됨. 이로써 **강성姜姓의 제齊나라(강제姜齊 혹 여제呂齊 : 강태공姜太公 여상呂尙이 세운 나라는 의미)는 무너지고 전씨田氏의 제나라(전제田齊)가 수립됨. 조趙나라가 한단邯鄲으로 천도함.**

[기원전 385] 진회공秦懷公의 증손이자 요절한 세자 소昭의 손자인 공자 연連(일명

사습師隰)이 적통嫡統임을 주장하며 서장庶長 균개菌改의 원조 아래 **헌공獻公(B.C.384~362 재위)으로 즉위**. 즉위 후 춘추 중기에 서융西戎에 서 도입한 진秦나라의 오랜 관습인 **순장殉葬을 폐지하는 칙령을 내림**. 한 韓나라가 정을 공격하여 양성陽城을 탈취하고 송을 공격하여 팽성彭城 을 함락한 후 춘추 중기에 송휴공宋休公(B.C.395~373)을 체포함.

[기원전 384] **제나라가 위나라를 침입해 늠구에서 양군이 전투**. 조趙나라가 위나라 를 구원하러 와 조, 위 양군이 제나라 군사를 대패시킴.

[기원전 383] 진秦나라가 역양櫟陽으로 천도함. **조나라가 강평성剛平城을 축성**하고 위衛나라를 침공. 위衛는 위魏에게 원군을 요청. 위魏나라 군사가 조 군을 토대兔臺에서 격파함.

[기원전 382] 제, 위魏나라가 위衛를 도와 조나라를 공격. 이에 위衛나라는 주의 강평성을 빼앗고 중모中牟 땅까지 공격해 들어감.

[기원전 381] 조나라는 초에 원군 요청, 이에 초는 조를 도와 위魏를 공격해 주서州 西에서 양측이 교전하고 양문梁門을 지나 황하黃河까지 이름. 이에 힘입은 **조나라 군대는** 반격을 개시해 **위魏의 극포棘蒲, 황성黃城 땅을 탈 취함**. 초나라가 (오기변법吳起變法의 실시 결과 충실 강력해진 군사력을 토 대로) 서쪽의 백월百越을 공격하여 **동정洞庭, 창오蒼梧 일대를 장악. 초 도왕 서거**. 국상國喪을 틈타 오기를 미워하던 **초나라의 공족·세족· 관료들이 대거 궁중으로 몰려와 오기를 암살**하려 함. 오기는 도왕의 시 신 뒤에 숨어 위기를 모면하려 했으나 세족들이 도왕 시신에 화살을 쏘아 결국 오기는 사망.

[기원전 380] 제나라가 연燕을 정벌하여 상구桑丘를 탈취함. 이에 한韓·위魏· 조趙 3진晉이 연나라를 구함. 중산국中山國이 복국復國됨. 초도왕의 아들 장臧이 초나라의 33대 군주 **숙왕肅王(B.C.380~370)으로 즉위**. 숙왕 은 즉위 직후 부왕인 **도왕 시신에 활을 쏜 죄를 물어 70여 가의 세족·귀 족들을 모두 처형함**(이에 오기의 세족 탄압 정책이 간접적으로나마 실현됨).

[기원전 379] 제강공齊康公 서거. 이로써 **강제姜齊 혹 여제呂齊는 완전히 국통國統이 끊어짐. 진秦나라가 포蒲·남전藍田·선善·명씨明氏 등을 현縣으로 개편**.

[기원전 378] 책적翟나라가 위魏나라를 회澮 땅에서 격파함. 한韓·위魏·조趙 3진 晉이 제나라를 공격해 영구靈丘까지 이름. **월越나라가 오吳 땅으로 천도**. 진秦나라가 시제市制(시장 상거래에 관한 행정 법제)를 대폭 정비.

[기원전 377] 촉蜀나라가 초나라를 정벌하여 자방茲方 땅을 탈취. 이에 충격을 받은 **초는 서쪽을 방어하기 위해 한관을 증축하여 서방 국가인 촉蜀, 진秦을 경계**. 초나라가 복국된 중산中山을 공격해 방자房子에서 교전交戰함.

[기원전 376] 초가 중산中山을 재차 정벌하여 중인中人 땅에서 전투를 벌임. 한·위·조 삼진三晉이 진정공晉靖公(B.C.377~376 재위)을 폐위하여 서민으로 강등시킴.

[기원전 375] **진秦이 대대적인 호적 조사를 실시해 행정 편제를 강화**. 위魏나라가 초의 유관榆關을 탈취. **한韓나라가 정나라를 멸국滅國시킨 후 도읍을 (춘추시대 정나라의 유서 깊은 수도였던) 신정新鄭으로 옮김. 제나라의 전오田午가** 주군인 전섬田剡(B.C.384~375)과 그 소생인 유자희孺子喜를 시해하고 자립하여 **전제田齊의 3대 군주 환공桓公(B.C.374~357 재위)으로 즉위**. 한韓나라의 대부 한산견韓山堅(한엄韓嚴)이 한나라의 6대 군주 애후哀侯(B.C.376~375 재위)를 시해. 한약산韓若山이 군위를 계승하여 7대 군주 의후懿侯(B.C.374~363 재위)로 즉위.

[기원전 373] 연燕나라가 제나라를 임고林孤에서 패배시킴. 위나라가 제나라를 정벌하여 박릉博陵까지 도달함. 노나라가 제를 양관陽關에서 격파.

[기원전 372] 위衞나라가 제나라를 공격하여 설릉薛陵 땅을 탈취함. 이 틈을 타 **조나라가 위衞나라에 침입하여 73개 향읍鄕邑을 점령함**. 위魏나라가 조나라를 인藺 땅에서 격파함.

[기원전 371] 위魏나라가 초를 공격해 노양魯陽 땅을 점령함.

[기원전 370] 조나라가 제나라의 견甄 땅을 공격함. 위무후魏武侯(B.C.395~370 재위) 서거. 공중완公仲緩과 공자 앵罃(일명 영罃)이 군위를 다툼.

[기원전 369] 한과 조가 공중완을 도와 위나라의 계승 분쟁에 관여해 공자 앵을 탁택濁澤에서 포위함. 그후 한과 조나라 군사 간에 불화가 생겨 한나라가 군대를 철수시킴. 이 틈을 타 공자 앵은 홀로 남은 조나라 군사와

공중완을 물리치고 자립하여 혜왕惠王(B.C.369~319)으로 즉위. **중산
中山이 조나라와 북방 이민족의 침입을 방어하기 위해 장성長城을 축
조**(오늘날의 만리장성萬里長城의 일부가 됨).

[기원전 368] 조나라가 제나라를 침공하여 제나라 장성까지 진격함. 조와 한이 주
왕실을 협동 공격함. 제나라가 위를 공격하여 관觀 땅을 점령함.

[기원전 367] 동주東周 왕실이 하남河南 땅에 분봉分封해준 분국分國 서주西周
(B.C.440)에 내란 발생. 곧 서주西周 위공威公 서거 후 공자 근根이 그
동부에서 군위를 요구하면서 자립. 조, 한이 그를 지원하여 **주 왕실의
분국 서주는 다시 서주와 동주의 2개 소국으로 재분열됨.**

[기원전 366] 위, 한 양국 군주가 택양宅陽에서 회담. 위나라가 무도武都에 축성했
으나 곧 진秦에게 점령당함. 진이 한, 위 양국 군대를 낙양洛陽에서
격파함.

[기원전 365] 위가 송의 의대儀臺 땅을 점령함. 조가 위衛의 견甄 땅을 점령.

[기원전 364] 진이 위魏와 석문石門에서 싸워 대승을 거두고 6만의 군사를 참수斬
首함. 조가 위나라를 가까스로 구원함.

[기원전 363] 진이 위魏의 소량少梁을 공격함. 조가 위나라를 다시 구원해줌.

[기원전 362] **위가 조, 한 연합군을 회북澮北에서 격파**, 조나라 장수 악조樂祚를 사로
잡고 피뢰皮牢·열인列人·비肥 등지를 점령함. 조의 성후成侯(B.C.
374~350 재위)와 한의 소후昭侯(B.C.362~333 재위)가 한나라의 상당
上黨 땅에서 회합하고 화평을 체결. **진효공秦孝公**(B.C.361~338 재위)
이 즉위하여 천하의 패권을 잡고자 널리 인재를 모집.

[기원전 361] **위나라가 대량大梁으로 천도함.** 위혜왕과 한소후가 무사巫沙에서 회합
함. 진이 소국 원獂을 멸하고 원왕獂王을 처형함.

[기원전 360] 위魏나라가 황하의 물을 끌어들여 수도 대량 인근의 포전圃田(과수원
과 전답)을 관개함. 위나라의 하양瑕陽 땅 사람들이 민산岷山으로부
터 청의수青衣水를 끌어들여 동쪽의 말수沫水와 합류시킴.

[기원전 359] **위앙**(위衛나라의 공손公孫 출신)**이 진효공秦孝公에게 변법變法과 극단적인
법치주의를 통해 부국강병과 패업을 달성할 것을 유세함.**

[기원전 358] 위나라 장수 용가龍賈가 서쪽 변경에 장성長城(위장성魏長城)을 축조. 진이 한을 서산西山에서 대패시킴. 초가 황하의 물을 끌어들여 한에서 빼앗은 장원長垣을 관개함.

[기원전 357] 송이 한의 황지黃池를 점령. 위가 한의 주朱 땅을 점령하고 택양宅陽을 포위 공격. 이에 한소후는 위혜왕에게 화의를 청해 양국이 무사武沙에서 만나 맹약을 맺고 위나라는 택양의 포위를 해제함.

[기원전 356] 위나라의 계속된 승리와 영토 확장의 위세에 눌린 **노공후魯恭侯 · 송환후宋桓侯 · 위성후衛成侯 · 한소후는 위혜왕에게 조현朝見의 예를 올림**. 송환후宋桓侯 · 조성후趙成侯 · 제위왕齊威王은 평륙平陸에서 회담을 갖고 위의 세력 확장에 대응하여 상호 협력하기로 함. 3군 군주와 연문공燕文公은 아阿에서 재차 회합함. 진효공이 **위앙**을 좌서장左庶長으로 삼아 **1차 변법變法을 시행하게 함**(1차 변법은 B.C.359년에 시행되었다는 설도 있음).

[기원전 355] **전제田齊의** 4대 군주 **위왕威王** 인제因齊(B.C.356~320 재위)가 즉위 이후 정사를 돌보지 않고 향락만을 즐기다가 **추기鄒忌가 거문고에 비유해 국사를 돌볼 것을 충간하자** 깨닫고 **추기를 재상으로 삼아 국사에 힘쓰게 됨**. 우선 관료를 다스리는 법도를 보이기 위해 백성들을 잘 다스리는 데 힘쓴 아읍阿邑 대부를 문무백관이 보는 앞에서 포상하고, 백성들을 다스리는 것을 등한히 하면서도 뇌물을 많이 써서 거짓 칭송을 퍼뜨렸던 즉묵읍卽墨邑 대부를 팽살烹殺(끓는 가마솥에 삶아 죽임)하여 지방관의 경종이 되게 함. 이와 함께 **어진 인재를 공정하게 뽑고 나태한 지방관들을 대폭 경질함**. 이로부터 중앙, 지방의 모든 관료들이 뇌물을 끊고 맡은 바 직무에 충실하게 되어 **(전)제나라는 크게 다스려짐**. 신불해申不害가 한韓나라의 재상이 되어 관료 통제술을 강조함. 신불해의 주도하에 한나라가 해곡亥谷 이남에 장성長城을 축조. 위혜왕과 진효공이 두평杜平에서 회합함. 송나라의 사성司城 자한子罕이 주군 환공桓公을 시해한 후 정권을 장악.

[기원전 354] 조나라가 위衛를 정벌하여 칠漆과 부구富丘를 점령함. 위魏나라가 위

衛를 구원한 후 여세를 몰아 **조의 수도 한단邯鄲을 포위**. 이 틈에 진秦 나라가 위魏의 소량少粱을 획득함.

[기원전 353] **제나라가** 조를 구원하기 위해 위를 공격. 군사軍師 손빈孫臏의 전도 팔문진顚倒八門陣 계책을 이용해 방연龐涓이 이끈 **위나라 군사를 계릉 桂陵에서 대패시킴(계릉 전투)**. 이어 송, 위衛나라와 연합하여 양릉襄陵 을 포위. 한나라가 '동주東周'(동주 왕실이 분열되어 2개의 소국으로 된 것 중의 하나인 동주를 의미)를 공격함.

[기원전 352] 진이 위魏의 수도 안읍安邑을 공략해 함락시킴. 위가 한과 연합하여 양릉襄陵에서 제·송·위衛 연합군을 격파. 제는 초나라 대부 경사景 舍를 내세워 위에게 강화 요청. 위혜왕은 양릉의 승리로 인해 계릉에 서의 패배를 용서해줌.

[기원전 351] 진이 상商에 요새를 쌓고 그를 토대로 위魏를 공격해 고양固陽을 함 락. **위가 조의 수도 한단의 포위를 풀고 장수에서 조와 맹약을 맺음.**

[기원전 350] **상앙의 2차 변법變法 실시.**

[기원전 348] 위혜왕과 조숙후趙肅侯(B.C.349~326 재위)가 음진陰晉에서 회합함.

[기원전 344] **위혜왕이** 강력한 국세를 바탕으로 **칭왕稱王하고 봉택逢澤에서 회맹을 소집**한 후 제후들을 이끌고 주현왕周顯王(B.C.368~321 재위)을 조현 朝見함.

[기원전 343] 조가 위魏나라의 수원首垣을 공격.

[기원전 342] 위가 한을 공격해 양梁, 혁赫 등지에서 승리. 제가 한을 도와 위를 공 격함.

[기원전 341] **제나라가** 대장군 전기田忌와 군사 손빈孫臏의 활약으로 **위나라 군사를 마릉馬陵에서 대패시킴(마릉 전투)**. 위나라 장군 방연龐涓은 손빈의 계 책에 넘어가 무수한 화살을 맞고 즉사함. 위 태자 신申은 포로가 되 었다가 이송 중에 자결함. 이에 **한韓·위魏·조趙 3국이 제나라에 조공 을 바치고 복종함**. 이 전투로 **위나라의 전성기가 끝나고 제나라의 패권 시대가 도래함(이를 계기로 전국 시대 중기로 접어듦)**.

[기원전 340] 위魏나라가 세 나라에게 대패당해 군사력이 매우 약화됨. 이 틈을

타 **진秦나라가** 위앙의 계책을 이용하여 서쪽 관문인 오성吳城에 무혈
입성한 뒤 내지로 진격하여 **위의 수도 안읍安邑을 포위 공격**. 이에 **위魏**
는 서하西河 일대를 진秦에게 바치고 화평을 청함. 위나라는 **진秦의**
위협을 피해 안읍에서 **대량大梁으로 천도함**. 이 공로로 진효공秦孝公은
위앙에게 상어商於 등 15읍을 식읍食邑으로 내리고 **상군商君으로 봉封**
함(이로 인해 상앙이라 불림).

[기원전 339] 위나라가 대량으로 천도한 후 대량의 외곽성外郭城에 수도 시설을 마
련하여 포전圃田에 소용되는 용수를 공급하도록 함.

[기원전 338] 진효공 서거. 태자 사駟가 진秦의 31대 군주 혜문왕惠文王(B.C.337
~311 재위)으로 즉위. **상앙은** 반대파들의 모함에 의해 **능지처참당함.**
진秦나라가 안문岸門에서 위魏나라를 격파하고 위나라 장수 위착魏
錯을 포로로 잡음.

[기원전 337] 초 · 한 · 조趙 · 촉蜀의 4개국이 진의 위세에 눌려 조공朝貢의 예를
바침. 맹자孟子가 제나라의 직하학궁稷下學宮으로 가서 각국 출신의
학사들과 교류함.

[기원전 336] 위魏, 한韓 2국이 제나라 위왕威王에게 동아東阿 땅에서 조공을 올림.
진秦나라가 국가 주도하에 **최초로 동전銅錢을 유통시킴(초행전初行錢).**

[기원전 335] 위, 한 2국 군주가 견甄에서 제위왕齊威王에게 조현朝見의 예를 올림. 진秦
나라가 한나라를 공격하여 의양宜陽(낙양으로 직통하는 중원 교통 요
지)을 점령함.

[기원전 334] 위혜왕魏惠王이 혜시惠施(명가名家의 대표적인 사상가. 궤변과 변설辯說로
유명함)의 계책을 사용하여 **서주徐州에서 제위왕과 회담하여 위왕을 왕**
으로 존대함. 이에 **제위왕도 위나라의 칭왕稱王을 승인**(소위 '**회서주상왕**
會徐州相王'). 전국 시대를 대표하는 유세가遊說家 소진蘇秦이 연문공
에게 **합종책合縱策,** 곧 '한 · 위 · 조 · 제 · 초 · 연의 6국이 상호 연
합해 공수동맹攻守同盟을 맺음으로써 군사 대국 진秦을 공벌攻伐
할 것'**을 건의함**(소진의 합종책이 성립, 관철된 시기에 관해서는 B.C.295
년 무렵부터 B.C.286년 송나라 멸국까지로 보는 견해도 있지만, 본 부록에서

는 원전 소설의 줄거리를 중시해 장의張儀의 연형連衡보다 앞선 시기인 B.C. 334~317년 정도에 유지된 것으로 보겠다).

[기원전 333] 연문공燕文公이 소진의 합종책을 적극 후원. 이에 소진은 6국을 개별 방문해 화려한 언변으로 군주들을 설득하여 마침내 '**합종合縱**' **(6국의 공수동맹)을 성립시킴**(그러나 일시적 성과에 불과. 합종은 그 성격상 동상이 몽인 6국의 복잡한 이해 관계가 얽혀 시종 구속력과 일관성이 없었음). 조나라가 위魏나라의 황黃 땅을 포위, 점령한 후 북방 이민족의 침입을 방어하기 위해 장수漳水와 부수滏水(여수汝水의 지류로 하북성河北省 자현磁縣에서 발원하여 동남으로 흐름) 유역에 장성長城을 축조(오늘날 만리장성의 일부). 초나라가 제의 서주徐州를 공격해 제나라 군대를 대파하고 제의 장군 신박申縛을 포획함.

[기원전 332] 위魏나라가 음진陰晉 땅을 진秦나라에 바침. 진은 영진寧秦이라 개명함. 제, 위가 연합하여 조를 공격, 조나라는 수공법水攻法을 써 황하의 제방을 무너뜨려 제, 위 연합군을 대패시킴. 연역왕燕易王(B.C. 332~321 재위)이 즉위하여 왕호王號를 사용하기 시작.

[기원전 331] **의거義渠에 내란 발생**. 진이 서장庶長 조전操前을 파견해 난을 평정함.

[기원전 330] 진秦이 조음雕陰에서 위나라를 대패시키고 위나라 장수 용가龍賈를 사로잡음. 이에 위는 진에 하서河西 땅을 되돌려주고 화평을 청함.

[기원전 329] 진나라가 위의 하동河東에 소속된 분양汾陽 · 피씨皮氏 · 초焦 등지를 점령함. 위가 초의 형산陘山을 점령함.

[기원전 328] **소진蘇秦이 한韓 · 위魏 · 조趙 · 제 · 초 · 연燕**의 6국 군주에게 유세遊說하고 다니면서 이들 동, 남방의 **6국이 연합해 상호 공수동맹攻守同盟을 맺어야만** 서방의 대국이자 신흥 군사 강국인 **진秦나라에 대적할 수 있다고 설득함**. 이에 6국 군주가 소진의 주선으로 원수洹水에서 회합해 상호 동맹함(**합종合縱의 성립**). 장의張儀가 진秦나라의 상방相邦이 됨. **위나라가 소량少梁을 포함한 상군上郡 소속 15현縣을 진에게 헌납.**

[기원전 327] 진이 소량을 하양夏陽이라 개명하고 위나라에게 보답으로 초焦, 곡옥曲沃 등지를 반환함.

[기원전 326] 조숙후趙肅侯(B.C.349~326 재위) 서거. 진·초·연·제·위가 모두 장의葬儀에 참석함. 진이 용문龍門에서 수렵 대회를 개최.

[기원전 325] 4월 임오壬午일에 **진秦의 혜문군惠文君이 왕을 칭함**(이후 혜문왕惠文王). 위혜왕과 한선혜왕韓宣惠王이 무사巫沙에서 만나 서로의 왕호王號를 인정함. 제나라가 조나라를 평읍平邑에서 무찌르고 조나라 장군 한거韓擧를 사로잡음.

[기원전 324] 진의 장의張儀가 위나라의 협陝 땅을 차지하여 요새를 건설. 위혜왕과 제위왕이 동아東阿에서 회합함.

[기원전 323] **초의 대사마大司馬 소양昭陽이 위나라를 공격**하여 양릉襄陵을 비롯한 **8개 성읍城邑을 획득**하는 대공大功을 수립. 진秦의 상방相邦 장의張儀가 제, 초 양국을 설상齧桑 회맹에서 화해시킴. 공손연公孫衍이 연·조·중산·위·한의 5국이 모두 칭왕稱王하고 서로의 왕호를 인정하도록 주선함.

[기원전 322] 위나라가 장의의 책략을 수용하여 그를 재상으로 삼음. 혜시惠施는 추방됨. 이로써 **장의는 진, 위의 재상을 겸임함**. 진이 위의 곡옥曲沃, 평주平周를 점령함.

[기원전 320] 진이 한, 위를 경유하여 제를 공격. 제의 장수 광장匡章이 응전하여 진을 물리침.

[기원전 319] 진이 한의 언鄢을 점령함.

[기원전 318] **위·조·한·초·연 등 5개국이** 소진蘇秦의 계책대로 **합종하여 진을 총공격했으나 도리어 함곡관函谷關에서 대패하고** 뿔뿔이 흩어져 귀국함. 연燕나라 왕 쾌噲가 재상 자지子之의 책략에 넘어가 그에게 국가 정사를 모두 양도함. 연나라 백성들은 교묘하게 국정 전권을 차지한 자지를 미워함.

[기원전 317] 진이 5국 연합에 대한 보복으로 우선 한·위·조 3진晉 연합군을 수어修魚에서 격파. 이 틈에 제가 송과 연합해 위를 관택觀澤에서 격파함. **제나라가 합종의 신의 없음과 무용함을 들어 소진을 처형함**. 장의가 다시 진의 승상丞相이 됨.

[기원전 316] **진의 사마조司馬錯가 촉蜀을 멸망시킴.** 진이 조의 중도中都, 서양西陽을 점령.

[기원전 315] 진이 한을 침공해 탁택濁澤에서 싸움. 연나라에서 자지에 반대한 장군 시피市被와 태자 평平이 난을 일으켜 자지를 공격.

[기원전 314] 연 자지가 반란군을 공격해 궤멸시키고 장군 시피를 처형. 태자 평은 도망. **제나라가 연나라의 내란을 틈타** 장군 광장匡章을 파견해 연나라를 대대적으로 공격하여 50일 만에 **연나라 영토의 반 이상을 차지했으**나 연나라 백성들의 저항이 하도 거세어 **멸국滅國시키지 못함.** 제민왕齊湣王은 난신적자亂臣賊子 자지를 능지처참함. 연왕燕王 쾌噲도 국란의 와중에 서거. 이후 한동안 연나라는 제나라에 유린당하면서 내란 상태가 계속됨. 진秦나라가 한나라를 안문岸門에서 대패시킴. 진이 의거義渠를 공격하여 25개 성城을 획득함.

[기원전 313] 장의張儀가 초회왕楚懷王을 설득하여 진과 화친하게 함. 진이 저이질樗里疾을 파견해 조를 공격, 조나라 장수 조장趙莊을 잡고 인藺 땅을 점령.

[기원전 312] 초의 경취景翠가 한의 옹씨雍氏 땅을 공격, 진이 한을 도와 경취를 반격함. 진의 장수 위장魏章이 **초를 단양丹陽에서 격파하고 한중漢中 땅을 점령**하고 굴면屈丐을 포로로 잡음. 제, 송이 위魏나라 군사를 자조煮棗에서 포위 공격. 그 보복으로 진·위·한이 제를 복수濮水에서 공격. 진이 남전藍田에서 초를 격파. 한, 위가 초를 등鄧에서 격파. 내란을 수습한 연나라가 태자 평을 소왕昭王(B.C.311~279 재위)으로 즉위시킴.

[기원전 311] **연소왕이** 스스로 몸을 낮추고 후한 예물을 갖춰 **현자들을 초빙,** 이에 **악의樂毅가** 위魏로부터, **추연鄒衍이** 제齊로부터, **극신劇辛이** 조趙로부터 연으로 이주하는 등 충신열사들이 앞다투어 연으로 모여듦. 이로써 연나라는 소왕 시기에 점차 부유하고 안정됨. 진이 초를 공격해 소릉召陵을 점령.

[기원전 310] 진이 의거義渠, 단리丹犁를 공격함.

[기원전 309] **진秦나라가** 6국과의 차별을 두기 위해 재상宰相·집정執政·정승政丞 등의 호칭을 사용하지 않고 **최초로 '승상丞相'이라는 칭호를 사용.** 감무甘茂를 좌승상左丞相에, 저이질樗里疾을 우승상右丞相에 임명. **장의張儀 사망.**

[기원전 308] 진무왕秦武王이 중원을 도모하고자 좌승상 감무甘茂로 하여금 **한韓나라의 의양宜陽**(한나라의 두번째 수도로, 주周 왕실의 고도古都이자 전통 예악禮樂, 문화의 중심지인 낙양洛陽으로 가는 관문에 해당하던 지역)**을 공격**하게 함.

[기원전 307] 의양을 함락한 뒤 진무왕은 낙양으로 가서 주 왕실의 보기寶器인 구정九鼎(일명 구룡신정九龍神鼎) 중 '옹정雍鼎'(진秦나라가 소재한 옹주雍州 지역을 상징하는 정鼎)을 들어 올리다가 발목이 잘리는 큰 부상을 얻어 서거. 무왕武王의 이복 동생 직稷이 진의 33대 군주 **소양왕昭襄王**(B.C.306~251 재위)**으로 즉위.** 이 와중에 우승상 저이질樗里疾이 맹분孟賁과 그 일족을 처형, 좌승상 감무甘茂는 위나라로 망명. **조趙나라 무령왕武靈王이** 군사력을 강화하기 위해 모든 군사, 장정들에게 북방 이민족이 입는 **호복胡服을 착용하게 하고 기마술騎馬術, 궁술弓術을 집중 연마하게 함**(소위 '호복기사胡服騎射' 실행). 이어 강화된 군사력을 바탕으로 중산中山을 공격하여 방자房子 땅까지 이름. **진나라가 '장군將軍' 직을 최초로 설치**(이전에는 서장庶長 등 고유한 관작官爵을 부여했음). 위염魏冉을 장군으로 임명함.

[기원전 306] 조趙나라가 중산의 영가寧葭, 유중楡中 땅을 공략함. **초나라가 월越나라를 멸하여 강동군江東郡을 설치함.**

[기원전 305] 조나라가 파죽지세로 중산의 단구丹邱·화양華陽·치鴟·호鄗·석읍石邑·봉룡封龍·동원東垣 등지를 공격. 이에 중산은 4읍邑을 바치고 화평을 청함.

[기원전 304] 진나라와 초나라가 황극黃棘에서 회맹함. 진秦은 초의 상용上庸 땅을 획득함.

[기원전 303] 진이 한의 무수武遂를 점령. 위의 포판蒲阪·진양晉陽·봉릉封陵 등

지를 점령. 제·위魏·한이 초를 연합 공격. 초는 태자 횡橫(훗날의 경양왕頃襄王)을 인질로 보내고 진의 원군을 얻어 연합군의 공격을 물리침.

[기원전 302] 조가 하종씨河宗氏와 휴혼제맥休溷諸貉의 땅을 빼앗고 구원九原, 운중雲中의 2군郡을 설치함. 위양왕魏襄王(B.C.318~296 재위)과 한 태자 영嬰이 진으로 들어가 조현朝見함.

[기원전 301] 진이 한의 양穰을 공격해 점령함. **제**의 광장匡章, **위魏**의 공손희公孫喜, **한**의 폭연暴鳶이 **초 방성方城**(초나라가 북방 방어를 위해 건설한 견고하고 규모가 큰 장성長城)**을 공격하여 완宛, 엽葉 등의 초나라 북방 영토를 빼앗음.**

[기원전 300] 진이 초를 공격하여 신성新城을 함락하고 초나라 장군 경결景缺을 처형함.

[기원전 299] 초나라 회왕懷王이 진나라의 속임수에 넘어가 납치되다시피 진도秦都 함양咸陽으로 끌려가 검중黔中 땅을 내놓으라는 협박을 당함. **초나라는** 이 위기 속에 급히 제나라에 볼모로 가 있는 **세자 횡橫을 영접하여 즉위시키고(경양왕頃襄王 : B.C.298~263 재위)**, 진나라의 영토 요구를 거절. 회왕은 함양을 탈출하여 초나라 국경으로 도망침. **조나라의 무령왕武靈王이 오왜吳娃 소생의 왕자 하何에게 양위(혜문왕惠文王 : B.C. 298~266 재위)하고 스스로를 '주부主父'**(훗날의 태상황太上皇에 해당)**라 칭하고 섭정을 담당.**

동주 열국지 10

새장정판 1쇄 발행 2015년 7월 15일
새장정판 2쇄 발행 2023년 8월 28일

지은이 풍몽룡
옮긴이 김구용
펴낸이 임양묵
펴낸곳 솔출판사

주소 서울시 마포구 와우산로29가길 80(서교동)
전화 02-332-1526
팩스 02-332-1529
이메일 solbook@solbook.co.kr
블로그 blog.naver.com/sol_book
출판 등록 1990년 9월 15일 제10-420호

ISBN   979-11-86634-19-6   04820
ISBN   979-11-86634-09-7   (세트)